——文学院书系——

牛仔与诗圣

（复旦大学卷）

金理　主编

江苏凤凰文艺出版社
JIANGSU PHOENIX LITERATURE AND ART PUBLISHING

目录

第一辑　追念

第二辑　闲读

第三辑　行旅

第四辑　述学

第五辑　杂谈

第一辑　追念

直道与恕道

——纪念朱东润先生百岁诞辰

黄霖

先师朱东润先生百岁诞辰在即，可是，我却躺在病床上天天望着一滴一滴的药水往静脉里滴，眼不想读字，手不能拿笔，更没有人拿稿纸来供我作文，眼看着不能参加一次难得的纪念会了，在昏昏沉沉的遗憾之中，不禁思绪万千。

朱先生学问博大。我自 1963 年当他的“中国文学批评史”课代表，接着又考上了他的研究生之后，就在他的耳提面命下涉足中国文学批评史领域。东润师治批评史自成一家。他有本领如快刀斩乱麻，把一部中国文学批评史整理得纲目井然，简单明了；而不像有的人搞理论，搞得很玄乎，颠三倒四地把人引进五里雾中。他在当年的诸家中，最注重中国特色的艺术分析，这只要将他的《中国文学批评史大纲》与《中国文学批评论集》一对照，就一目了然。他治批评史标举“略远详近”的原则和注意金人瑞、李渔等小说、戏曲的理论，在当时独具胆识，是具有经得起时代考验的超前意识的。诸如此类，东润师治批评史，治传记文学，治《诗经》《史记》《汉书》及宋代文学等，都有常人不可企及之处，而他在我心目中感到最崇高的，不只是他的学问，而是他的人格，他的道德。

先生最感人的美德是刚直，有一副铮铮的铁骨，能言人之不敢言，事人之不能事。他本是一介书生，却常怀忧国忧民之心。他所写的《张居正传》《陆游传》《梅尧臣传》《元好问传》等传主，在某些精神上都与他有相通之处（他也曾想写某著名文学家的传记，为此做了不少前期准备工作，但最终觉得自己与传主之间的思想距离太大，而不得不放弃了）。故凡遇误国害民等不平之事，常直言不讳，不顾安危。记得当年国家困难时期以后，民生凋敝，而有的文人，闭眼不见民生疾苦，每逢某种“吉日良辰”，即例行写了一些感情干瘪、套话连篇、歌舞升平的应景诗歌。先生对此十分痛恨，不管他地位多高、名气多响，当在课堂上讲到刘勰所说的“为文造情”时，就情不自禁地指名道姓地指斥道：“写诗歌又不是发疟疾，到时候就一定来一篇！”这真是一针见血、直取心肝之论！“文化大革命”前，对于个别人的夸大已经到了极点。对此，人们尽管心中有嘀咕，但曾稍露个“不”字？先生在课堂上讲到“学杜”问题时，就借题发挥，谈道：“杜甫在唐代人心目中，只是一个一般的诗人。到宋代时就逐渐被人抬高。到明代时已经被神化了。人人都说学杜，但谁也不敢说自己学到手了！”最后一语自然地与当时流行的一句话联系了起来，画龙点睛，意思十分明白。我听了不禁暗暗吃惊，先生却神态自若。这类事，一时不胜枚举。正因如此，“文化大革命”初起，先生就成了中文系第一个被“揪出来”的“反动学术权威”。当时他的大字报张贴于复旦的“南京路”上。一批受指使的红卫兵揪他去看大字报时，频频高呼“打倒反动权威朱东润”的口号，并胁迫他一起喊。可是先生就是只喊“打倒反动权威”一语而死不加上“朱东润”三字。此情此景，此胆此节，过来之人有几人能做到？后来，有人不知从哪里弄来了一把日本鬼子的旧军刀，架在先生的头颈上，先生也面不改色不求饶。“士可杀而不可辱”，在先生身上我真正看到了。可惜这样的知识分子，从清代以来是不多见了。

“文化大革命”十年，先生受尽折磨，师母被逼身亡，但“文化大革命”过后，先生很快就振作精神向前看，对于批过、斗过、骂过、贴过他大字报的人，从不记恨，充分显示了他美德的另一面：讲恕道。先生重恕道中最使我刻骨铭心的是关于刘大杰先生的一句话。1978 年我回复旦不久后，刘大杰先生因那本 20 世纪 70 年代用“儒法斗争”一条主线贯串起来的《中国文学发展史》挨批而不久病发身故。平心而论，刘先生的这版《中国文学发展史》确有错误，但刘先生的一生自有他的长处。他一生不断地、自觉地力求跟上时代前进的步伐，这一点精神也自有其可贵之处（近来有的热衷于鼓吹某些守旧不变的所谓“学术气节”——是否纯是“学术”气节也可研究——的人，恐怕会不以为然）。《中国文学发展史》从 20 世纪40年代，到50年代，到60年代，不是越改越好吗？到目前为止，我们复旦中文系的中国文学史课的规定教材，还就是刘先生的这部60年代的《中国文学发展史》嘛！可是，人有时毕竟是十分渺小的。时代有不测之变幻风云，个人有计较之利害得失，一不小心，就误入泥潭。即使在70年代，主观上想前进的刘先生却迷失了方向，犯下了这一严重的错误。对此，与平时的恩恩怨怨结合在一起，有的一向自命清高的人，竟直接用“丢了狗命”四字来诅咒刘先生；也有的自新中国成立以来从无兴趣写大文章的人，立即继批判胡适之后，第二次吊起精神，大动干戈；更有甚者，在“文化大革命”中从来养尊处优，得到特别关照的权威，到此时一变脸，即乘人之危，落井下石，一封书信，直送当道，把刘先生主编而未受“文化大革命”干扰的、与《中国文学发展史》毫不搭界的另一本书也从原定的统编教材中撤下来，而让人把自己的旧著顶上去。一时间，尸骨未寒的刘先生竟成了万劫难赦的罪人。正是在这种气氛下，有一次我与东润师谈起了刘先生及其《中国文学发展史》。说实话，即使在“文化大革命”前，我也曾听到过东润师对刘先生的某些言行略有微词，更何况在“文化大革命”中两人的命运是天上地下。一般来说，总要说几句或重或轻批评的话吧。可是出人意料的是，先生竟这样说：“当时假如某某找到我要写这样一部文学史，恐怕我也会写的。”这句话说来平淡，却力重千钧，震撼人心！我相信当年即使有人找先生写，先生也未必会写。在这时，这句话的实际意思，就是理解，就是宽容，就是能设身处地，就是叫实事求是！其人格与某些人相比，何止在百尺楼上！

先生的道德、学问一时难以尽言。今伏枕于病榻，只能在身边唯一留下的笔记本上略书一二，以表对老师的深切的纪念之情。写罢掷笔，只觉得自己多年来于德于学，进益甚少，有愧师门。这只能待之来日，加倍努力，以慰先生的在天之灵。

◇ 作者简介 ◇

黄霖，复旦大学中文系教授，著有《金瓶梅考论》《金瓶梅漫话》等。

我的老师们[①]

陈思和

我是七七级本科大学生，也就是“文化大革命”后恢复高考的第一届。当时高考热是一个社会思潮。“文化大革命”爆发的第一个举措就是废除高考制度，整整十年没有高考，到了 20 世纪 70 年代中期开始实行推荐制度，提倡工农兵学员“上、管、改”大学，1976 年“文化大革命”结束，第二年高考制度恢复，举国沸腾，从高中六六届开始，有老三届（高中、初中的六六、六七、六八届学生）以及所谓“新三届”（六九、七〇、七二届的中学生，没有七一届，

① 本文为复旦大学中文系建系八十五周年编撰系史而接受学生的访谈，成稿于 2010 年 8 月，原载《文汇读书周报》2012 年 9 月 10 日。这次重刊于《杨树浦文艺》第 4 期，笔者又做了一次校订。重新发表是为了纪念在这些年中曾经给我讲过课、现已作古的诸位先生。他们中有朱东润先生、贾植芳先生、章培恒先生、潘旭澜先生、王运熙先生、顾易生先生、蒋孔阳先生、刘季高先生等。记于 2014 年 5 月 11 日。

当时中学七一届延长了一年学制，成为七二届），主要是从社会上各行各业来报考大学的，尤其是知识青年，当时还看不到回城的出路，高考成为唯一改变命运的途径。我当时在淮海街道图书馆工作，编制是小集体，当时卢湾区图书馆几次与区里人事部门联系，要求把我调过去工作，都是因为编制问题不能解决而搁浅。因此高考也成为我改变自己命运的唯一途径。

当年高考是在 1977 年 10 月，录取时间是 1978 年年初，一共有两批，第一批发榜我没有被录取，过了一个月左右，区招办传出消息来说，为了更多的真才实学的考生能进大学，政府决定若干学校再扩大招生，好像是 4 月 2 日那天，正式通知发下来，我被复旦大学中文系录取。当时第一次录取名单下来时，淮海街道的青年录取名额不多，但这一次录取了很多人，主要是师范类学院，进复旦大学的就我一个。

当时学校校舍不足，我们第二批二十一人都是上海户籍，其中有李小棠、徐克仁、吴基民等一时俊杰，我们的户口没有迁到学校，人也住在家里，走读。学校只给我们一间临时性的宿舍。这间宿舍我们二十一个走读学生共同拥有，但真正在里面常住的大约只有四五个同学，我是其中之一。因此我经常是一周回家两次，周三和周六。因为是走读，我很少参加班级里的集体活动，也很少参加学校里的集体活动。学校里经常发生一些热火朝天的活动、争论、风潮，我都是事后才听说的，很少参与。如当时比较热闹的竞选宝山县人民代表，我们班的张胜友就出头参加竞选，新闻系的徐邦泰、哲学系的景晓东等也参加竞选，连老教授王中先生也站出来“以身试法”，我都没有参加，连投票也没有参加。中文系组织学生文学社团“春笋社”，创办大学生刊物，在街上叫卖引起警察的干预等，我也都没有参加。这种不爱热闹，也不爱参加集体活动的性格后来延续下来，一直到留校任教后还是这样。集体活动能不参加就不参加，社会潮流能不跟上就不去跟，自己只做自己有兴趣的事情。这样做的好处是少受干扰，也没有什么纠纷，时代风云都在我的身边擦肩而过。但今天要回忆，也实在乏善可陈。

当时中文系“十大教授”中王欣夫先生、刘大杰先生、陈望道先生都已经过世。其他七大教授尚健在，但是我们也没有机会瞻仰。唯朱东润先生担任了一届系主任，有时候晚上打着手电筒，一个人到学生宿舍来与学生谈话。那时朱先生已经八十多岁了，但还是独来独往，走路不用人搀扶。我只听过一次他的学术讲座，好像是我们刚进校那一年的 5 月 27 日校庆报告会，在第一教学楼举行学术报告会。朱先生的报告题目是关于梅尧臣的诗，他说话口齿清楚，有条有理。不知怎么一会儿讲到郭沫若，他说虽然郭沫若曾经骂过他，但他还是赞成郭沫若在《李白与杜甫》里对杜甫的《茅屋为秋风所破歌》的批评，意思是杜甫草堂顶上的茅草被风吹走，有穷孩子拾去，杜甫骂那些孩子是盗贼，朱先生用同情的口气说，拾去就拾去吧，一点点稻草被拾去了，就骂孩子是盗贼，太过分了。朱先生的说话口气给我留下了深刻的印象。中文系老师对朱先生都很钦佩，说他好话的很多，说起“文化大革命”刚开始朱先生就作为学术权威被抛出来批斗，批斗会墙上写着大标语：“打断朱东润的反革命傲骨”。朱先生仍然昂首挺立，批斗他的人硬按下他的头颅，他一会儿就昂起来，于是再被硬按下，反复多次，足以证明他是真有傲骨的。不过据朱先生自己说，是他的颈脊椎有病，想低头也低不下去。

其次，印象较深的是陈子展先生，陈先生与贾植芳先生是好朋友，经常到贾先生家串门，我在先生家里经常遇见他。但我与他没有直接说过话。陈子展对青年很警惕，他看到贾先生就有说有笑，一看到我们年轻人在场，打个招呼匆匆就走。贾先生说，陈先生在以前的运动中吃过年轻人的亏，现在他不愿意与年轻人打交道。学校里安排他指导研究生，他只指导了一位，以后再也不愿意指导了。张世禄先生是一次王力先生来复旦相辉堂做学术报告时见到的。张世禄先生坐在第一排，王力看见张先生坐着，也很客气，先说张先生是我的老师，云云，很给了复旦的面子。王力讲到一半时，下面不停地有人往上递条子，每次条子传送到第一排张先生手里，张先生慢慢起身走到讲台边上，吃力地把条子递上去，由主持者接过那条子，再传给王力。这样来来往往好多次，看得出他很吃力，动作很慢，但也没有人帮助他。其余几老，有的是偶然到府上去拜访过，如郭绍虞先生、赵景深先生，但那时他们年纪都比较大了，几乎没有能够谈什么。还有些教授就没机会拜访，如吴文祺先生，就在毕业拍集体照时他来了，坐在第一排，而蒋天枢先生则是久闻其名未见其人。

当时上课是上大课，我们文学班有七十多人，汉语班有三十人，经常在一个教室里上课。有时还与上一届的工农兵学员一起。讲古代汉语的是周斌武老师，这是我大学四年中最难忘的课程。周老师满腹经纶，精通数理英文，他自己发明了一套教授古汉语的方法，涉及国际音标、数学公式、英文逻辑，等等，难倒了一批人。学生中不断有人呼吁讲得太难，但周老师总是站在讲台上脸带微笑地说，不难的、不难的。他还在黑板上写着“欲把金针度与人”几个字，说是要把“金针”传给大家。当时学生中有恶作剧者，特意找出一些自以为很难解释的古汉语例句，下课的时候轮流去请教周老师，以为可以难倒他。可是他们哪里是周老师的对手？周老师不知道这是恶作剧，他万分诚恳地一一作了解答，如数家珍。这下才倾倒了一大批学生。周老师还是书法家，他上课用的教材全是自己用毛笔手抄，学期结束时，他很动感情地说，我与你们师生一场是有缘分的，这本教材大家要好好保存，留给大家做一个纪念。这本教材至今还在我的书橱里珍藏着。教授现代汉语是金路老师，胖胖的身材，开口非常诙谐，他知道下面坐着许多搞创作的学生，上课尽量举文学的例子，什么陀思妥耶夫斯基的作品里用过多少个括号，托尔斯泰作品里有多少个破折号，等等，大家都佩服得不得了。金老师在我留校时已经调到留学生办公室教留学生去了，那是对外汉语的前身。我们七七级同学对金老师的印象非常深。每次同学聚会，问起中文系老师的情况，总是问周老师可好？金老师可好？

应该说，我们七七级是恢复高考后第一届大学生，上课内容也体现了政治上“拨乱反正”时期的过渡性和实验性，研究语言的比较没有问题，但研究文学就问题多了。当时课堂上争议最大的是文学概论和现代文学史。文学概论课是吴中杰老师上的，他以敢说敢为著称，每次上台讲课时，一支粉笔夹在手指上，但很少板书，他操着浙江普通话，指桑骂槐，句句都有锋芒。吴先生是鲁迅研究专家，相传“文化大革命”中他为《解放日报》编了一版鲁迅语录，不知是故意还是无意，把鲁迅在 20 世纪 30 年代批判张春桥的语录也编进去了。张春桥曾经化名狄克写文章攻击作家萧军，鲁迅反批评他。这本来也没有什么，鲁迅批评过的人很多，也不见得都是坏人。但张春桥到 60 年代已经变成真坏人了，特别怕人家揭他老底。吴中杰老师就这样得罪了张春桥，张春桥他们给吴老师安上一个在“反革命小集团”背后“摇鹅毛扇”的军师的罪名，批判大会上给吴老师戴上“反革命”的帽子。“文化大革命”以后当然平反了，我们都把吴老师看作反“四人帮”的英雄。吴老师言必称鲁迅，论时事不留情面，每堂课我们都听得很过瘾。我们班级里同学卢新华写了一篇小说《伤痕》，引起了轰动，后来“伤痕文学”的名字就这样叫开了。小说写了一个叫王晓华的女孩在“文化大革命”中误以为自己的母亲是党内“叛徒”，与她划清界限，但还是受了很多苦，等到她醒悟过来，母亲已经死了，遗憾永远没办法弥补。大家都说这个小说写得深刻，独有吴中杰老师表示不同意见，他痛恨王晓华那样的人，为了躲避祸害竟与自己母亲划清界限，还怨恨自己的母亲，他认为这样的人应该给以批判而不是同情。显然，吴老师读《伤痕》是带了他自己的复杂经验和老辣眼光，我们青年人不理解，就缠着与吴老师辩论，吴老师专门花一节课的时间来分析《伤痕》，说得卢新华心服口服。后来卢新华出国，每次回来必去拜访吴中杰老师。

主讲现代文学史是潘旭澜老师和苏兴良老师，潘老师上课时教室里坐满了听课的人，许多青年教师都来旁听。潘老师满口福建话，说话语速极慢，听他的课很容易记笔记。我是现代文学史课程的课代表，经常去潘老师和苏老师家里聊天，老师们都非常随和。第一次见潘老师，他就问：报纸上有个经常写随笔的陈思和，是不是你？我很惊讶，当时没有第二个叫陈思和的人在发表文章，但我其实也没有发过几篇短文章，潘老师却注意到了。留校后我受潘老师教诲颇多，刚留校不到一个月，他就叫我到他家里去，说现代文学学会要在海南岛开第二届年会，他不想去参加，想让我代表他去参加。那时候出差开会是极宝贵的机会，年轻人一般也没有资格去参加全国性的年会，但因为潘老师说是代表他去的，学校里都给我报销了差旅费用。在这次会上，我第一次见到了王瑶、李何林、唐弢、严家炎、樊骏、马良春、卢鸿基等一流前辈学者，眼界就此大开。潘先生还特意给马良春先生写了一封信，要我带去，意思是要我代表他参加学会的理事会。我没有拿出去给马良春，也没有提出过这样的要求。但潘老师的栽培之心我深深领受了，永远铭记在心。后来潘老师担任了中国当代文学学会的副会长，大约是 2001 年，在广东肇庆开年会，他也是主动要我去参加，并且明确地说，他要退了，一定要我接替他当副会长。他诚恳地对我说，你只要不推辞，一定选得上，别人的工作我去做。好吗？口气里像与孩子说话，我非常惶恐，就答应了，其实当时我还不是这个学会的会员。苏兴良老师当时是青年教师，与我关系就更加随便了，我经常去他家聊天，那时苏老师的孩子很小，非常顽皮，苏老师总是一边与我说话，一边要对付孩子的缠绕，后来我留校，苏老师也一直帮我的忙。

一年级的现代文学作品选是邓逸群老师主讲。有一次讲鲁迅的《祝福》，邓老师引用许寿裳先生的话，说祥林嫂的悲剧，不仅在于狼吃了她的儿子阿毛，而是旧礼教吞噬了祥林嫂这样的劳动人民的灵魂，这是精神上的“创伤”。这个话启发了听课的卢新华，他由此想到，“文化大革命”给人们留下的也不仅仅是肉体上的创伤，更严重的是精神上的“伤痕”。于是创作了短篇小说《伤痕》。可以说，是邓老师生动深刻的讲课启发了《伤痕》的创作，但邓老师很谦虚，从不张扬。中文系教师中对学生最关心的是邓老师，同学们都叫她邓妈妈，每届学生她都能叫出名字，了解他们的情况，从生活到思想，都关心他们。我留校后很多年了，邓老师遇到我还总是叫我小鬼啊，你怎么了。想起来心口总是暖暖的。邓老师曾经花了很多心血编过一套四卷的现代文学作品选，我们都参加，题解、内容都很充实，但后来出版社不知怎么就不印了。十多年过去了，在邓老师的提议下，由我挑头重新主编这套作品选，邓老师是副主编，全体教研室老师都参加了。我们在原有基础上做了很大的调整，现当代文学作品都放进去了，共有五本。换了一家出版社出版，口碑很好，现在还一直在重印。邓老师做了大量的工作，但她坚决不肯接受主编费，几次推辞，最后还是没有接受。在复旦读书期间，现代文学的课是我最喜欢也是最投入的课。当代文学史的课程是陆士清老师和唐金海老师主讲，张新老师也讲过诗歌。选修课有陆士清老师主讲的中国台湾文学，这是全国高校最早开设的台湾文学课程，潘旭澜老师主讲的杜鹏程研究，陈鸣树老师主讲的鲁迅研究，这三门课我都是课代表。陈鸣树老师是李何林先生的高足，他是熔铸了哲学思想和历史背景来讲鲁迅，他的课受到同学们的喜爱。那时陈老师家住在市中心长乐路，与我在淮海路的住家不远，我有问题就很随便地去他家，他总是很亲切地解答。那时候电话不普及，我有天晚上看书突然想到一个问题，就冒冒失失地跑去陈老师家请教。偏巧他那天身体不好，已经睡下了。我突然敲门，好像师母也不在，陈老师披衣起身，边穿衣服边迎我进去，然后接着谈到很晚。我当时惶恐的感觉至今还历历在目。

古代文学史是中文系的压轴大课。当时给我们上先秦两汉的是顾易生、王运熙两位教授，他们两位的风格完全不同。顾先生人高马大，中气十足，一开口就呵呵地笑；王先生温文尔雅，细声细气，平时上课总戴着帽子，低着头，慢慢地念讲义，一旦说到他感兴趣的题目，如魏晋时代的“风骨”，南北朝的民歌，他的头就抬起来了，眼睛也炯炯有神了，极有风度。唐宋部分是陈允吉老师主讲，他讲课诙谐潇洒，经常引用钱锺书、陈寅恪、夏承焘的观点，说起来谈笑风生，是中文系最受欢迎的课之一。陈老师还有一个特点就是关心学生，与邓老师一样，他几乎叫得出每一个学生的名字，经常到学生宿舍去看望学生，与学生聊天。他掌握了解学生的情况比我们学生自己还清楚。我有一篇课堂作业是分析刘禹锡的《竹枝词》，我把刘禹锡的《竹枝词》视为一个整体，像一部民间表演的歌剧一样，有独唱有合唱。写完后我也不知道这样分析对与不对，就冒昧地交给老师。陈老师看后告诉我，他已经把这篇作业推荐到《复旦学报》了。不久文章就登了出来。这是我第一次正经发表学术论文，也没有做任何修改。文章发表后我去感谢陈老师，陈老师却对我说，你以后还是在现代文学方面多下功夫吧。我后来意识到，也许当时系里已经在考虑我留校任教了，希望我在现代文学领域有所努力。文学史的明清部分是李平老师主讲，文学批评史由李庆甲老师、蒋凡老师和黄霖老师分段主讲，骆玉明老师作为王运熙先生的助教也经常来我们宿舍辅导，他们都给我留下了深刻的印象。我们上过的课还有外国文学史，是外文系夏仲翼、翁义钦两位老师主讲的，写作课是秦耕老师主讲，这些都对我们后来的成长发生过有益的影响。

我本来对古代文学是有兴趣的，如果有老师引导，也可能朝这个方向发展。但也许是受到了陈老师的暗示，更重要的是受贾植芳先生的影响，我的兴趣逐渐转向现代文学。当时我已经和李辉在一起研读巴金著作，并且在贾先生的指导下撰写研究论文。贾先生帮我们推荐了一篇论文给《文学评论》编辑王信先生，很快得到了回信，让我们把论文改成读者来信的形式发表。这样，到了四年级，我已经全力以赴地做巴金研究的论文了。我们七七级的四年级课程也很精彩，有章培恒先生讲《西游记》的研究，应必诚老师讲《红楼梦》的研究，王水照先生讲苏轼的研究，蒋孔阳先生讲西方美学、刘季高先生的《左传》等。但因为我把主要精力转到现代文学，就着重选修现代文学方面的课了。但我记得有一门课我是上过的，是日本的伊藤教授讲日本古代文学。章老师陪着他。那位教授上课经常迟到，章老师解释说，在日本高校里，教授为了表示尊严是允许迟到的。章老师是复旦的明星教授。那时他四十多岁，乌黑的头发，西服笔挺整洁，雪白的衬衣，在校园里非常引人注目。他刚从日本讲学回来，用自己的研究经费为中文系购买了大量的日本汉学书籍和研究资料，还学习日本大学教授的工作态度，每学期开设四门课程。他平时不苟言笑，但在课堂上出口成章，满堂生辉。我留校时，系主任是胡裕树先生，很快就换章培恒先生。他当系主任的这几年，是中文系拨乱反正最辛苦的阶段，章先生出于公心，大刀阔斧地进行改革，才奠定了中文系后来发展的基础。

最后，我简单介绍一下贾植芳教授。这是我的导师，我说的“导师”

不仅仅指学业上的，更是指人生的导师。贾植芳先生是七月派作家，胡风的朋友。1952 年院系调整被安排到复旦大学，建设了中国现代文学学科。1955 年他受到胡风冤案的牵连被捕，宣布判了十年徒刑，在监狱里关到 1965 年，然后就放回学校监督劳动。旋即又遭遇了“文化大革命”的迫害。我们进校不久，他从强迫劳动的印刷厂回到中文系资料室，虽然同样是劳动，但待遇要好多了，也自由多了。我认识贾先生是在资料室里，我与李辉研读巴金著作，正好贾先生带领了中文系老师主编巴金研究资料集。我们自然向他请教，他也乐意热情指点，渐渐地我们就熟悉了。复旦中文系的历史里不能少了贾植芳教授，少了他的故事，中文系的历史就会变得苍白。贾先生在20世纪50年代就是深受学生欢迎的红色教授，他在系里上四门课：现代文学、外国文学、苏联文学和文学写作。他说话时山西口音很重，一般人初听不容易理解，但还是受到学生们欢迎。我听曾华鹏先生说过，50 年代贾先生上课时总是夹一大沓外文资料，当时还没有中译本，他一边讲一边翻资料，顺口就翻译出来，解释给学生听，学生的眼界豁然开朗。写作课上，贾先生喜欢改动学生的作文，有一次，学生施昌东气呼呼地找贾先生，认为先生改得不对。先生耐心与他解说，使他心服口服。贾先生是一位魅力型的教师，他的周围有一大批追随者。后来章培恒、施昌东、范伯群、曾华鹏等学生都因为贾先生的冤案受到牵连，但他们在艰难的人生道路上都没有放弃自己的学业，三十年后，分别成为古代文学、文艺美学、现代文学等领域的翘楚。这就是贾先生的人格魅力所在。可惜施老师去世太早，我那时已经留校任教了，亲眼看到贾先生对施昌东的关怀，远胜于一般的父子之情。

我毕业留校后，中文系为每个老先生配一个助手，都由青年教师担任。我担任贾先生的助手，协助他编一部现代文学史上外来影响的大型资料集，那是国家社科规划的。我在贾先生的指导下编完这部资料集后，就跟着他研究20世纪中外文学关系。后来比较文学学科兴起，贾先生接受中文系领导的委托，开始筹建比较文学学科点，招收研究生，并且担任了上海比较文学学会的会长。因此可以说，贾植芳先生为复旦中文系创建了两个学科，培养了一批优秀学者，学术传承源远流长。贾先生一生艰难坎坷，四次入狱，但其性格开朗，胸襟坦白，硬硬朗朗地活了一辈子。他经常说，他的一生就是要把“人”字写端正。这个话，我起先还没有贴切的理解，后来在经历了20世纪80年代的一系列风波后，我渐渐地明白，要真正做到把人字写端正，还真是不容易的。

我留校以后，还是不大关心集体的事情，所以中文系的历史我说不大清楚。我住在市区，一般上完课就到第九宿舍先生家里聊天、吃饭、喝酒，完全像自己家里一样。有朋友来了，也总是往先生家里带，那里的人越来越多，渐渐地，周五中午就成了一个自然聚会点。别人要找我就到先生家里，总是能够找到我的。后来有个时期，风声紧了起来，我因为在1988年与王晓明教授联袂发起“重写文学史”，在徐俊西老师主编的《上海文论》上开设专栏，造成过一些社会影响。有人想把“重写文学史”当作资产阶级自由化来批判，中文系也有些人搞些兴风作浪的动作。我不太了解，也不在意。但许多关心我的老师都跑到贾先生那里，让他转告我，要我小心谨慎对待，周斌武老师最为关切。但这一切，贾先生都是很久以后才告诉我的。他当时什么也没有说，我去他家，照例就是喝酒、吃饭、聊天，并以自己的历史经验教训，分析当时的形势，往往一言道破天机，让人心情豁然开朗。时光一天一天过去，雨过天晴，什么也没有发生，唯有老师们的关怀和教诲，我一辈子也忘记不了。

◇ 作者简介 ◇

陈思和，复旦大学图书馆馆长，中文系教授，著有《思和文存》《陈思和文集》等。

怀念我敬爱的导师

申小龙

张世禄先生是我敬爱的导师，我是张先生亲手指导的最后一名学生，也是他的助手。去年 11 月 16 日，九十岁高龄的张先生不幸辞世，我闻讯赶到张先生家，一见师母，泪水禁不住夺眶而出……

我第一次听说张先生还是在我大学生时代的一次学术报告会上，当时复旦大学中文系邀请北京大学王力教授讲学，王力先生在台上朝着前排坐着的一位老人说："张世禄先生是我的老师，我学习音韵学就是从读他的书开始的。"后来在我大三时的一次中文系的校庆报告会上，终于见到八十岁高龄的张世禄先生在人们的搀扶下走上讲台。他的报告的内容是对 20 世纪的汉语语法学体系中的"洋框框"做系统的批判，呼吁彻底变革。这一主张出于一位现代语言学大师之口，产生了极大的冲击力。我惊叹这样一位垂垂老者竟迸发出如此年轻的学术生命力！由此我认识了这位我国现代语言学的先驱。从 1982 年年初本科毕业开始，我就一直跟随张先生，先是做他的硕士生、博士生，留校任教后又做他的助手。

十多年的弟子生涯，有一件事我印象很深，那是 1985 年我写了一篇《汉字改革的科学性与民族性》，呈老师教正。我提出汉字因其与汉语和汉民族思维的内在联系，汉字改革的方向不应是为实现拼音化的不断简化，而应是表意框架的合理化。这个观点和老师 1949 年以后写的一些文章不尽一致，没想到却得到老师的深切赞同。于是我乘兴问老师："您新中国成立前写的汉字研究论著都论述汉字的文化属性，肯定汉字不能走西方拼音化的道路，而您新中国成立后的一些论文的观点却变了，这是什么原因呢？"老师显然激动起来，他说："我没有办法啊！"老师的话让我良久无言。谁都知道汉字要"走世界文字共同的拼音化方向"曾经是"最高指示"。即使是 20 世纪 80 年代，上海历史悠久的《学术月刊》在收到我的这篇论文后，编辑仍踌躇再三。最后是主编罗竹风先生拍板，云："学术问题应该允许百家争鸣。"文章终于在 1987 年《学术月刊》"青年学者专号"上发表。当我把发表的文章恭恭敬敬地呈给老师时，老师脸上露出了欣慰的笑容。其后不久，老师在我的第一本书《人文精神，还是科学主义——20 世纪中国语言学思辨录》中写下这样一段文字："小龙这一代毕竟碰上了好时代。在这个时代，全民族都振奋探索创新的勇气。小龙这一代语言学青年一定能比前人更健全、更深刻、更成熟，因而也更多贡献。"

张世禄先生生于 1902 年，他求学的时代正是思想文化界交织着中西古今冲突的时代。出身于书香门第的他深感传统语文研究方法的严重局限，意识到中国传统的语言研究必须用西方语言科学的新知来加以革新、改造。在张世禄就读的南京国立东南大学，著名学者胡小石、陈中凡、顾实、柳诒徵、竺可桢、梅光迪、吴宓等对他有很大的影响。在他大学毕业不久，他就写出了《中国声韵学概要》《中国古音学》《广韵研究》《语音学纲要》等用现代语言学原理来研究和整理中国古代音韵学传统的著作。尤其在1938年出版的《中国音韵学史》，是第一部用现代语言学思想写出的音韵学史专著。张先生还积极引进翻译西方语言学家的著作，如瑞典汉学家高本汉的《中国语与中国文》《汉语词类》等。有一次赵元任见到张世禄，谈话中把高本汉的《汉语词类》与章太炎的《文始》相提并论，张世禄当即反驳说："这两本书在方法上代表了两个时代。"张先生的音韵研究处处充满了现代科学精神，历史证明他毕生为之奋斗的现代音韵学方向，是一个正确的方向。

在老一辈语言学者中，张世禄的著述之多、研究范围之广，是惊人的。除了音韵学著作之外，他还出版了《语言学原理》《中国文字学概要》《中国训诂学概要》《汉字改革的理论和实践》《德国现代史》等著作。然而人们更为传诵的是他的教学工作。张世禄从1926年起，先后在福建、贵州、广西、四川、江苏、上海近二十所大学任教。他的授课条理之清晰、兴味之浓厚、板书之严谨，令一代代学生叹为观止。语言学是一门枯涩艰深的学问，然而却有不知多少学生在他的影响下投身于汉语研究，如今成为祖国语言学事业的栋梁之材。今天当我们自己站在大学教坛上的时候，眼前总是浮现先生真诚谦和、乡音潺潺、引人入胜的授课身影。先生令我们惭愧，催我们奋发，他的人格魅力，我们终身受益不尽。

在首次提出彻底改革汉语语法体系的主张后不久，张先生录取我为研究生，专治《左传》语法。从硕士生到博士生，在我的研究中浸透了张先生的心血。由于患白内障高度近视，张先生每次看我的稿子都要将脸贴到稿纸上。实在累了，又让我把文稿录音，他反复地听。在理解我的意思后，提出他的看法。这样反复修改而成的文稿，他却不让我在稿中提他的名字。然而正如海外学术评论所说："申小龙当然深受张教授的影响，他正是秉承老师的教导，在汉语语法学以至中国文化语言学中大展身手，建立有中国特色的理论体系。"去年我应日本中国语学会的邀请讲学，每到一地，学者们都会向我谈起我的老师张世禄先生，因为半个世纪前也是这个学会邀请张世禄先生赴日本讲学的。时事变迁，先生的弟子们又在继承发展老师的事业，怎不令海外学人感慨。

如今，我敬爱的导师已离我而去。每当我思念老师的时候，我总会在老师书赠我的一幅字前凝视良久。那是在我获得"做出突出贡献的中国博士学位获得者"称号的时候，先生用颤抖的手书写了"纷吾既有此内美兮，又重之以修能"一幅大字赠我，这是先生对我的鼓励，更是他对我这个"关门弟子"的殷切期望。先生把自己的一切献给了祖国和人民。他曾有《自嘲》诗云：“分明别有青云路，犹把儒冠自误身。”我将沿着先生指引的路走下去，用求索创造的痛苦与欢乐，告慰先生在天之灵！

◇ 作者简介 ◇

申小龙，复旦大学中文系教授，著有《中国句型文化》《中国古代语言学史》等。

为一次“上书”的走访

邬国平

这是 1996 年的一件事。

当时，教研室还保留着隔周星期二下午业务活动的习惯。老师们平时各上各的课，各做各的事，加上通信不如现在方便，即便是教研室同事，联系也不经常，有这样一种疏朗的定期活动，大家聚一聚，也挺让人乐意。

9 月 10 日下午，正是聚集活动时间。黄霖老师先说了些项目研究方面的安排，大家接着谈点儿自己近期的工作，讨论了一会儿。然后，像往常一般，开始随便聊见闻，所及的话题以趣事居多。这意味愉快的下午行将结束，好像乐府已经演奏到最后“乱曰”阶段。

可是，这次有点不同。

黄老师听大家说了一会儿开心事，带点儿忧虑地说，现在有一件事情对我们不利。国务院学位委员会将对《授予博士、硕士学位和培养研究生的学科、专业目录》做修改，已经把修改意见和新旧专业目录对照表的讨论稿发下来了。对我们直接有影响的是，原来列在二级学科目录的“中国文学批评史”，被拿掉了，分别归入了二级学科“文艺学”和“中国古代文学”下面，成了三级学科。

大家听后，开始还不太明白其利害关系所在。这不难理解，平常大家只管做自己的事情，谁都不关心这些不生动的专门名词，也不太清楚这些专门名词管着自己什么，对自己是友善，还是不友善，会对自己发生怎样的影响。

真照这么做，中国文学批评史博士点、硕士点就没有了。黄老师说。

大家感到了事情的严峻。

既而，大家觉得太不合理。

中国文学批评史，以中国古代文学理论批评的内涵和发展为主要研究对象，从20世纪20年代开始逐渐形成学科特点，经过七十年发展，几代人努力，可以说已经臻于成熟。1981年，郭绍虞先生和他的学生杨明照先生成为第一批中国文学批评史专业的博士生导师。以后，中国文学批评史一直是独立的博士点和硕士点。怎么说拿掉就拿掉了呢？

作为复旦中文系中国文学批评史研究者，对这种做法不可理解，还有一层缘由。复旦是研究文学批评史的重镇，三位文学批评史权威郭绍虞先生、朱东润先生、罗根泽先生，两位在复旦，批评史是复旦中文系一个特色专业，研究者薪火相传，没有中断。当时，王运熙先生、顾易生先生主编的《中国文学批评通史》刚刚全部出齐，影响在扩大，正处于生气勃勃时期，撤销其博士点、硕士点，岂非釜底抽薪？

这么想，越发感到委屈、不平。

如果是专业不成熟，基础不牢，研究水平不够，或者研究者后继乏人导致专业荒芜，将其取消还有一点儿道理，纯粹是编制专业目录技术上的原因，让一个好端端的学位专业悄然消亡，这恰似陈旧的削足适履故事的重演。

然而这次不是故事，是一个真会发生的现实。

你一言，我一语，大家议论了一番。看看时间不早，就结束，回家了。

黄老师叮嘱我，写一篇对取消中国文学批评史博士点、硕士点表示不同意见的材料。

我接下任务，感到此事的分量，思忖着如何将意见陈述好。我想到，最好先去向业师王运熙先生讨教，他如何看待这件事，有些什么具体的意见，对我写陈述意见一定会有帮助。于是，我在回家路上，顺道去了王先生家。

王先生仔细听我讲完事情。听的时候，王先生摘下深度眼镜，闭起眼睛。这是他听别人谈要紧一点儿事情时，常见的一种姿态。然后，他问我大家有什么想法。又想了一会儿，说：作为一门专业，文学批评史还是要在文学史的基础上才能学好，研究好，就文学批评史而研究文学批评史，面比较窄。

接着，王先生从维护中国文学批评史博士点的必要性方面，谈了两条意见：第一条意见是，批评史本身是通史，包含的对象很大，只把它作为一个研究方向，不容易学好，而如果批评史是一个专业，博士生则可以选择其中的某个断代批评史来学习，比较实际，容易学得深入。所以，不宜把文学批评史与文学史的断代史如唐宋文学史、元明清文学史等放在一个层面上。第二条意见是，20 世纪 50 年代，周扬同志开始组织探索如何形成具有中国特色的马克思主义文艺学理论，其中重要一环就是要总结中国传统的文学理论，显然，至目前，这一任务还远远没有完成，因此中国文学批评史作为一个博士点而存在，对继续探索是有好处的。从这方面讲，化解文批史博士点不够慎重。

当时提出为何要调整专业，其中一条理由，说是要考虑社会对二级学科的人才需求情况。对此，王运熙先生说，假如考虑到报考这门专业的人比较少，或者学生毕业后择业机会比较有限，可以在制订培养学生数额的计划上加以调控，而不一定要将这一专业并掉。

王先生说得简明、中肯。

我综合大家意见，略加归纳，按内容主次轻重，拟出了一份关于要求保留中国文学批评史原来博士点、硕士点的意见，列举了五条理由。稿子写成后，我在电话里念给黄霖老师听，他说很好。又说下周二交给中文系负责人，再逐级传递上去。

“可能是螳臂当车，但总得努力一下。”

黄老师的话有点悲壮。

隔了十来天，黄老师给我打电话，说章培恒先生告诉他，博士点调整的事情，北京一些名家意见甚大。钟敬文先生说自己搞了一辈子民间文学，结果却是民间文学的博士点给并掉了。这里插一句，按照专业调整讨论稿，民间文学一部分并入中国古代文学，一部分并入中国现代文学。钟敬文先生因此给教育部长写信，力陈不宜化解这个博士点。提其他不同意见的还有别的专家。章先生知道我们已经通过中文系和学校递交了一份意见书，建议我们是否也拟一份书信，陈述意见，请沪上几位中国文学批评史专家签名。黄老师接受了章先生的建议，在电话里交代，让我具体去办这件事情，并提出，在这份意见书上，拟请王运熙、王元化、徐中玉、郭豫适四位先生签名。

为此，我又来到王运熙先生府上。王先生与王元化先生联系，未能联系上，可能是出去开会了。与徐中玉先生联系，徐先生也不在家，大概已经出国探亲去了。王先生提出，那就另请陈伯海先生签名。

第二天，我对第一份陈述意见书做了部分修改，形成一份新的材料。为了便于阅读，我特意到华东师大我哥哥邬国义家，请他输入电脑、打印。当时个人电脑远没有普及，基本还处于手写时代。我哥哥用电脑比较早，他多次对我说起电脑的好处，而我当时还不大想花时间在学习电脑上，对电脑还懵懵懂懂的。记得他配的是一台针式打印机，打印出来的字墨色有点浅淡。

拿着打印件，我为此事第三次来到王运熙先生家，先请他审读这篇稿子，以便再做修改。王先生看后，没说什么，就在上面签了名。

这天来到吴兴路王元化先生府上，已经过了晚上八点。王先生腰部系着一条宽大的腰带，见面便说，自己腰不适，行动不便。听我告知来意，他说，此事他也曾听说了，是一批人在瞎搞。看过材料后，王先生说他同意所述意见，觉得语气还可以强硬一点儿。说完，便寻笔签上了名。

王先生很健谈。说他最近在杭州参加高校“211 工程”评选，碰到一些校长，他们还不错，懂教育，也敢讲话。“我对他们说，我本来对教育已感绝望，现在又使我看到了一丝希望。”

他说他 20 世纪 50 年代曾在复旦上过文艺学课，后来看到唐弢先生一篇文章，方知道是由于郭（绍虞）先生的推荐。唐先生当时也被邀去复旦授课。当时学生中有章培恒，这是从一位当时参加听课的日本学生出的一本书中才知道的。

王先生还谈到，20 世纪 80 年代，他参加了在华东师大举办的中国文学批评史专修班讲课，说参加者有许多人是搞文艺学的，他在讲课时，主要讲的就是不要搬用文艺学的那一套来研究中国文学批评史，以免望文生义，望文生解，从条条框框出发，歪曲本来含意。说到这里，王先生又把话转到这次调整博士点专业，把中国文学批评史的一部分归入文艺学上面来，说他当年竭力反对的事，现在居然又以一种新的形式出现了。对此，王先生非常愤慨，说："这将会贻笑中外！"

王先生认为，曹道衡、沈玉成著的《南北朝文学史》写得很好，詹锳先生的《文心雕龙义证》也很有功力。批评史方面，很赞同王运熙、顾易生先生那种搞法，对他们主编的《中国文学批评通史》很满意，说花哨的文风有害无益。

王先生还回忆起第一届学位委员开会的情景。当时有朱东润、王瑶、钟敬文等，许多人已经过世。说他们当时对博士生导师的标准掌握很严，文学批评史方面，导师只有郭绍虞、杨明照二位。

那天，王元化先生谈话兴致高，真想再多听他说说。因为已经与陈伯海先生约好，恐怕去得太晚，让陈先生等着不礼貌，就只好向王先生告辞。临别，王元化特意要我转告王运熙先生："我同意陈述意见，只是我自己现在不愿意与那些人去搞了，签名是乐意的。"

从王元化先生家里出来后，我骑着自行车去愚园路上陈伯海先生家。为了早点儿赶到，我用力蹬车，在我的骑车史上，可能这是车速最快的一次，身上都出了汗。

陈先生正在打电话，还有同事在家。

王运熙先生事先已经与陈先生通过电话，谈清了事情原委，故很快便能转入正题。陈先生阅过材料，签上名字，笑着说："理由讲得蛮充分，就是我的签名不顶用。"

短短一语，显出陈先生风趣的性情。

我取出王运熙先生的《乐府诗述论》一书，是他赠陈先生，托我带来的，交给了陈先生。时间已晚，我告辞回家。陈先生随意问了句："签名的还有哪些人？"

次日上午，我来到华东师大郭豫适先生的寓所"半砖园"。之前，黄霖老师在电话里与郭先生已经谈过我要登门拜访，以及请郭先生签名。郭先生看了材料之后，先与我说了这样的意思：他本人是国务院学位委员会学科评议组成员，也是中文学科组召集人之一，在这样的一份材料上签名，本来是不合适的。但是，一方面是王运熙先生嘱托；另一方面他自己原来对这样的调整也是怀着矛盾的心情，这份陈述意见也讲得有道理，从对学术负责的角度，所以，以个人的名义也就同意签名。

他说："我签了名，肯定会被产生一种印象，一会儿参加会议共同通过讨论稿，一会儿又签名表示不同意，变来变去。现在我也不去管那么多了，签就签吧。"

看得出来，这确实让郭豫适先生感到了为难。然而对这件事，郭先生的襟怀是磊落的。

接着，郭先生把话题延伸开去，谈到当时正在进行的专业学科调整，说，开始有人提出，把中国语言文学作为一个博士点，结果遭到大家否决。但是，上面对有人提出的"博士不博"的问题，印象比较深，所以要对专业进行调整，而对合并专业以后具体的问题，考虑得很少。

郭先生认为，其实，“博不博”的问题，一个有志向的学生在学习研究中他自己是会处理好的。如果他不努力，即使专业合并得再大，也博不起来。而且老实说，现在影响学生学习积极性的因素，不是专业博不博，而是如何让他们生活得安心一点儿，有些钱买几本书。但是，这些又不是学位委员所能解决的，所以只能按照上面意图，做一些有限的专业合并。

郭先生说，他本人对古典文献学并入中国古代文学曾表示不赞同。又说，像民间文学、中国文学批评史，让少数几个博士点存在也不影响什么，一定要并没有多大意思。他还说，这次调整，一个目的是要求规范化。现在将中国文学批评史部分归入文艺学，部分又归入古代文学，本身就是不规范的。

郭豫适先生作为游戏规则制定者之一，对问题看得比许多局外人更加清楚。

我起身告辞时，郭先生让我将材料复印一份寄给他，说便于将来开会时，对内容能够有印象。那天下午，我将复印件寄给了郭先生。

9 月 27 日，我用挂号信把陈述意见寄给国务院学位委员会。

以后的事情，可记者有二：

1997 年，《授予博士、硕士学位和培养研究生的学科、专业目录》正式发布，二级学科没有中国文学批评史，这似乎意味我们所争无果。

尔后，国家允许学位授予单位按其一级学科授权权限，在二级学科目录外，可以自主增设二级学科，并最终于 2009 年、2010 年见诸文件，将这种做法肯定下来，强调二级学科的设置应该“有利于人才培养”，“有利于学科特色的形成”。这样就纠正了最初如果不在《授予博士、硕士学位和培养研究生的学科、专业目录》内，即没有博士点、硕士点的简单做法，解决了包括中国文学批评史在内的一大批专业的生存问题，使这些专业在人才培养、学科建设方面重现活力，发挥作用。

由此想到，做一件事，在还没形成建设性意见前，就把具有存在合理性的东西简单地破掉，为此付出代价，是不是真的值？如果一定要认为“破字当头，立在其中”的思维方式也有几分道理，那么，是否应该同时引入成本的概念，以尽量减少这么做带来的扰攘和损失？

二十年前，诸先生支持中国文学批评史专业，其言谈举止，至今印象如鲜。谨以此文记述经过，以见他们在风中雨中，对春泥和花木的呵护。

◇ 作者简介 ◇

邬国平，复旦大学中文系教授，著有《竟陵派与明代文学批评》《中国古代接受文学与理论》等。

陶塘傲菊　赭山贞柏

——忆祖先生二三事

查屏球

1979 年夏，我坐了一次由峰顶到谷底的过山车，先是学校通知我高考分数是全市第一、文科全省前二十，我与家人兴奋了许多日。但是，“文化大革命”十年早已结束了中学生戴眼镜的历史，像我这样戴一千多度眼镜者，在他人看来近乎残疾。体检医生非常认真，在体检表上填了一大堆不适宜录取的专业，体检结论也是“视觉有障碍”。结果在录取时，我填报的所有院校都不接受。最后，还是安徽师大经校办会议讨论才作为特例收下。虽然校报报道了我这位高分新生，引起了同学的关注，但我仍有“落榜”的郁闷。在系开学典礼上，祖保泉[①]先生作为系主任讲话，他一上来就说，一所大学

① 祖保泉（1921—2013），安徽师范大学文学院教授，1947 年毕业于四川大学文学院中文系，曾任安徽师范大学中文系主任、古籍研究所所长，著有《司空图诗品解说》《文心雕龙解说》等。

不管它的名气如何，最重要的还是要看上课教师与图书馆的质量，图书馆是不说话的教授，那里有世界上最伟大的教授全天候地等着你去受教。接着他历数本系在中华民国时代的刘文典、郁达夫等名人，细叙宛敏灏、张涤华这些名教授的学术影响以及本校藏书量在全国高校排名靠前之事，时时流露出的对于本校的自豪感是非常有感染力的。几天后，他通知我去办公室谈话，说："你不要因为没有进名校而气馁，我们系里也会教出不亚于北大的人才，比如，刘学楷老师原来就是北大教师，孙文光、余恕诚老师就一直在我们系里，对他们的学术成就北大教授都是承认的。"祖先生的两次讲话，很快扫除了我入学之初的种种不快，形成了作为一名安师大中文系学生的自信心与自豪感。

大三时，祖先生给我们开"《文心雕龙》选读"，他的字很漂亮，每次课后，很多同学围在黑板前欣赏他的书法作品。在讲读时，往往为一个字从郑玄一直讲到段玉裁，他解《序志》"饰羽尚画，文绣鞶帨"时，随手在黑板上抄写了萧统的《锦带书十二启》中《姑洗三月》，未加标点，说，谁要是能马上标点断句、解释翻译，研究生入学免试。我还旁听过他给七八级开的"《文心雕龙》选读"，留下的课程作业就是让学生在周振甫与牟世金的选注本中找问题。这些都让我真真切切地体会到古人所说的"读书首要识字"一语的分量。有一次，我曾与刘学楷老师谈论安师大中文教学的特色，他认为注重文本的理解，应是其中一大特点，我想这一特色的形成与祖先生的教学影响当有一定的关系。在讲到《辨骚》篇时，他花了很长时间辨析了当时流行的现实主义与浪漫主义两个概念与中国古典诗歌及刘勰思想不合之处，还说明20世纪50年代关于这两个概念引发的争议。现在想来，这可能是祖先生当时正在研究的一个课题，也是他一直思考的一个问题。这些问题看似离本科生知识层次有点远，但是这种讨论可以一下将学生的思维带入学术前沿，大大提升了学生的学术境界。当时，有一次他看到我座位上摆着他的《司空图二十四诗品解说》与郭绍虞的《诗品集解》两书，问我："从两书比较中，体会到了什么吗？"我说："我没有比较，我是先看郭书，后来发现很多地方不太懂才找你这本来看。"他笑着说："这么说，我的书还是有用的。"然后，我问了他"若醯非不酸也，止于酸而已。若鹾非不咸也，止于咸而已"中醯与鹾两字的意思，我翻开《历代文论选》指给他看说，"各本都无解，有的直接说是醋与盐，但又不知其依据"。他说："看似不是问题，认真起来还真是问题。司空图取这两个字，是取醋、盐的古字。"后来，我查了《辞源》才知《礼记》中有"和用醯""盐曰碱鹾"的说法。上课前，我告诉了他，他笑着说："注书的人，有时以为很好懂不必须注，很可能就给读者留下了障碍，还有的是以为懂了其实可能还没懂，还有的是确实不懂，躲掉了。以后你们要写书一定要替读者多想想。"这学期课程作业是写论文，题目自选，我就写一篇《神思与神似》一文，几乎用了半个学期的时间。祖先生对抄写的要求是很严格的，我的字奇丑，全系有名。所以，我对成绩完全不抱希望，但还是希望能得到先生的评价。当时有这种想法的同学很多，我就与几个同学在一天晚上去了他家。当时安师大的教授都居于二层小楼群中，小楼依山而建，一条水泥路环山而行，路边植着几棵松树，祖先生院里依墙摆放了一排菊花，雅趣郁然。我们在他书房里看到，我们的作业已被整理成几堆放在书桌上，他说他已看第二遍了，所以，他很快能找出我们的论文并当场给了评价。他称赞我有想法，能读一些旁人不看的书。当时我对中国绘画史很有兴趣，对俞剑华的《中国画论类编》看得较多，在论文中也用了一些，这一点额外的功夫，竟然也被他注意到了。那天我们同学也见到了端庄清雅的祖师母，回来都笑着说：祖先生是品貌兼顾的，为什么对你的论文舍形取意呢？此事让我兴奋许久，作为一个学生，还有什么比得了让心仪的老师点头更开心的事呢！

毕业时，有同学找祖先生求字，我在临行前才与几位同学到他家去要，那是一个非常凉爽的晚上，祖先生谈兴甚浓，谈到很多“文化大革命”的事，也谈到他在抗战时在川大求学的事，说有一位先生言必称黄侃，而且说到黄侃一定是摘下眼镜毕恭毕敬。又说，现在印行的黄侃《文心雕龙札记》一书最早就是印发给他们的讲义。最后，他让我们把地址留下，日后再写字给我们。我当时以为已婉拒我们了，可等我到一所中学工作了大半学期之后，收到他一封信，里面就有他寄来的两页条幅。其中一张抄写了龚自珍诗《投宋于庭翔凤》：“游山五岳东道主，拥书百城南面王。万人丛中一握手，使我衣袖三年香。”后来，我知道祖先生一直对龚自珍诗词有兴趣，想做一个注本。这个条幅应是他这段学术思维的流露。我到重庆、南京之后，回家过往芜湖时，也曾看过他，每次都如同又上了一次课。有一次，与朱志荣兄一起去看他，还带着他刚出版的《文心雕龙选读》，找他签名。这本书基本内容就是印发给我们的上课讲义，读来特别亲切。他签完名之后笑着说：“你知道出书者的苦恼，不向作者索书，像一个要出书的人。”现在，我每出一书总是想起祖先生的鼓励与希望。昨天（10 月 5 日），我们七九届很多同学一同去芜湖火龙岗送走了这位九十二岁的老人，回家后面对他书写的条幅，许久不能平静，就写下如上这些话。

◇　作者简介　◇

查屏球，复旦大学中文系教授，著有《唐学与唐诗——中晚唐诗风的一种文化考察》《从游士到儒士——汉唐士风与文风论稿》等。

外婆的棺材

邵毅平

我曾经有过一张写字台，是用外婆的棺材木头做的。

外婆是乡下的小脚老太太，很早就为自己准备好了“寿器”，也就是棺材。我记得是安放在侧屋里的，夜里看上去有点阴森森，我不喜欢它。

外婆却喜欢得很，时不时地摸摸，一脸的心满意足。我后来想通了，外婆身无长物，这棺材就是她唯一像样的财物了；外婆一生勤苦，这棺材也是她唯一可得的安慰了。

然而，火葬的风渐渐刮到乡下来了。外婆门前的河里，时常会有出殡的船摇过，船上显眼地厝着棺材。每当这时，外婆就会触景生情：“等我走了，就困（睡）不着棺材了……”说着说着，眼泪汪汪起来。

我心里不以为然，只觉得外婆没见识，可笑，嘴上却还是哄她：“火葬好，火烧不疼咯……”

火葬是决定性的了。外婆的棺材成了累赘，而我正需要一张写字台。于是，小姨、小姨夫就张罗着，用棺材木头给我打了张写字台，式样是当时流行的“捷克式”，还说：“棺材棺材，升官发财。”

我不喜欢外婆的棺材，却喜欢这张写字台，成日在上面读书写字。但从中学写到下乡，写到回城上大学，又写到毕业工作，却既没有升官，也没有发财。

有一天，我正在上面写着什么，乡下传来消息，说外婆走了。我摸摸写字台，心里忽然起了一种古怪的念头：我的写字台用掉了外婆的棺材木头，外婆走的时候该不会怪我吧？

这么说来，我好像欠外婆一口棺材。于是便留心起来。美国影片里的那种不锈钢棺材，外壳锃光瓦亮，衬里温暖舒适，很适合外婆那把老骨头，像是不错。尤其是朱迪·福斯特主演的《空中危机》（*Flight plan*）里，其亡夫的那口棺材还带有密码锁，很是神奇。密码嘛，除了我们这些外婆的子孙后代，可以只告诉与外婆要好的乡邻，不告诉那些跟她怄过气的人……

明知不现实，想想总归可以的。

但是，如果外婆还是喜欢她的那口木棺材呢？

我的那张写字台，在我搬迁新居时，因嫌它式样老土，又被我送回了乡下。其后来的命运是——不知所终。

容我再想想。

◇　作者简介　◇

邵毅平，复旦大学中文系教授，著有《中日文学关系论集》《诗歌：智慧的水珠》等。

我的父亲辛丰年

严 锋

辛丰年是怎么样的人呢？比较难回答。不过我们可以从辛丰年不是什么开始。辛丰年不是音乐家，不是音乐评论家（在中国，音乐评论家还没有出生呢），不是作家，不是评论家，不是学者，甚至也不能算是知识分子，因为他的学历是初中二年级辍学，在今天，无论去哪里应聘，都会比较麻烦。

让我们直奔本质吧：首先，辛丰年是一个老干部。这样说可能稍微有点煞风景，特别是在辛丰年的读者圈子里——一支以大学生、音乐爱好者和白领丽人组成的风雅队伍，这些人大概宁愿把辛丰年想象成头戴无檐帽、嘴叼粗大雪茄的文人骚客，就像徐迟那么英俊——对不起，让你们失望了。辛丰年是一个其貌不扬的瘦老头子，头发花白而不多，面目质朴而慈祥，常穿一件似中山装非中山装的廉价旧衣服，袖口微微有一些油迹，这是因为每天要做很多家务活。

老干部这个词早已风光不再，充其量给有怀旧癖的人几丝怜悯的回想而已。不过，也正因为冒充老干部已完全无利可图，我才敢大胆地承认这一事实。其次，辛丰年是一个老而不大的干部，四十多年前国家开始实行行政级别制度的时候，一劳永逸地定为十五级。官职嘛，好像最大也就做到副科长（因为是军职，所以比现在的副科长可能稍微值钱一点儿）。辛丰年大概是很不会做官，因为到他“文化大革命”被打倒为止，似乎从来就没有被提升过。但是，从他的所有老同事、老战友嘴里，我知道他是一个对工作极为勤勉认真的人，对马克思主义无比信仰，对革命事业无限热忱。真的信仰和热忱。据我看来，这种信仰到今天也没有丝毫的改变。

辛丰年又是一个老军人。小时候我曾经对这一点充满了自豪，但是很快就幻灭了：辛丰年虽然 1945 年就参加了新四军，可是一个坏人也没有杀过，因为他先做文化教员，后来又到文工团，也不过是演演《李闯王》（好像是阿英写的吧）中的顾君恩这类的小角色，据说上场的时候还忘了摘手表。我后来甚至怀疑他是不是会打枪，但他说他曾经用机枪扫射过——当然是打靶。从前家里有一个小盒子，里面有一些渡江战役纪念章之类的东西，还有一个三等军功的奖状。不过，任何一个当兵的，差不多都会有类似的玩意儿吧。无论如何，辛丰年身上军人的痕迹还是很浓的，在六十岁以前，他走路都是大步流星，昂首挺胸——哪怕是去上厕所。另外，有时候说话间也会带出一些当兵人的粗口。家里三分之一的书是和军队有关的：从拿破仑到第二次世界大战到聂荣臻回忆录。我的弟弟和我从小就是看《红旗飘飘》《星火燎原》和《志愿军一日》这样的书长大的。

在“文化大革命”中，辛丰年本来是个逍遥派，因为看不惯林彪的一个死党在他们军区的飞扬跋扈，说了几句话，就被打成了反革命。本来也不至于此，但要命的是他的出身不好——非常不好，这个我在后面还要提到——于是他被开除党籍军籍，撤销一切（区区的）职务，发配回他的老家监督劳动。那个地方叫作江苏省南通县（今南通市）石港区五窑公社砖瓦厂。他的工作，一开始是用手工做小煤球，供厂里的工人取暖用。后来下车间，做轮窑制造砖瓦的第一道工序：用大铲子把煤屑铲到泥土搅拌器里。知道吗，光有泥土是烧不成砖瓦的。这是很累的力气活，结果是到现在胳膊上还留下了健美的疙瘩肉。后来，不知怎的就受了优待，让他做另一道工序：把已经到了传送带上的混合土中的草根之类的东西拣出来。

其实，那样的生活并不见得比现在的生活坏到哪里去。那里的工人（其实也是农民）和干部对他还是不错的。每天下了班，吃了晚饭（晚饭者，食堂里打来五分钱的青菜和饭混合起来，添一点儿自己熬的猪油和油渣，在家里用煤油炉加工而成的咸泡饭是也，极其美味。但总不是太够。八岁的儿子每次吃完了自己的一份儿还会舔舔嘴唇，看着父亲的那一份儿发呆。还要吗？于是，再从自己的那一份儿里挖出一些来），辛丰年就会牵着儿子的手，到田野里去散步。鸟儿在晚霞里歌唱，风吹着家家户户的竹林沙沙作响，辛丰年就会一边给儿子讲米丘林、高尔基、联共布党史、布琼尼的第一骑兵师，一边对迎面打招呼的农人含笑作答。

到了晚上，如果没有夜班的话，就会读鲁迅和《英语学习》之类的书。从福州带到乡下的竟然也有两三百本。看书看得吃力了，就会拿出小提琴来拉上几段，最经常拉的是萨拉萨蒂的《流浪》和马斯南的《沉思》，后者是他最喜欢的音乐之一。经常还拿出歌本来唱歌。唱的是在石港区新华书店新买的《战地新歌》和从福州带来的一些战争年代革命歌曲集里的歌。最经常唱的是沈亚威的《刺枪歌》：

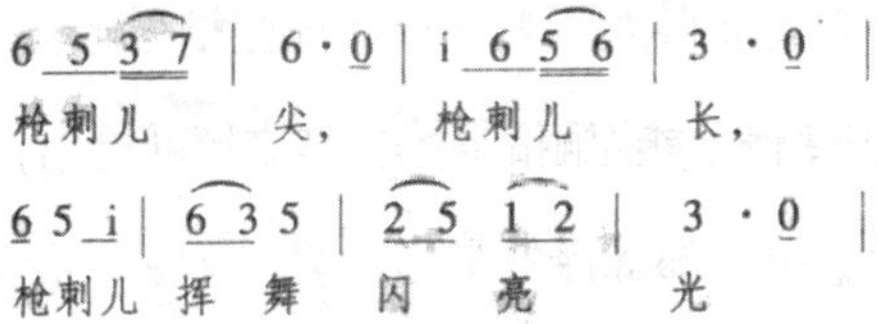

我一直认为这首歌的价值超过了近二十年来所有通俗歌曲的总和。

当琴声和歌声响起来的时候，窗子上就会映出大人和小孩一张张好奇的脸。这多少有点类似王安忆在《叔叔的故事》里面描写的一些情景。

厂里面有一个文艺组，辛丰年常带我到那里去玩。我的印象是，那个小屋子里的所有的乐器，辛丰年都会。拿起笛子，就吹笛子；

拿起二胡，就拉二胡。不过，就像罗切斯特先生对简·爱小姐的评价那样，都是“只会一点儿”。他最拿手的大概是古琴，不过我从来没有听他弹过，那年头上哪儿去找古琴?

我当时对辛丰年最佩服的是，他每买回来一本新的歌集，就会拿着它很快地连词带谱从第一首歌唱到最后一首歌，不像我们在小学里，还要先学唱乐谱再学歌词最后合在一起唱。辛丰年告诉我，等我再大一点儿，就教那一绝招。我早已够大的了，到现在也还没教，不过，就像他一样，那种看谱唱歌的办法我也已经无师自通了。

我在九岁那一年（1973），另一件极向往的事情，是想自己什么时候也能够阅读家里精装的两大厚本俄文版的苏联电影作品选集。里面像《夏伯阳》《彼得大帝》《革命摇篮维堡区》之类的，应有尽有。当这种渴望变得不能忍耐的时候，辛丰年就提出和我合作翻译，他口述，我记录。第一部翻译的就是《夏伯阳》。我至今还记得这部伟大的电影的所有细节，从一开始的洗澡到最后的月光曲，还有警卫员别佳教安娜如何拆卸马克沁重机枪的对话：

——这是枪栓。

——这是脸蛋。

……（大概是抽耳光之类，儿童不宜）

——这真的是脸蛋！

（俄语中“枪栓”和“脸蛋”可能是一个发音，安娜误以为别佳有意调戏她。）

按道理来说，林彪倒台了，他就应该平反了，事实也是如此，却滞后了好几年。也难怪，倒霉的人太多了，像他这样的小人物不排排队是不行的。1973 年，两个军人来到了砖瓦厂，带来指示：辛丰年恢复党籍，就地复员安排工作。这只能算部分平反，还是拖了大大的尾巴，但恐怕已经要算他一生中最欢天喜地的日子了。草根不用拣了，草屋改成了砖屋，一下子工资狂涨到五十二元一月，周末吃点儿肉是不成问题了。所谓“就地安排”，就是在五窑砖瓦厂做了分管后勤的主任，人称“严主任”，小小的公社砖瓦厂，主任不下十来个，但是工资最高的居然就是这位从最低级的工人超拔上来的“主任”。

到了 1976 年粉碎“四人帮”前夕，终于彻底平反了，复员改转业，完全恢复原来的待遇。军队是回不去了，像他这样的情况一般是在附近大一点儿的城市安排一个工作。但是，当组织上征询他的意见的时候，五十三岁的辛丰年提出退休。后来的事态发展表明，这可能是辛丰年一生犯下的最大的错误之一。因为在 1976 年，还完全没有干休所或是老干部活动中心这样的概念，如果你没有单位，就没有人来管你，也就没有人来考虑你的生活待遇住房之类的问题。在进南通市的时候，地方上给了两间小房子，然后就再也没人来理他了。

正是年富力强，官复原职，把“四人帮”造成的损失夺回来的大好时机，为什么要洗手不干？辛丰年大概想的也是要夺回损失，不过是另一种损失。退休手续一办完，他就拿起一根扁担，用补发的工资到新华书店里去把《马克思恩格斯全集》买了回来。《鲁迅全集》《资治通鉴》《艺苑掇英》《文物杂志》……要看的书实在是太多了，怎么来得及呢？连吃饭的时间都只好也用来看书。

还有音乐。从前的几百张唱片早已是五分钱一斤的价钱处理掉了，但是朋友们告知了一个惊人的消息，韩国有一个短波台每天有七八个钟头的古典音乐，正好可以考验刚买的海燕收音机。虽然还是心有余悸，毕竟天气已经放暖了，天时地利人和，年轻时代的爱好大有一发而不可收再度喷薄而出的气势。不过，收听敌台仍然是一件吃力的事情，人必须小心地守候在收音机旁，每个曲子的开始和结束的时候，必须手脚飞快地把音量调到极轻，以免屋子外面的人听到那朝鲜语的对乐曲的解说。

总之，链式反应开始发生了。韩国台的古典音乐听了一遍还不过瘾，于是就去买了一台上海录音器材厂的 601 型盘式录音机，一个在当年骇人听闻的奢侈品，居然要四百多元一台。有了录音机，当然磁带就开始堆积起来，为了整理杂乱无章录下来的节目，另一台 601 也被请回家来。好在刚平反，好像钱怎么花也花不完似的。

再过两年，中国开始酝酿惊天动地的巨变，虽然当时人们大多还蒙在鼓里，对喇叭裤青年手上拎着招摇过市的收录机播送的新世纪的福音还没听出个名堂来，辛丰年的耳朵却准确无误地捕捉了这些四喇叭收录机传送的另外一些信息：它们的声音毫无疑问地使601的音质变得不堪忍受。

我记得非常清楚，当那台夏普AP9292千里迢迢地从转卖者那里来到我家的那一天，辛丰年失眠了。他半夜里爬起来把随机的试音带（一些火车的声音和“绿袖子”）听了一遍又一遍，完完全全被机器上那大大小小闪烁跳动的红灯和两尺宽的“立体声”给彻底迷住了。顺带说一下，辛丰年对各种机器有很浓的兴趣，这种兴趣也传到了我身上。

韩国电台和601们完全失宠了，后来那一台601随着笨重的磁盘被我扛到了大学的寝室，成为室友们天天诅咒的对象，最后竟不知所终。

接下来，就开始了每天大录特录上海调频广播台的时代。如果去上班的话，大概是完全没有这种可能的吧？世界上居然还有调频这样美好的音质，9292居然能在当地相当不错地收到上海的调频节目，而上海调频台在那时居然推出了那么多优秀的古典音乐，这些都是令人难忘的记忆。

辛丰年是古典音乐原教旨主义派。对“流行音乐”从一开始就是抱着强烈的反对态度。但是也有罕见的例外时候。最早的上海调频台试播的时候，杂七杂八的东西都混在一起放，名字也不讲，有一天不小心把一段他最讨厌的“外国轻音乐”录了进来。可是，这段当时还不知道名字的“外国轻音乐”却被他大加赞叹。后来不小心抹掉了，也是跌足叹息了好久，以至在后来的许多年中一直想再把那段音乐重新找到。后来才知道，那段音乐其实也是大有名气，就是电影《爱情故事》的主题曲。但是，奇怪的是，后来听了无数的版本，无数的改编，总是不能令人满意，而最初听到的那个，却怎么也找不到了。

夏普四喇叭收录机，成了辛丰年在 20 世纪 80 年代中主要的音响设备，而上海调频台则是主要的版本。原版磁带和立体声唱片太贵（当工资随着物价开始起飞的时候，他的退休金就逐渐跟不上形势了），CD 还是传说中的故事。大部分的时候，倾听都是一种等待，吃了上顿不知下顿。直到 1994 年，他才拥有了第一台 CD 唱机——还是 Walkman 的！因为过度的使用，那台收录机后来的模样惨不忍睹，几乎所有按钮都已歪歪斜斜，机壳由原来的银色变作漆黑——感谢辛丰年在家里伺候了多年的蜂窝煤球炉里发出的煤气。

为了改变这种被动的状态，辛丰年在一开始就有他的对策，化听为读，买不起唱片，还买不起乐谱吗，尤其是“光华出版社”的乐谱？读谱的乐趣是难以想象的。一张乐谱，可以演绎最新最美的演奏，至少是在自己的头脑当中。不过，光有乐谱，毕竟有所不足，如果自己能用乐器摆弄一番，岂不更妙。辛丰年刚刚平反回城，还没有自己的房子的时候，便已亟不可待地去买了一架五组的脚踏风琴（比一般农村小学的风琴要稍好一些，后者是四组的）。到 1986 年，他终于花两千多块钱买来了他平生的第一台钢琴（我相信他还会有一台的）。在六十三岁的年龄，一个人开始学钢琴，不是从 599 开始，也不是从汤普森开始，而是一上来就弹舒伯特，弹肖邦。但是这又有什么关系呢？反正不会有人在一旁大声呵斥，也没有什么作业一定要完成，自己就是自己的老师，而且还有一套自己想出来的、相当不错的、完全排斥练习曲的教学思想和方法体系，想弹什么就弹什么，想弹到哪里就弹到哪里，想怎么弹就怎么弹，世界上又有多少人享受过如此这般的学钢琴的乐趣？技巧跟不上，速度达不到，难的地方弹不出来？没关系，双手够不着的地方，可以用心，用想象去补充。只是苦了我们这些家里的人。

在这时，钢琴狂热开始席卷全国，小朋友们的苦日子正在来到。有的家长们听说当地有一个懂音乐的老伯伯，便把小孩带到辛丰年的家里让他指点。其实老伯伯也不过是小朋友们的老同学罢了，不过，小同学们来到的日子，是老伯伯非常快乐的日子，那种等待的心情，简直就是望穿秋水。听小朋友们弹克莱门蒂、库劳、小巴赫和莫扎特，是老伯伯最大的赏心乐事。比听那个已经黑乎乎的 9292 有趣多了。

嗯，如果日子就这么过下去，似乎倒也不坏。家里的书在以惊人的速度增加，磁带在不断堆积，英雄牌钢琴的恶劣的声音在回荡，可是，除此以外，家道在无可置疑地中落。如果和周围的邻居比一比，反差实在太大。回顾辛丰年的一生，如果就到此为止，用一般的标准来看，可算是乏善可陈。如果和祖上的功勋比一比，简直就是一个失败者。辛丰年的父亲，当年也是一个耀武扬威的小军阀，据说曾经把孙传芳从死人堆里背出来，做过孙的混成旅长、上海戒严司令和淞沪警备司令。后来下野了，就在上海淡水路法租界里做寓公。辛丰年和他哥哥小时候的家庭教师，有一位复旦大学教授王蘧常先生。按时下的话说，蘧常先生可能是当代中国最好的章草书法家。不过，这些在今天可能又重新变得光荣的历史，辛丰年是绝不对我们说的，即使是在今天。对于祖先，辛丰年有一种根深蒂固的羞耻感和赎罪心，这种原罪的意识，从 20 世纪 40 年代接触革命思想，到“文化大革命”中的吃尽苦头，一直到发家致富光荣的改革开放的今天，他从来没有改变过。

正是这种对剥削阶级的痛恨，对苦难民众的深切同情，使辛丰年在 20 世纪 40 年代走上了革命的道路。我的祖母和姑妈都曾经同我说过辛丰年年轻的时候如何尽可能地不让用人服侍他，自己动手。1945 年 4 月，辛丰年从上海乘小船来到苏中解放区，参加了新四军。并把辛丰年原来的名字改了，以示脱胎换骨之意。

在辛丰年的信仰马克思主义和投军的背后，我感觉到的是一种对人间的绝对正义的追求，一种刻骨铭心的悲天悯人的情怀。辛丰年是一个无可救药的人道主义者。在后王朔时代，当“爱”这个字眼和“屁”成为同义词，沦为滑稽和笑料的道具的时候，我抱着一丝宽慰和感激的心情，发现现实中居然还有一个雨果小说里才可能出现的人物，而这个人就在我家里。

比如，在砖瓦厂流放的时候，在一个月拿二十三元半的“生活费”要养活三个人，自己的肚子也吃不饱的情况下，他会和当地公社养老院里的一位孤老建立很深的友谊，经常徒步好几里路去看望和接济他。

这类天方夜谭式的事情我真不愿意多说，因为事实上，那种大慈大悲的心肠，放到生活中，经常会使人感到尴尬。比如，大家一起在看电影《啊，摇篮！》，看到里面十四岁的小保育员湘竹（马晓晴演）因为保护孩子们而中弹牺牲的镜头，就会突然大哭起来。有一天早上，我还在床上睡觉，突然又听到了呜呜的哭声，偷偷一看，原来是他在看李辉写的《胡风集团冤案始末》，搞得我只好躲在被子里不敢爬起来。1992 年，辛丰年拜访我的导师贾植芳先生，就住在贾植芳先生家里。一次吃饭的时候，贾先生谈起了贾师母为了他的冤案而被迫到青海受难的一些往事，突然，辛丰年大流其泪，把大家弄得不知所措。

与这种不可遏制地对苦难和弱小者的同情相连的，则是仇恨，对人间一切丑恶现象的愤怒。在有的时候，那种正义的观念会使他显得不近人情。他有两个老朋友，我们姑称之为朋友 A 和朋友 B。朋友 B 对朋友 A 做了无耻的欺骗和出卖的事情，此事与辛丰年完全无关，但是辛丰年知道了以后就和 B 彻底断交，从此不说一句话。而朋友 A 呢，因为是一个宽容的老好人，还是和 B 保持着面子上的来往，并对辛丰年的这种断然决然的态度不以为然。

啊，写着写着，我发现我已经开始远离音乐了。真的远离了吗？不见得。因为对于一个情感那样丰富的心灵来说，恐怕也只有音乐才能满足他的要求吧。辛丰年就是那样一个极端的好人，好到音乐的程度，好到“此曲只应天上有”的程度。

还是回到音乐吧。前面用“失败”来形容辛丰年的一生，看来是言之过早，好戏还在后头哪。20 世纪 80 年代中叶，辛丰年的生平好友章品镇先生（章品镇先生就是当年指引他走向革命的那个人）推荐他为三联写一本关于音乐的小册子《乐迷闲话》，这本书在当年没有什么人注意，都以为那就是多如牛毛的音乐通俗读物中的一种，后来又成为大家搜求的宝贝。在这过程中，就结识了三联的宋远先生，后来就开始为《读书》写稿，开设了《门外读乐》专栏。这以后嘛，就是历史了。

慢慢地，名气就大了起来了。朋友在把我介绍给别人的时候，逐渐地也就会加上一句“他的父亲就是辛丰年”，我以前从家里仰天大笑出门去的时候，想的都是一定要争口气，好歹也要让可怜的老头子将来也能被别人介绍成“他就是 ×× 的父亲”。做梦也没想到我也有子以父贵，揩老头子名气油的一天。真是又惊又喜又愧。不过，在家乡，在朋友的圈子中间，这么多年过去了，却依然很少有人知道辛丰年就是 ××，×× 就是辛丰年。他自己是不会说的。后来也有崇拜者从外地赶来拜访，却不得其门而入，跑到市文联去打听，满以为一定会有头绪，却没有人知道辛丰年就在本地。

而辛丰年自己呢，在很长的一段时间里一点儿都不知道自己早已行情大涨，拥有一批忠实的读者了。他不知道，知道了也不感兴趣，是真的不感兴趣。我呢，因为年纪还比较轻，修炼得还不到家，就不那么能免俗。有时候和陌生人交谈，冷不丁就会问他一句，你觉得辛丰年的文章怎么样？基本上都是很肯定的。有时甚至会听到非常过分的回答。有人说，辛丰年啊，文章比 ××× 和 ××× 好多了。令我魂飞魄散，但又忍不住偷乐。因为 ××× 和 ××× 正是辛丰年最敬仰的文章大家，也是我的偶像。我曾经把类似的话转告给辛丰年，引起他的勃然大怒，他认为那是一种不负责的轻浮的说法。

辛丰年的文章到底怎么样？虽然有人把他捧上了天，我还是要保留我的看法。总的来说，他的文字精练而老辣，但是过于锤炼，文气太紧，信息量过于密集，总是想把大量的内容浓缩在最少的文字中，有峻急之嫌，犯了时文的大忌。其实这样很是吃力不讨好，要让读者始终保持高度的注意力，把读者搞得很紧张。所以辛丰年不能算是真正的大家。真正的大家总是知道怎样把一勺炼乳兑水稀释成一杯浓淡得宜的饮料，这样有张有弛，文气舒缓，为读者着想，于稿费也大有益。而辛丰年呢，直截了当地就把一杯炼乳端给大家。不过，这也正是我尊敬他的原因之一，因为他的文字体现了一个文字工作者的高度的职业道德，而我们如今在报纸杂志上经常看到的，多半除了水还是水，如果不把它们叫作排泄物的话。

这也是迄今为止辛丰年的文章如此之少的原因吧。他写得太吃力。早上五点多钟就爬起来，以七十多岁的高龄，把炉子点燃，烧上一壶开水，然后拄着拐杖，拎着菜篮子到离家并不是很近的菜场去买小菜，回来的路上买好儿子媳妇和孙女的早点。其实这两年家境大有改善，孩子们的工作都不错，自己稿费也有一些，请个保姆应该是没问题的。但是他不愿意，基于那种根深蒂固的对剥削阶级人压迫人生活的永恒的厌恶。回到家，听完 BBC 的早新闻（他讨厌美国之音，但是喜欢BBC，特别喜欢BBC播音员的那种声音和语调），就开始伏案写作。他总是一遍一遍地修改，每改一遍就要自己重新认认真真地用圆珠笔重新誊写一遍。

不过，影响辛丰年写作高产的原因最主要还不是因为繁重的家务和反复的修改，即使是扣除掉上面两大块时间，他还是有很多的剩余，那些时间他在干什么呢？看书，无止境地看书，吃饭的时候也捧着书看。从前他什么书都看，六十岁以后，基本上只看历史方面的书。也许将来他会写一部有关历史的书。辛丰年还有一个习惯，就是听音乐的时候绝对不能做其他的事情。听音乐就是听音乐。这样一来，时间就更少了。我基本上接受了辛丰年的这种对待音乐的态度。

在辛丰年牵着我的手去田野里散步讲鲁迅文章的年代，辛丰年是我最崇拜的偶像。后来，改革开放了，我去上了一所名牌大学，硕士博士一路读上去，名公巨匠着实见识了不少，福柯哈贝马斯也生吞活剥了不少，少年气盛，渐渐地就有些不把辛丰年放在眼里了。老头子过时啦，跟不上形势啦，太保守（太激进？）啦，等等。但是，现在我早已过了而立之年，逐渐对这个世界，对这个世界上的人有了更深入一点儿的看法，我好像又有要回到童年的意思，用哲学上的说法就是“回到辛丰年”。我冷眼看来，热眼望去，看来望去，左看右看，竟发现，在这个偌大的世界里，就做人而言，就对知识和真理的纯真热爱和无止境的追求而言，就对待名利的冷漠态度而言，还没有多少人能同我的辛丰年相比。发现这一点，我既觉得悲哀，又觉得宽慰，还感到骄傲。

◇ 作者简介 ◇

严锋，复旦大学中文系教授，著有《雕虫缀网录》《感官的盛宴》等。

“同学们年轻时要写诗啊”

——追记我的导师陈鸣树先生

孙 洁

1994 年初夏的一天，我跟陈鸣树先生约了去家里拜见他，那时我已定下直升读研，但还没有定导师。我去找他，就是想问他是否可以做我导师。

说来，我是先读了《文艺学方法概论》，后认识陈先生的。我至今记得在人民广场的上海图书馆（就是后来的上海美术馆，现在是什么已经不太清楚了）的旧书店里见到此书时候惊艳的心情，然后就赶上那年的名师开基础课的活动，退了一门选修课，去旁听了一学期陈先生给 1993 级中文系开的中国现代文学史课，从此一心想跟陈师求学。

天下着小雨。我早到了半个小时，就打着伞，绕着陈先生住的小区，默默地走了半个小时，然后掐着钟点去揿他家门铃。

那天聊了些什么已经不太记得，大致上是我被他家一堵墙的书柜震住了，他呢，看了我交给他看的几篇散文，表示满意。于是，从那天起，我就成为他的学生。到今天他匆匆离去，已经整整二十年了。

这二十年里，光读书就是五年半，每周至少要去先生家里一次，也便再不惶惶然了，渐渐地，熟得就像自己家里一样。

关于陈先生的过往，有些是听他自己说的，有些是听师母说的，有些是从老师同学们那里有一句没一句听来的。大致知道陈先生是苏州人，在一个富户人家长大，据说宅子就在山塘街；知道他十几岁的时候做过警察——“有枪！”他自己说的——后来，就像很多励志故事说的那样，因为热爱文学，开始创作，离开了警察队伍；知道他曾经的最辉煌成就就是 1955 年考上了南开大学李何林先生的副博士，然后在文学评论之路上高歌猛进。对于学习中国现代文学的研究生，最神圣的刊物莫过于《新文学史料》了，至少在二十世纪，在《新文学史料》里登载的那些文章里出现过的名字，无一不是可以进入文学史的神一样的存在。所以，当有一天，我在《新文学史料》的一篇回忆文章里，看到有人回忆六十年代的一件什么事情，赫然提到“陈鸣树如何如何”的时候，不由得惊叹了。就像其他老一辈的文人一样，陈先生也喜欢在墙上挂一些名人字画，他的书房里最醒目的一幅字是郭绍虞先生写给他的，而躲在大书柜的旁边，访客不会马上留意到，但他自己坐在写字台前却能时刻看到的另一幅字，则是茅盾先生的亲笔书信。我自己开始教书后，常常对学生说，中国现代文学本身也许成就并不高，但它是我们接触和研究的所有的文学形态当中离我们最近的一种，几乎如空气一样无所不在，每当我这样说的时候，我都会想到陈先生书房里那幅小小的，不起眼的，却是来自《子夜》作者的信笺。这文物二十年来常常能见到，读书的时候更是几乎每周都能看见，它的精神力量是传递于无形的。于我如是，我想，于陈先生，更如是。

现在想来，陈先生应该算是比较典型的吴门才子，他最喜欢说的一句话是，做人要严谨，为文须放荡。有很多年，他迷上了研究“智慧学”，不仅研究鲁迅的“智慧学”，还研究写论文的“智慧学”，这不仅体现于他晚年的力作《文艺学方法概论》（后更名为《文艺学方法论》修订再版），也体现于他身体力行的写作和对我们的教诲中。我想同门师兄弟姐妹应该都能对他所说的资料之实证性和思维之超越性的二元统一如数家珍吧。我在陈门求学五年半，印象最深的是两件事。一件是我读硕士一年级的时候，陈先生要求我每天雷打不动去图书馆看《新青年》，他经常会去抽查，看我在不在，以及有没有在签到卡上签到；再一件是我读博士二年级的时候，陈先生给我们几个学生开了一门《小逻辑》的课，每周一次，死读《小逻辑》。现在想来，这两件事情便是陈先生对“资料之实证性和思维之超越性”如何能够真正发挥作用的实验了吧？至于我自己，虽然没有学到“智慧学”的菁华之万一，却也学会了老实看书，认真思考，也体会到虽然理论是灰色的，然而生命之树长青的壶奥。

今天在新浪微博看到一句悼念陈先生的话：“还记得他说同学们年轻时要写诗啊，以后想写也写不出来的。”我连忙把它抄下来，这太像陈先生说的了。

再过多少年，陈鸣树也许只是个名字，但至少著述还在，星斗其文，这是可以想见的；然而再过多少年，不，不用再过多少年，哪怕是现在，我敢保证，你再也看不到这样好玩的教授了！

读书的时候，几乎每一个听到我的导师是陈鸣树的同学都会惊叹：就是那位冬天穿短裤的先生啊！有几年，他迷上了冬泳，不但自己游，还带学生去游。——作为运动盲，我自然是不去的，然而不断看到一个个师兄师姐跟了几天便落荒而逃，而陈先生却勉力地游下去，身体越来越健康。

不但冬泳，他还喜欢显摆，一年四季的“短裤党”啊！甚至有一次在寒冬腊月穿一条西短骑着自行车横穿上海去看王元化先生。于是有了我刚才说的人人知道中文系有一位冬天穿短裤的先生。

可惜，这段无限风光的短裤岁月后来被突如其来的病痛终止了。

“同学们年轻时要写诗啊，以后想写也写不出来的。”我想象着他用浓重的苏州口音说的这句话，潸然泪下。

不再去冬泳之后，陈先生把几乎全部工作外的时间都用来画画了。他画的是那种黑乎乎的山水画，还拜了一位鼎鼎有名的更老的老先生为师。

他的画我真不懂，只知道他自己是十分珍视的。都说画画能调养性情，善画者长寿，但是没有想到他被更严重的病痛打败了。他开始大把地吃止痛药、安眠药。

虽然他曾调侃地写下“不为无聊之事，何以遣有涯之生”，送给我和师弟留念，但他最终未能洒脱。他对人间世有太多执念，无法消解，只能听凭它们和病痛一起噬咬他的身心。

他病虽重，有两件事情是念念不忘的，一件是催我写论文。“你要写论文啊。”他一次次地这样说！还有一件是买书，看书。今天，鹿鸣书店发悼念微博称：“活到老学到老的陈先生，不久前还在本店买过《剑桥中国文学史》《杜甫全集校注》等大部头书，可惜他无法细读了，敬悼！”这一定也不是虚言。他最喜欢逛鹿鸣书店。我一直对他说，你要什么书跟我说，我在网上帮你买，便宜，还送到家，不用你走。他却总是忘记，还是一如既往地去鹿鸣书店。去年夏天住院的时候，床头还摊着大字本《二十四史》的其中两本。他真的是用生命在读书。

今天上午得到噩耗后，我的头脑里就一直闪现着跟从先生求学后这二十年来的这些片断的回忆，思绪每每定格在“再不能在那堵书墙前和他对坐了！”便无法再想下去。

所以，把这些事情记录下来，如陈先生最爱的鲁迅《〈淑姿的信〉序》里所说，诚足以分追悼于有情，散余悲于无著者也。

2014 年 7 月 18 日午夜

◇　作者简介　◇

孙洁，复旦大学中文系副教授，著有《世纪彷徨：老舍论》等。

第二辑　闲读

牛仔与诗圣

陈尚君

一批中学生涂抹课本中杜甫像（源自蒋和森的绘画）的游戏，被冠以“杜甫很忙”的总名，在网上热闹了一阵。今年恰好是杜甫诞辰一千三百周年，因此而遭认真人士的谴责。如果我猜得不错，这句“杜甫很忙”源出周杰伦的歌《牛仔很忙》：“正义需要我，美女等着我，牛仔很忙的。”这不就是那位詹姆士·邦德先生吗？与憔悴严肃的大诗人何干。学生的游戏，觉得把新潮的玩意儿 PS 到庄重的造型上，对比度太大，因此好玩，初始并无恶意。加以挞伐，就全无趣味了。

无厘头游戏偶然也会撞破事实。就我所知，杜甫还真将自己比喻为牛仔：“忆年十五心尚孩，健如黄犊走复来。庭前八月梨枣熟，一日上树能千回。”（《百忧集行》）黄犊就是黄牛的幼崽。那时的杜甫健壮、好动、胃口好，每日上树千回当然是夸张，但为自啖或与小朋友分享，很勇于攀爬。成年后，杜甫仍然无忧无虑。《壮游》：“性豪业嗜酒，嫉恶怀刚肠。脱略小时辈，结交皆老苍。饮酣视八极，俗物都茫茫。”豪放而贪杯，醉眼蒙眬间，世人都是俗物，只有几位老者，还值得结交。他也曾参加科举考试，失败了也不在意：“忤下考功第，独辞京尹堂。放荡齐赵间，裘马颇清狂。春歌丛台上，冬猎青丘旁。呼鹰皁枥林，逐兽云雪冈。”纵意游玩，裘马清狂，春歌冬猎，呼鹰逐兽，丝毫不考虑人生前途，更不曾忧国忧民。为什么呢？因为他的父亲在做官，不算大，兖州司马，与那位开口就称“我爸”的今少的父亲级别相当。不过杜甫从小就喜欢写诗，家教也不错。侍亲到官，顺便游览泰山，开口就写出“会当凌绝顶，一览众山小”（《望岳》）的名句，对前途充满信心。这时他遇到诗人李白，同游了一年多，共同的兴趣是诗、酒，还有访道求仙。《赠李白》：“秋来相顾尚飘蓬，未就丹砂愧葛洪。痛饮狂歌空度日，飞扬跋扈为谁雄？”努力了许久，丹砂仍没有炼成，虽愧对葛洪，也不介意。痛饮狂歌，飞扬跋扈，是两人的共同写真。年轻时的杜甫，与李白一样浪漫冲动，是不是很接近现代牛仔呢？

如果父亲长寿、升官，如果开元盛世辉煌百年，杜甫也人生美满，生活安定，是否还会成就他的诗歌呢？真还不好说。三十五岁那年，父亲死了，要养家糊口，体面的是应试求官。偏偏碰到太有创意的宰相，一个不取还说“野无遗贤”，盛世祥和。无奈只好剑走偏锋。第一招是谒求大官。“骑驴三十载，旅食京华春。朝扣富儿门，暮随肥马尘。残杯与冷炙，到处潜悲辛。”（《奉赠韦左丞丈二十二韵》）哪还有以往的豪气？不行，再出第二招，献赋。虽然日见“朱门酒肉臭，路有冻死骨”，要求官，又何妨将朝廷盛典肉麻地歌颂一番呢？《三大礼赋》终于博得皇帝开心，给官不大，有份薪水，生计暂且无虞。安史乱起，杜甫再陷动荡。“衣袖露两肘”去见皇帝，官拜右拾遗。可惜太较真，不久就被赶到地方。州县的琐碎更无法容忍，只好漂泊西南，栖托为生。栖托谁呢？当然是朋友。成都掌权的老友高适，在浣花溪边圈地给他建草堂，让他度过一生最闲适的时光。人事更迭，好景不再，面对武夫，也得迎合。“迁转五州防御使，起居八座太夫人。”（《奉送蜀州柏二别驾》）拙恶如此也得写，心里其实很清楚：“苦摇求食尾，常曝报恩腮。”“饥藉家家米，愁征处处杯。休为贫士叹，任受众人咍。”（《秋日荆南述怀三十韵》）自比为摇尾求食的狗，困居枯涸的鱼，借米填饥，讨酒浇愁，都得看别人脸色，终在漂泊中唱完人生的悲歌。为生计，杜甫很忙，忙得可怜可悲。

国家不幸诗家幸。躲避战乱，挣扎求生，辗转道途，生计飘零，杜甫始终没有放弃做伟大诗人的雄心。乞食长安，看到社会贫富的巨大反差；身处战乱，看到国家危机和民生困苦；行走入蜀，记述秦州入蜀道路的奇诡险峻；病滞峡中，将峡中风光和忧国悃忱倾诉在诗中。黄庭坚说杜甫最好的诗是夔州以后诗，当然是对的，当我们了解这五六百篇诗是他在三四年间多病动荡中写出，更对诗人充满敬意。

对于一切新鲜的东西，杜甫都乐于接受尝试，特别是诗歌。“即事名篇”的新乐府，他是首创者；无论古体诗还是近体诗，他都尝试穷尽所有的变化以开创新格；那时近体诗格律定型未久，变化还不多，他尝试了所有粘对的变化，工对、借对、流水对、扇对、磋对都运用自如；不是说近体诗要音韵协和吗？他偏写拗体的七律，不循平平仄仄，打破平衡；律诗只能八句完篇，他偏写《秋兴八首》那样的联章长篇；对仗稳帖很难，他知难而进，一首诗写到一百韵，语夺天工；不是说古诗要忌三平声吗，他偏写了许多，还试验过五入声。为写诗，杜甫更忙。“新诗改罢自长吟。”（《解闷》）“语不惊人死不休。”（《江上值水如海势聊短述》）为写诗而耗费心力。忧国也忧己，他经常失眠，有“不眠忧战伐，无力正乾坤”（《宿江边阁》）二句为证。

宋人说“子美集开诗世界”（王禹偁《日长简仲咸》），就是说杜甫开拓了唐以后诗歌的所有法门，为后世提供了典范。有真性情，求大格局，转益多师，心存千古，终成就其诗歌之集大成。圣者，达到极致之称，杜甫无疑是中国古代最伟大的诗人。

回到开头，不断有人讨论杜甫会怎么看待很忙的游戏。我想，以杜甫的豪爽趋时，大概不会生气吧。如果生在当代，条件也允许，我想他也会装备 iPhone 4S，经常在微博公布他的作品。因为他一直是一位好奇、多情、有幽默感的诗人。当然怀抱美女，是有些不雅，在他那个时代，倒也不算什么。唯有涉个人隐私，还是删掉吧。

◇ 作者简介 ◇

陈尚君，复旦大学中文系教授，著有《陈尚君自选集》《贞石诠唐》等。

世情与神话

王安忆

《红楼梦》的世情故事背后，其实有一个神话，在中国人的信仰，就是前缘。那一僧一道，即茫茫大士与渺渺真人，担任了世情与神话的牵线人，往返于两个世界，传递消息，互通有无。是他们将那块女娲补天遗留的石头携入人间，为启蒙石头的凡心，偏就带它到人欲最高涨的地场，好得顿悟。那是什么地场呢？在姑苏城里阊门外十里街葫芦庙的乡宦甄士隐的一个白日梦里，得悉了端倪。原来正值一段风流公案，源起于西方灵河岸上三生石畔——所在为另一种天时地利人伦，时以“劫”为计量单位，一劫有千万年，多少事物从无到有，再从有到无，人们常说的“世上千年，洞中一日”，大约就是那个“洞”。后来宝玉梦中冶游，接应他的警幻仙姑，便自称居住“离恨天”上“灌愁海”中的“放春山遣香洞太虚幻境”。三生石畔有一株绛珠草，得一位赤瑕宫神瑛侍者日日浇灌，从草木中脱胎为女体人形，而且有情，得知那侍者已在警幻仙姑案前挂号，要下尘世游历，便决意跟随而去，用一生眼泪偿还甘露之恩。以此看来，“洞”中的时间洪荒里，人和物的边界是模糊的，也无所谓男女，比较实际的说法，是不是可借用弗吉尼亚·伍尔芙对《呼啸山庄》[①]的评介：“有爱，然而却不是男女之爱”，接下来又说：“……不仅仅是‘我爱’或‘我恨’，而是‘我们，整个人类’和‘你们，永恒的力量’……”东西方在这里分道扬镳，他们是人的世界，并且是行动的哲学，要与“永恒”对抗。我们，则最终归于永恒，合二为一。但在“不是男女之爱”这一点上，却有共通。西方人讲的是“力量”，中国人是用“元气”命名。话说回去，就是绛珠草和神瑛侍者的渊源，引出一干风流冤家。僧道二位将石头交付于警幻仙姑，由其安排，以后的事，大家就都知道了，京城荣国公贾府上，诞下一个衔玉的公子，取名贾宝玉。

盛世中，显贵人家，一段风月，称得上繁花似锦。用僧道的话，就是“富贵场”“温柔乡”，为红尘中的最热烈。临出发前，僧道预先告诫“切莫后悔”。往后，那位警幻仙姑的妹妹，以贾荣媳妇秦氏为变身，分别向宝玉和王熙凤提出两项警示，都在梦中。一是宝玉在秦氏房中午眠，以伦理说，这安排多少不合纲常，因是叔叔和侄媳的辈分，于是透露出“温柔乡”情色的本相。午眠中，宝玉被警幻仙姑领入太虚幻境，沿先前描绘来定方位，此处应是修炼幻

---

① 《简·爱》与《呼啸山庄》，弗吉尼亚·伍尔芙著，瞿世镜译，联经出版《论小说与小说家》1990 年 12 月。

化之后的所在，绛珠草得换人形就在这里漫游，类似《圣经》里神创世纪，划分出天地昼夜，之前的“空虚混沌，渊面黑暗”大约可比作“西方灵河岸三生石”，而那石头所来自的大荒山无稽崖青埂峰，则是更久远，用现代物理学的话，就是时间的起点。因此，那石头从时间起点来，借三生石神瑛侍者人形，经太虚幻境警幻仙姑案前发送，来到人世，已是三级跳。此时回去，本当是故地重游，但无奈仙俗两隔，就成陌路。在这宇宙洪荒，“太虚幻境”就只其中一小点儿空间，看书中写，仿佛一个园子，亭台楼阁堆叠，重重复重重，荣府为元妃省亲修的大观园，似乎就是一个人间仿本。华美在其次，别致是在设置，宫门内两翼配殿，门额连接，每一门为一司：“痴情司”“结怨司”“朝啼司”“夜怨司”“春感司”“秋悲司”，等等，从辞藻看，便是缠绵悱恻，缱绻难解。宝玉选“薄命司”入内，翻阅册子，出来又观摩歌舞，并不得要领，警幻仙姑虽失望却也在意料中，交他给妹妹，继续开导。方法不外乎是“站得高，摔得重”，先尽善尽美，然后尽恶尽丑，好比民间故事，老和尚带小和尚下山，看见美女道是猛虎，小和尚说，猛虎真美！宝玉有慧根，不会在名实之间混淆，但因未到觉悟之时，所以半途醒来，大叫：“可卿救我！”那秦氏听见只觉诧异，惊奇宝玉怎么知道自己在家的乳名，可见对梦中的真身也无觉察。这是一回警示，专针对“温柔乡”；再一回则向“富贵场”，启迪的人物即是王熙凤。

这一个选择稍费思量，宝玉是神瑛侍者，专为情事下凡，凤姐呢，又是何样的前缘？宝玉进到“薄命司”，在“金陵十二钗正册”读到王熙凤的命册。我一直疑惑王熙凤的命册为什么在此处。她非情种，警幻之妹对其开蒙也不在情欲，从尘世种种行为看，也是权势的行使人。册子中她那一页所书所画，以及红楼梦十二支曲中，属于她的一首“留余庆”，所暗示多是在世事无常，无涉风月。以“薄命司”题额看，确不只对儿女事，所属太虚幻境，也可解释面向全天下。但警幻仙姑自许“司人间之风情月债，掌尘世之女怨男痴”，“薄命司”正在她辖下。其间的分类似不明晰，难道所谓风月怨痴是对人欲的泛指，万事万物，都是有情？总之，秦氏临终时节给凤姐一梦，伦常中，凤姐长一辈，梦中固然也称“婶婶”，但教训的口吻相当森严。给宝玉的提醒是身体实验，对凤姐是提供措施，防患于未然。此时在第十三回，秦氏预见的赤字危机之后竟相显现，到第五十六回，凤姐有恙，暂时由李纨、探春、宝钗三人打理财政。李纨接管还名正言顺，同是子媳辈，属权力平移；探春却为下一代，且是庶出，就算特殊人才使用；宝钗呢，她是外家，性格又含蓄，素不过问闲事，多少有些奇出。要就是凤姐用来平衡探春的犀利，所谓一个唱红脸，一个唱白脸。宝钗则挨着姑舅姊妹脸面，不得不应承下来。总体来看，这三人有些不怎么搭调，彼此都非姐妹中最投契，三个中有两个未出阁，能有什么理财经验，也可看出府中用人的紧凑。这三人一起议事，得出的结果，归成两条，开源和节流。前者是规范主仆的月钱，删除费用；后者是分配承包园中项目，缴纳管理费，节余自留。

比较秦氏给出的建议，或可缓解眼面前的惶遽，却无从挽回大趋势，眼界明显不同。然而，无论如何，这都不该是深闺中的话题，还是要查阅册子，考证前定的身份，再来推测，为什么是她们。

这几位都在正册。以正册、副册、又副册的排序看，实是有谱系的。正册中，黛玉与宝钗合一题，兼“德”与“才”，列榜首；其次贵人元妃；第三名竟是探春，姑且英雄不看出身，无所谓正庶，或论长幼，迎春应在之前，事实上，隔了湘云和妙玉，方才轮到迎春。显见得，仙籍中的座次并不与人世间对应；还可见得，探春的前定，身份颇高。探春命册的诗赋，也是有“才”，与宝钗的“德”又成对子，但宝钗守拙，探春则锋芒毕露，这一点又像黛玉，但起点也不同，一是世功，一是重情，境界就有高低。理财一类的俗事，黛玉绝没有兴趣。李纨的排位就更靠后了，甚至低于晚一辈的巧姐儿。蹊跷的是，秦可卿更末，这就有些费解，照理，警幻仙姑的妹子，又担任提醒的要务，地位应更高不是吗？看起来，太虚幻境自有阶级分层，原则在俗规之外。

秦可卿，即警幻之妹启迪的二人二事，贾宝玉的情色，王熙凤的富强梦，后来，正是这两位，暗遭荼毒，被施魇魔法，迷失心窍。所以，那市井中人马道婆目光瞅得相当准，下手也狠，一着见效，也可谓天怒人怨。正无药可救，来了癞头和尚和跛足道人，外表不堪，但定睛看去，却目有宝光，合得上大荒山无稽崖邂逅石头的僧道形状，“骨骼不凡，丰神迥异”，如今披上了臭皮囊。这二位不时穿梭于仙俗二界，宝钗的冷香丸是和尚给的海上方，金锁也是和尚给的；贾瑞相思王熙凤成病，是道人救助，可惜贾瑞无慧根，求生不得反催死；到高鹗所续的后四十回里，往返尤其密切，但我以为此僧道已非彼僧道。此僧道是真僧道，彼却是借名，名义底下另有属实。于僧道而言是通行天意与人事，在《红楼梦》却是真和假。人们都知道，甄士隐是“真事隐”的谐音，“贾雨村”则为“假语村”。甄士隐梦到有一干风流冤家下凡，窥得天机，必有天谴，果然祸事连连，正心灰意冷，遇见跛足道人，两人对答如流，速成知己，于是结伴而行，一去不回头，应了“真事隐”。在此同时，昔日里的旧交贾雨村几沉几浮，进到维扬盐官林如海家塾，学生只一名，就是林黛玉。巧的是，林黛玉赴京城投奔外祖家的时候，正值贾雨村官复原职，于是委托同行，护送贾府。就此，拉开帷幕，进到“假语村”。

倘若用“真”和“假”各命名太虚幻境与贾府，也就是前缘与今生，有册子在，有僧道二人往返，都可对得上，但偏偏又有个甄家，不免就含混起来。那甄家与贾家，处处相应，一在南，一在北，同是显贵，也各有一名宝玉，也是与女孩儿亲，要说区别就是一个衔玉，一个不衔玉。因都是望族，就有交道，两家还同时有人在宫中，甄府进京朝贡的时候，就顺道来贾府送礼请安，与贾母应酬中，谈到甄家大姑娘二姑娘，似就嫁在京城，得贾家照应。一旦看见宝玉，来人不由大惊，说是与他家宝玉从模样到性情一无二致。然后呢，宝玉便做一个梦，梦中有一个园子，酷似大观园；又有一处院落，仿佛怡红院；里面有一个少年，也叫宝玉，上前热络时，那宝玉却被叫走，这宝玉大叫：“宝玉快回来”，让袭人丫头推醒。接下来的对答颇有意味，袭人戏谑问："宝玉在哪里？"宝玉说："才出去了。"从"我"投射出"他"，成一道哲学命题。而袭人注意到对床放置的大镜子，做出现实主义的解释："是镜子里照的你影儿。"我以为，这一处闲笔倒可作入径，寻查"甄""贾"二府的机枢。这"甄府"会不会是"贾府"的蝉蜕？太虚幻境石牌坊两侧对联，其中一句："假作真时真亦假"，"贾府"是"假作真时"的"真"，反过来，"甄府"则是"真亦假"的假。这一对"真假"非那一对"真假"，这一对是人间相，那一对是"洞中"和"世上"，无限和有限，用现代的话，就是弗吉尼亚·伍尔芙指出的"我们，整个人类"和"你们，永恒的力量"。甄府和贾府互为镜像，因此，贾宝玉床前的镜子就不能单纯视作摆设，实是一个隐喻，隐喻一种相对论。比如，宝钗黛玉的德才对比之下，又有宝钗与探春一对；宝玉黛玉木石前盟之下，又有宝玉宝钗的金玉良缘，再有与湘云的麒麟之雌雄，与妙玉则槛外人与槛内人；筹措元妃省亲，府上去苏州买来一班小伶，正是十二优，暗对十二钗……如此层层叠叠，用西方人的形容，就是中国套盒吧。

高鹗续写的四十回里，甄家的出场大大频繁过前八十回，人和事也愈加具体。之前，多是曲笔，其时，就成显学。甄家的仆人投奔到贾家，有名有姓，叫个"包勇"；甄家老爷也现身了，名字甄应嘉，与贾政茶叙一番；接着，甄家的太太竟真带来她家的宝玉；两个宝玉相向而坐，侃侃而谈，谈话的结果不怎么样，贾宝玉给出两个字："禄蠹"，正是他平生最嫌烦的人类，似乎有拆分的迹象，可是却没有继续。

不只是甄贾两府走动得勤，连贾雨村与甄士隐都有了会晤，会晤的地点在哪里？巡察路上，经知机县，急流津，这两个地名用意明显，不外是机缘的意思。渡口有一座小庙，后殿一间茅庐，庐中一名道士，就是甄士隐。两人对谈几句，论的也是真假："真亦是假，假亦是真"，这里的真假即世人所识的老庄，不免变成道学。原本"甄"只是个托词，续者却托实了。

事已至此，很难推演红楼何以曲终，后四十回，依着册子与歌咏安排归宿，不可不谓小心谨慎，有呼有应，但止于人事，而非仙缘。续书与原创毕竟是同时代人，终有一些集体无意识，至少，宝玉、黛玉的结局尚合乎前定，一个泪尽而情偿；另一个呢，大雪天，旅途中告别父亲的一幕令人动容，真就如空空道人批阅石头故事所题："一把辛酸泪。"然而，事前所写，当宝玉有出世之心，与宝钗那一番讨论，却很扫兴，无非儒释道之争。宝玉只得采两全之计，中取乡魁，遗下珠胎，完成义务再投空门，做了又一个甄士隐。于世情故事是圆满了，但在曹雪芹的初衷，那一个石上神话，究竟了断在哪里，上天入地也无从猜测了。

◇ 作者简介 ◇

王安忆，复旦大学中文系教授，著有《小说家的十三堂课》《故事和讲故事》等。

别样的风景

王宏图

读过普鲁斯特《追忆逝水年华》的人，大多对全书第一句留有程度不同的印象："Longtemps，Je me suis couché de bonne heure"（在很长一段时间里，我都是早早就躺下了——李恒基译文）。在法语原文中，这部数百万字的鸿篇巨制以这样一个貌不惊人的句子开场，10个音节，温雅宁静，徐徐展开，镶嵌在文本中的一个个绚丽夺目的小世界纷纷择机登堂入室。由于法语每个词的重音落在末尾的音节上，紧随着这一以柔板肇始的首句，众多的文句尾随而上，或缓或疾，最终其重心都无可挽回地跌落到尾音上，恍如一柱柱喷泉在晴丽丰润的半空涂抹出一串串灵动有致的线条，巅峰过后则溅落一地，颇富大珠小珠落玉盘的意境。这部作品的奇异之处在于，它并不是一部纯主观的作品：在绵绵不绝、不厌其烦地展示主人公马塞尔主观世界的同时，作者也精细入微地描摹了19—20世纪之交法国上流社会丰富多彩的生活画面，一个个人物呼之欲出，其逼真程度与巴尔扎克、福楼拜等前辈作家相比毫不逊色。

丙申年的春天，经历数个春夏秋冬，借助词典，我终于磕磕碰碰、懵懵懂懂地啃完了《追忆逝水年华》的原文。我合上书页，如释重负：总算了却了一桩夙愿——这距离我开始学习法语已有整整三十年。和绝大多数同龄人一样，我的第一外语是英语，但对法、德等欧陆语言一直心存觊觎。众多的法语文学作品都被译成了优美精准的汉语，像傅雷先生所译的巴尔扎克、王道乾先生所译的杜拉斯都是脍炙人口的佳作，但遗憾的是，再精美的译作也只是仿制品，我总想亲自领略到原作的神韵气象。在读研究生的第一年，我便选读了法语。我的执着违拗了导师贾植芳先生的意愿，他早年留学日本，鉴于中日两国间密切的文化交流，自然希望我修习日语，但我还是一意孤行地选择了法语。对于日本文学，我其实也很欣赏，但真要学起日语来，便颇感踌躇。日后我曾在日本旅居近一年，一度也想尝试学日语，但结果还是半途而废，连五十个假名都没学全。我仿佛有了某种心理障碍，凡是不用拉丁字母拼写的语言，一概无法登门而入。细细思忖，日语有什么不好，就像一个金领男人，收入不菲，气度高冷，严谨得体，单从硬件指标来看，无疑是百里挑一的婚配对象。但我总感到某种不适，任性地说一句，就是不喜欢。

贾先生很宽容地接受了我对法语的挚爱。因为五音不全，几年下来，只有阅读尚有长进，听说则一直处于婴儿牙牙学语的水准。日后在香港的一次聚会上遇见一位法国女士，我告诉她自己只会说一句，“Que vous êtes belle”（你真漂亮）。她愣了愣，随即莞尔一笑，安慰我说：“你会说这一句也就足够了。”

初次接触法语，成群结队的词语，玄奥难解，犹如黑黝黝的墙壁，难以穿越。随着时间的推移，奇迹发生了，天光初现，一大片混沌未辨、陌生、表情僵死的符号渐渐有了生气，豁露出各自不同的表情。那些年里，我不仅读了纪德、莫里亚克、萨特、加缪等现代作家的作品，还接触了司汤达、巴尔扎克、雨果、福楼拜、莫泊桑、左拉等 19 世纪大师的原作。读着巴尔扎克才气横溢、粗粝芜杂的原文，对照傅雷的译文，不由得觉得译者将巴尔扎克高强度地美化了，将他文体风格的层级提高了好几个档次。莫泊桑的文句简洁精美，无怪乎被誉为现代法语的典范。而读福楼拜《包法利夫人》的印象更是深刻。这部被誉为开创了近代小说新风的作品，我先前读过好几遍中译本和英译本，那次读法语原文，本来没抱多大期望，都是熟悉的情节和人物。然而，那一段段熟悉的文字，像扯去了面纱，露出真容，焕发出异样的光彩，让先前的诸种译本黯然失色：这成了我一次难忘的阅读体验。工作之后，诸事繁杂，我没有大片时间读法语原作，但我常在午后腾出半小时来品尝法语作品。半个小时倏忽而过，也读不了多少页，但日积月累下来，像《追忆逝水年华》这样的皇皇巨著也能从头到尾通读完毕。午后与法语相伴，成了一种习惯，更是享受，像冲上一杯浓咖啡，初感苦涩，过后香味醇厚，令人神清气爽。

读过都德《最后一课》的人，大多会记得韩麦尔先生对法语的赞美之词，“法语是世界上最美的语言，最清晰，最精准”。然而，和其他任何一种语言一样，法语也有它的软肋。对此，少年时曾在瑞士法语区生活过的博尔赫斯坦爽地谈过他自己的看法，“不可思议的是，法国居然有一种高贵的文学……但我认为法国的语言反倒不美。用法语表达什么的时候，听起来使人感到很平淡”。由于法语的重音定格在最后的音节上，如山间潺潺而过的溪流，它的音域上下波动的幅度与汉、英、德等语言相比稍逊一筹，因而在表达强烈激越的感情时，语音的高低错落不那么鲜明，因而会让人感到很平淡。然而，就我个人的阅读体验而言，法语的清晰精准也是上述其他语言难以媲美的，怪不得福克纳小说中某些晦涩含混、泥沙俱下的段落到法语译文中顿时让人感到有了几许清晰的轮廓线。

近十年前，因为要去德国工作，我又开始硬着头皮学习德语。正如网上有句戏言，掌握德语需要三十年。且不说它有英、法语中早已消亡的格，而且它重床叠架的句法结构更是令人望而生畏，当年美国作家马克·吐温曾吐槽只有死人才有足够的时间学好德语。由于喜爱托马斯·曼的作品，我到德国后不久，便买了他的《死于威尼斯》，自不量力地翻着词典读起来。结果可想而知，刚读了两段，便铩羽而归。过了半年多，自忖德语阅读水平有所提高，便又跃跃欲试。这次总算顺利，虽然途中不时有踉跄趔趄等危险动作。虽然德语原文中那些精微幽妙之处尚无法体味，但大致的轮廓总算是抓住了。后来我又读了卡夫卡、黑塞、施尼茨勒、伯恩哈德等人的作品。随着阅读面的拓展，我渐渐理解了博尔赫斯对德语的评价，“德语是一种美丽的语言，比它产生的文学还美丽”。

尽管卡夫卡在中国文坛的影响如日中天，先前也曾读过多种汉语译本，但我始终对他喜欢不起来。由于词汇量相对不大，卡夫卡的作品成了我最初的德语读本。读完《变形记》《城堡》等作品的原文后，我才真正体悟到卡夫卡的魅力。人们通常以为诗歌不可翻译，其实很多散文体作品在翻译时也会失去其风采。卡夫卡文本中潜藏的沉重压抑、荒诞悖谬等元素在绵长繁富、插入成分枝蔓横生、迂曲回返的句法节奏中慢慢浮出水面，它就像音乐，在很大程度上依靠语言节奏本身的特性呈现意义。相比其他元素，语言的节奏恰恰是最难以移译的。而以《历代大师》等作品闻名于世的奥地利作家伯恩哈德，其作品从头至尾如一首狂放不羁的奏鸣曲扑面而来，即便弄不懂语词的确切含义，也不影响你沉浸在狂飙般的语言激流中，乐而忘返。

林林总总的语言使人们难以沟通，但又孵化出了丰富多彩、不可化约的文化。如果世界上只有一种语言，其单调乏味的情状可想而知。虽然有着难言的辛劳繁难，徜徉于各种不同的语言中，甘苦交集间我还是寻觅到了别样的体悟，观赏到了别样的风景。

在我能阅读的四种语言里，汉语是须臾不可离的母语，英语则是常用的工作语言，庄重，熟稔，如张爱玲笔下的“白玫瑰”，而法语则是玉树临风，摇曳生姿，回眸一笑百媚生，成了“心口上一颗朱砂痣”的“红玫瑰”。而与德语的关系则要疏淡得多，无非是气味相投、若即若离的红颜知己。多种语言相伴，即是幸运，也是无奈。但人生苦短，用舒伯特的话来说，能爱就爱多久，能相伴多久就相伴多久。

◇ 作者简介 ◇

王宏图，复旦大学中文系教授，著有《东西跨界与都市书写》《快乐的随涂随抹》等。

明清考棚上锁之后

陈维昭

关于明清时期的科场，自商衍鎏《清代科举考试述录》以来，已有不少介绍性的文字。这些介绍性文字让我们对明清科场的轮廓有了逐步清晰的认识。但是对于明清科场里面的“人文”，还是有很多有趣的事情可以让我们关注。像明清科场的惊悚之事，人们谈得更多的是场官的严厉、考生的可怜，还有那几件惊动朝野的科场弊案，多少人头落地……其实每一场考试，在考生入场之后，考棚的小门上锁之后，一些琐碎而又可歌可泣、可悲可叹、可惊可愕的故事才刚刚在里面拉开序幕。

这里以乡试为例。

先看看考棚的空间特点。考棚叫“号舍”，其实它是由“号”与“舍”组成。各号用“千字文”编列，但每号的舍有五六十间至近百间不等，视考场的规模而定。同号里的考生称“同号生”。

这是宁波的校士馆，是慈城当地乡贤郑廷荣父子捐建的，自是豪华型的。明清时期的江南贡院也并非这样的形制。真正的考棚是这样的：

（江南贡院的考棚 1910）

再看考棚里的时间特点。

初八	初九	初十	十一	十二	十三	十四	十五	十六
	正场			正场			正场	
午夜入场		交卷离场分三次	午夜入场		交卷离场分三次	午夜入场		交卷离场分三次

乡试于八月举行，初九、十二、十五为正场，前一天晚子时入场，后一天离场。

从时间和空间上看，每一号舍里，那五六十名乃至近百名“同号生”他们将如何度过这两夜三天？（第二场和第三场重新编号，又会有新的“同号生”群体的诞生。）

一般的介绍性文字都会强调考场纪律如何严格，考生入场如何被搜身，考场外墙如何严防，而且每一号在考生入场之后如何锁门。

商衍鎏所画的考舍图是这样的：似乎考生入场后就只在这个小空间里活动（除了上厕所之外）。

但是，号门锁上之后，“号舍”里面却是相对自由的。除了巡绰偶尔的出现之外，“同号生”们却是行动自由的。

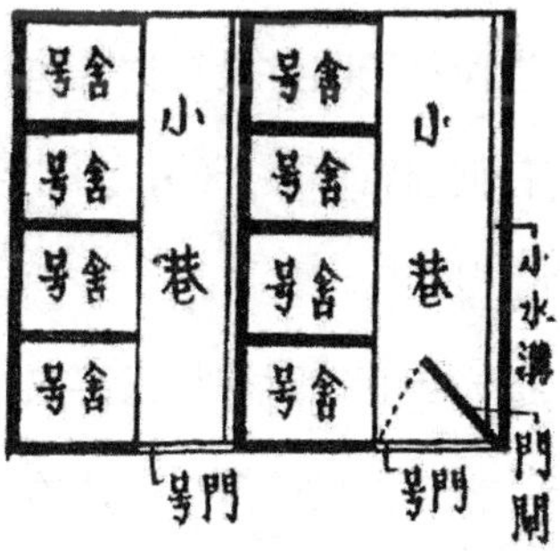

其实，舍外面的小巷，那才是每一个号舍里的“人文”的真正舞台：

这是号舍的平面图。号门锁上之后，里面就是一个小舞台。里面的每一个考舍都没有门，“同号生”们之间的接触、交流，其自由的程度一定会令今人惊讶不已。

就在这条小巷里，就在两夜三天的时间里，这五六十名乃至近百名“同号生”之间究竟可以发生多少故事？这两夜三天的故事将给士子的一生刻下多么深刻的烙印？这的确是值得我们细细地去讲述。

一、技艺切磋的故事

既然是“同号生”之间可以自由地接触，那么令人首先想到的应该就是他们之间围绕试题之间的讨论。

明代那位令无数考生膜拜的袁了凡谈到他参加乡试时的试题是“子贡问士”三节，“同号生”常仰坡向他请教此题重点究竟何在。袁了凡告诉他重点在一个“本”字，常仰坡认为袁了凡的理解不合朱熹注。但揭晓之后，考官的程文果如袁了凡之所言。袁了凡在谈到他这段经历时并没有觉得他和常仰坡都作弊了。他们的切磋是在没有任何监管下展开的，而且这段经历让袁了凡多年以后谈起来还颇为自得。

道光年间徐时栋与张诗农同号舍，两人也就“君子贤其贤而亲其亲”做了深度的探讨，认为坊间所出的讲章不足信，后二人果然中式。

当事人的自述把“同号生”之间的交流视为“正能量”。对于这类考生来说，“同号生”意味着曾经是同一战壕里的战友。但对于不学无术者，“同号生”之间的“交流”却是一种作弊行为。

万历四十四年（1616）会试，中式三百五十名，沈同和为第一。但都下传言，沈同和为白丁，称之为“白丁会元”。这位沈同和平日好冶游，拈笔不能成句，以夹带作弊而得中举人。会试时贿赂考场役吏，安排他与赵鸣阳三场同号舍，遂中会元。

清代乾隆年间河南布政使赵城也曾指出当时的考场中存在着同号生互换试卷，凑助完卷的现象。

胡思敬曾记述李鸿章一件徇私枉法的事：湖北候补道杨宗濂屡为御史所弹劾，遂革职，永不叙用。但总督李鸿章却极力为他谋求复官。其原因是李鸿章于丁未会试时在考场中生病了，考卷不能写完，杨宗濂的父亲杨延俊与李鸿章同号舍，为之代笔，李鸿章因而得以高中进士。

二、可歌可泣的故事

万历年间江南名士费元禄谈到他的一次考场经历：入场时他得到的蜡烛最为糟糕，一燃即灭，到了天快亮了，他的第一篇经义尚未写完。焦急之际，正想离场弃考，幸好“同号生”罗乾因以其所余之烛相赠，并赠以充饥之饼果，“兼出所作经义示余”，连答卷也共享了。这件事对费元禄来说是刻骨铭心，终生难忘的，他说："济余于困，罗兄之德，安可忘耶？"

嘉庆九年（1804）贵州乡试第十八名举人倪兆奎，第三场墨卷前后笔迹互异。经讯明，倪兆奎因患病不能完场，托"同号生"员胡姓等写完交卷。鉴于乡试中式举人若果有枪倩情弊，自应严办。但倪兆奎带病入场，五策草稿俱已做就，确因第一、二道誊完后寒热交作，眼花手颤，不能书写，所以托同号之人写完。又经出题面试，文理亦属通顺。最后保留其举人。但试卷托人抄写也属违规，着罚停会试一科，已足示儆。而代其抄写的"同号生"也从宽处理，免予追究。

三、令人解颐的故事

清初无锡人蒋遵路在考试时得到了"吾学殷礼"，此为《中庸》题，一同号生却误作《论语》题。争执之下，遵路气不过，便高声朗诵，从"有宋存焉"一直往下。"同号生"甚为佩服，致谢。但遵路正沉浸在得意之中，其高声朗诵停不下来，结果学使将他们二人罚跪。但蒋遵路说："此事与'同号生'无关，是我得意忘形所致，就罚我一人吧。"只因他的考卷答得实在太好了，最后还是被学使点为第一名。

嘉庆年间奉贤诸生鞠聚东应岁试，有一"同号生"见他的楷书，满口赞美。鞠聚东一时膨胀，说："你希望看到我写的大字吗？"说完就在考卷中写了一个"大"字，墨汁淋漓。"同号生"被他吓坏了，替他担心。果然第二天鞠聚东就被赶出了考场，但他"欢笑自若"。

林纾讲到他参加会试时，有"同号生"王宇，长得很魁梧。魁梧到什么程度呢？"二肱毛如豕鬣。"就在同号之夜，月光如水，王宇出酒自酌。饮酣，自称少时读书僧寺，寺里一和尚骈四指能断石杵，跟他三年学拳技，还学飞镖，能将排成一排的香一镖灭掉。林纾将信将疑，便立香墙上，王宇离墙五十步。当时"号舍"中没有飞镖，便代以铜笔帽。结果王宇五掷而五中。所有的同号者皆为喝彩，"哗称其能"。这堪称发生在号舍中的综艺节目。

四、玄幻虐恋的故事

考棚，这个令无数考生魂牵梦萦的地方，令人揪心，令人抓狂，因而也就不免令人精神恍惚。明代以来就一直有关于考棚里见鬼的传闻。袁中道曾谈及他表弟龚苍屿在考棚里的一件事，其"同号生"首场倦卧时，看到一个鬼正在鞭打第二十一号的考生，但该考生毫无知觉。后来此考生果然名落孙山——可见考棚里是有鬼神的。

清代袁枚则讲了这样一个故事：乾隆甲子的江南乡试，常熟一姓程的考生入场之后，夜忽惊叫，好像得了疯病，实在考不下去，还没到中午，即收拾考篮，投白卷求出。他告诉“同号生”，说他年未三十的时候干了一个亏心事：曾在某乡绅家当私塾老师，四个男学生中有一柳生，貌美。程生心里爱慕他，便以诗挑逗他。柳生见诗，脸红，然后把诗吞了下去。程生以为他默许了，便把他灌醉。柳生酒醒，知道已经失身，悲恸而上吊自杀。此次程生进考棚后，便看到柳生的鬼魂也在号中。鬼卒把程生和柳生拘到了阴间，柳生悲痛地哭诉，程生也认罪，神判说：“‘律载：鸡奸者照以秽物入人口例，决杖一百。’你为人师表，干这种缺德事，应该罪加一等，罚你两榜不能参加科举。”柳生在旁边很不服气，觉得神判判得太轻了，说：“我被他害死了，他必须也判死刑。”神判说：“你身为男子，上有老母，责任重大。怎么可以像女人一样，一羞愧就上吊！……而且自古以来，朝廷表彰烈女却从没表彰贞童。圣人立法之意，你为什么不三思呢？”程生因神判的处罚而下体痛楚，无法继续考试。

这样的故事如果由蒲松龄来讲述的话，肯定不是这样的结果。蒲松龄可能会在讲了程生到阴间被罚之后就结束故事，以彰显因果报应，天网恢恢。而事实上，这一类“警劝”的专书在清代已成为科举书中的特别的类型，其书名也挺惊悚，如《棘闱夺命录》。但袁枚的叙述却改变了方向，变成了神判对柳生的责备。这神来之笔让故事变了味道。如果想研究中国古代小说的叙事学的话，袁枚这个故事可以做一个典型的例子。

上面这些故事都是某一个号舍里发生的故事。下面这张图是北京贡院的考棚图。清代南京的江南贡院有号舍 20644 间，每次考试可容纳 2 万多人。广东贡院则有 11000 多间。这一个个号舍里，一条条小号巷里，在上锁之后，在那九日六夜的时间里，都同时在上演什么样的故事？这应该是一部电视连续剧的内容。

◇ 作者简介 ◇

陈维昭，复旦大学中文系教授，著有《陈维昭古典戏曲论集》《红楼梦精读》等。

天才与魔鬼

戴从容

获得诺贝尔文学奖后又推出更杰出的作品的作家不多，德国的托马斯·曼就是一位。当然一个原因是他年纪轻轻（43 岁）就摘得了这一桂冠，不过更主要的是他得奖的时候就已经超越了自己的得奖作品《布登勃洛克一家》，只是诺奖评委守旧的文学标准无法看懂他那具有先锋性的《魔山》，在颁奖词里对该书只字不提，这让托马斯·曼颇不高兴，因为他自认《魔山》更加优秀。

不过，他还将出版一部比《魔山》更博大、更深刻、将引领读者走向精神的极致的作品，那就是《浮士德博士》。遗憾的是，与诺奖评委一样，中国读者很长时间只欣赏《布登勃洛克一家》这一现实主义杰作，赞之为“欧洲的《红楼梦》”，对他之后沿着欧洲思想史和艺术史一步步深入的作品却关注甚少，尤其是《浮士德博士》，直到 2012 年才被译为中文，出版后也未引起应有的关注。在有限的几篇评论文章中，除了中国社科院的杨宏芹等几位评论者外，绝大多数人仍然无法理解这部杰作的精神，更不用说与它产生灵魂的共鸣了。

这是一部无法用情节、性格、优美、教益这些常用标准来评价的作品，却是一部向人类的理解力和想象力挑战的作品，它直接诉诸人类的最高语言——音乐，同时又打破一切传统音乐规范。书中描绘的那种音乐，或者更确切地说那种艺术精神，直到20世纪末才更普遍地出现在欧美的先锋作品中，而《浮士德博士》早在1947年就出版了。

小说主人公阿德里安是作曲家，据说书中对他歌剧的若干描述借鉴了阿多诺和勋伯格的观点，为此勋伯格还让托马斯·曼做出声明。即便如此，能够在勋伯格的12音体系推出不过20年并仍存较大争议的时候，预见到这一技法影响未来的力量，并大胆地用在自己对巅峰艺术的描写中，足见托马斯·曼的过人见识。

跟德国民间传说中的浮士德博士一样，阿德里安也跟魔鬼签了约，但他不是要获得上天入地无所不知的经历，而是为了能创作出音乐的杰作。当然他也让魔鬼带他潜入深海、上达宇宙，其中对光的红移、宇宙爆炸等新物理学观点的描绘，直接冲击当时以地球和人类为中心的人道主义。事实上，托马斯·曼之所以选择浮士德博士这个古老的传说，既因为他预见到未来的艺术必然走向对既有艺术的戏拟，同时更重要的是，浮士德精神代表着对人类认知极限的超越，而艺术的发展正是为了把人类的感知能力向前推进。

那么渴望超越极限的艺术为什么要与魔鬼结盟？这涉及浪漫主

义及现代艺术的一个重要原则，那就是挣脱当时用金钱统领社会的布尔乔亚们或者说市侩们的平庸观念。资本来到人间虽然从头到脚都流着血，却打着虔诚道德的新教伦理大旗，这也是为什么英国维多利亚时代是最讲究道德的时代，同时也是最虚伪的时代。正是为了与市侩们的上帝唱反调，反抗束缚的艺术家们自比魔鬼。魔鬼在这里代表的不是邪恶，而是拒绝循规蹈矩。

因此，《浮士德博士》中最精彩的就是借阿德里安的惊世骇俗的音乐对当代的艺术精神作了预告。其实托马斯•曼自己就是一位不断探索的作家。他写完现实主义的《布登勃洛克一家》，充分展示了自己描人叙物的才华后，就不再重复那些成熟的技法，而是向人类认识的更加广博的领域挺近，这就是他那被称作“百科全书”的《魔山》。而在《魔山》之后，他同样不再满足于对知识的搜罗，又尝试把艺术的想象推向极端，于是有了《浮士德博士》。

这与爱尔兰作家乔伊斯非常相似。乔伊斯一开始用《都柏林人》展示了他娴熟逼真的写实才华，接下来的《一个青年艺术家的画像》却一变为精美得无以复加的现代主义艺术品；虽然该书已经引起庞德、叶芝等文学大师的赞誉，乔伊斯却又从精致转向雄浑，《尤利西斯》同样被称为“百科全书”；然后，在全世界都为《尤利西斯》疯狂的时候，乔伊斯又开始了挑战人类想象极限的《芬尼根的守灵夜》。其不受束缚的想象甚至超过《浮士德博士》，因为《浮士德博士》只是让一位中学教师用大众熟悉的语言描绘阿德里安的杰作，而《芬尼根的守灵夜》可以说就是阿德里安的杰作本身。

书中对阿德里安的音乐的描绘让我一次次不由想起《芬尼根的守灵夜》，比如音乐的基本要素与世界的基本要素的重叠；比如音乐在最后的发展阶段向早期的自由咏诵和即兴发挥的回归；比如那种超越精巧、拒绝和谐、包含能量、让人感到不舒服的伟大；比如试图在一个音里包含太多的表情；比如每个音都在自身背负着整体，也背负着整个历史……我也不由自主地猜测托马斯·曼是否读过这部早在 1939 年就已问世并臭名卓著的作品，至少托马斯·曼在《浮士德博士》中借一位艺术经济人之口说，阿德里安的作品无法被大众接受，“仅有詹姆斯·乔伊斯、毕加索、埃兹拉·庞德和德·克莱芒 - 托涅热公爵来捧场”，这说明托马斯·曼明白他所描述的作品与这些顶尖艺术家的精神是一致的。

虽然现在是一个大众的社会，但那些可以开拓想象和认知的作品还是不应该与那些茶余饭后打发时日的作品相提并论的，至少，《浮士德博士》可以帮我们理解纯粹的和不纯粹的艺术之间的差别。

◇　作者简介　◇

戴从容，复旦大学中文系教授，著有《当代英语文学的多元视域》，译有《芬尼根的守灵夜》等。

走进你的童话

——读《杀死一只反舌鸟》

王柏华

美国作家哈珀·李（Harper Lee）的小说《杀死一只反舌鸟》（*To Kill a Mockingbird*，中文译作“知更鸟”，有误）塑造了一个正面的律师形象阿蒂卡斯·芬奇（Atticus Finch），普通读者热爱芬奇，政治家标榜芬奇，因为他是正义和良知的化身，一位挺身而出维护黑人权益、反抗种族歧视的英雄和斗士。不过，这一类高调用在他身上显得过于空洞，其实，芬奇身上最动人的品质是一种本真的爱人之心，一种对人的最基本的理解和尊重，朴实得近乎谦卑，它不分白人和黑人，不分人等，超越时代和地域。这颗本真之心，其实潜藏在每个人身上，只是通过中年男子芬奇和他的两个孩子传递出来，触碰了那块多米诺骨牌。

《杀死一只反舌鸟》是哈珀·李的处女作，刚一出版就大受欢迎，随后是一连串多米诺式的令人艳羡的成功记录，迅速成为美国文学中的当代经典：小说第二年获普利策奖，第三年改编为同名电影，获三项奥斯卡金像奖，格里高利·派克（Gregory Peck）凭借其个人魅力和出色表演，让芬奇律师的形象更加可亲可感，从一颗心到另一颗心，打动了一代又一代美国人，也打动了全球千千万万的读者。

成名之后，哈珀·李迅速撤离封顶浪尖，从此以后，过上幸福生活，享受一个普通人安静的日子，直到一个平凡的早晨，于睡梦中安然离世，享年八十九岁。正如在小说的结尾，芬奇虽败犹荣，获得了应得的理解和尊重，孩子们有惊无险，健康成长，一家人恢复了宁静的生活。一切如此完美，如童话一般。

2015年夏天，在离世之前，哈珀·李近六十年前的小说初稿《设立守望者》（*Go Set a Watchman*）突然浮出历史地表并迅速出版，第一周就售出了一百一十万册。读者惊讶地发现，多年后，芬奇律师竟然反对赋予黑人平等权利。芬奇的女儿斯高特（Scout），如今二十六岁，从纽约返回家乡，面对父亲的立场，十分困惑，像读者一样，她试图挽回那个儿时记忆中的父亲形象。无论结局如何，完美的英雄偶像似乎已失去了童话般的光晕，至少被画上了问号。旧作的出版似乎也给哈珀·李完美的一生增加了某种画蛇添足的味道。

时间好像跟作者开了一个玩笑，若不是偶然的发现和出版商的推动，这部初稿似乎早已被它的主人遗忘。按照故事发展的线索，《设立守望者》是《杀死一只反舌鸟》的续篇，但事实上，前者是后者的初稿，一个被出版社编辑退回的不成熟之作。在编辑的启发之下，小说彻底放弃了成年斯高特和老年芬奇，以孩子的视角讲述了父亲的办案故事和一个女孩和哥哥成长的历险。《杀死一只反舌鸟》大获成功，之前的旧稿从此尘封。

我们未免好奇：旧稿中那些没有完成的追索是不是也被作者一同还给了历史？初稿失败之后，作者是不是有意无意中放弃了复杂难解的种族问题，创造了一个美好的童话？她随后的退隐就好像选择回到儿时的小镇，继续做一个小女孩，像父亲一样，努力相信大多数人都是好人，或者做她笔下那个长年幽居在家的布•拉德利（Boo Radley），不是因为别个，只是为了守护那一分天真。

童话是动人的。在主题和风格上，《杀死一只反舌鸟》多有酷似童话之处。种种迹象表明，在初稿中，问题的复杂性或许曾被成年斯高特（作家的代言人）触及，但在修改稿中却被大大删减了。为了给成长的故事让路，铺展孩子的视角，作者似乎不得不有所取舍。可以想象，当编辑建议小说采取孩子的视角，让怀旧情绪和童真的良知占据中心舞台，同化倾向就在所难免了。

从小说到电影，又经过了一次简化，时间缩短了，一部分人物和情节消失了，虽然叙事风格更加纯净洗练，戏剧冲突更加集中也更加动人，但留下了更多历史文化语境的空白。有趣的是，如果你是先看了派克的电影，然后再读小说《杀死一只反舌鸟》，最后才读到《设立守望者》，你或许会经历某种逆转的过程：种族难题的复杂性从幕后走向前台，被逐渐曝光、放大，而天真的良知或悲悯之心不得不向历史和现实让步。

如果小说一开始就铺展种族问题的复杂性，让芬奇身陷其中，或许芬奇就不是芬奇了，他要么像哈姆雷特，沉溺于忧郁的思考而无法行动，要么在痛苦中妥协，放弃良知，成为白人群体中的一员，默许对黑人的欺压和不公。这样一来，英雄就消失了，童话也就不在了。似乎这正是《设立守望者》所呈现的老年芬奇的困境。

正如作家厄休拉·勒古恩（Ursula K. Le Guin）所言：《设立守望者》“提出了《杀死一只反舌鸟》所规避的一部分难题，虽然不无瑕疵和漏洞”（This earlier one， for all its faults and omissions，asks some of the hard questions *To Kill a Mockingbird* evades.）。《杀死一只反舌鸟》不仅规避了种族问题的复杂性，对于人性心灵深处的复杂机制和动因，也常常略而不谈或轻轻带过。比如，读者或许想知道，芬奇也是土生土长的南方小镇居民，为何他没有小镇人的种族偏见？他兄弟的态度是否跟他一样？他如何克服内心的恐惧？法官和评审团都是什么人？他们究竟都是怎么想的？

这或许可以解释为何它在严肃文学圈子里总体上不受重视，许多批评家仅仅把它定位为一部情节剧或儿童文学。小说出版后不久，南方作家奥康纳（Flannery O'Connor）评价道：“我想，作为一部童书，它还是不错的。有趣的是，买了此书的人都不明白他们捧读的是一本童书。得有人说出真相。”（I think for a child's book it does all right. It's interesting that all the folks that are buying it don't know they're reading a child's book. Somebody ought to say what it is.）时隔六十年，哈珀•李的同乡阿兰•巴拉（Allen Barra）在《华尔街时报》上撰文，批评《杀死一只反舌鸟》“堆砌廉价的格言警句”（repository of cracker-barrel epigrams），把阿拉巴马的历史写成一个“裹着糖衣的神话”（sugar-coated myth）。他不客气地指出：“是时候了，不要再假装《杀死一只反舌鸟》是什么永恒的经典，属于最伟大的美国文学之列。那苍白的自由人文主义已经过时了。”（It's time to stop pretending that *To Kill a Mockingbird* is some kind of timeless classic that ranks with the great works of American literature. Its bloodless liberal humanism is sadly dated.）

博尔赫斯说，“文学是对有限世界的探索，它只是少数几个古老的隐喻而已，比如时间与河流、生活与梦、睡眠与死亡、眼睛与星辰，大多数作家并没有什么新的创造，不过为这几个隐喻增加了若干崭新的形式”。除了指出有限的原创性因素，文学批评家有责任探究，是什么社会文化因素让一部作品在某个特定的时代打动了如此多的读者，又是什么因素让它得以跨越时间和地域，经得起改编和翻译。

阿兰•巴拉或许忘了，每个人都有自己的经典，在与经典的认同或反对中成长并确立自我。对于经典，读者有自己的选择权，可以对权威意见姑妄听之或置之不理。阅读文学故事，读者就好比游客，偶然旁观、闯入别人的生活，或许只是满足了猎奇和偷窥的乐趣，如果幸运，或许这旅行变成了一次探险或发现，继而改变了你的人生，它就成为你自己的经典。

派克坦言，扮演芬奇这个角色是他一生最大的荣幸，因为他曾遇到无数读者和观众亲口告诉他，英雄的律师形象影响了他们的一生。据一项调查问卷显示，《杀死一只反舌鸟》在美国的影响力几乎可以追上《圣经》。据不列颠图书馆 2006 年发布的一份“成年人此生必读书排行榜”，《杀死一只反舌鸟》排在《圣经》之前。如今《杀死一只反舌鸟》已被译成四十多种语言，在全球发行近四千万册。

一种批评意见认为，这部作品再次满足了白人的优越感，因为作者处处暗示，欺负黑人就像欺负一只无辜的小鸟，他们美丽而弱小，需要白人的同情和怜悯，带着这种优越感，白人观众可以随着芬奇做一回维护正义的英雄，过一把瘾；在心理机制上，这跟观看《007》《碟中谍》的满足感没有什么区别。的确，小说中有几处暗示了黑人对芬奇律师的感恩之情：在审判结束之后，二楼的黑人听众全体起立，给芬奇行注目礼；第二天早上，芬奇惊讶地发现，他的餐桌和厨房堆满了各种食物，他家的黑人保姆告诉他，那是黑人们送来的。不过，这样的场景在小说中十分少见，既非重笔渲染也不刻意克制。

事实上，无论芬奇是否带着白人的优越感，把芬奇理解为黑人的守护神，是平权运动的斗士，都是对小说的最大误解。小说并没有告诉我们，同情黑人的芬奇愿意与黑人为邻，读者甚至可以质疑，律师本人是否愿意把女儿嫁给一个黑人？是否支持给黑人选举权？这一点在刚刚出版的《设立守望者》中刚好找到了旁证：论及黑人的选举权，老年芬奇对女儿说："这儿的黑人还处于幼儿阶段，他们还没有做好投票的准备。"

在为黑人辩护的同时，《杀死一只反舌鸟》中的芬奇并没有美化黑人，这跟初稿中的立场并不矛盾。他试图理解他们的弱点与生存环境的关系，并告诉他的孩子，"你永远无法理解一个人，除非你站在他的角度考虑问题"。在对待黑人的问题上，他的情感始终是朴实的："我觉得世上只有一种人。就是人。"（I think there's just one kind of folks. Folks.）换句话说，黑人是人，正如每个白人都是人。芬奇试图告诉人们，在对待人的问题上，永远不能区分人种和等级，只有这样，才能消除偏见。

对待不同的白人，哪怕是下等无赖，芬奇也是如此："只有一种人。就是人。"杰弗逊案件的原告是一对白人父女，父亲鲍伯尤厄尔（Bob Ewell）是个酒鬼，一个无赖，一家人生活在垃圾场边上，紧邻黑人街区，穷困潦倒，长年靠救济生活，不跟别人来往，大女儿梅耶拉（Mayella Ewell）十九岁，没有任何朋友，有一天，她试图勾引黑人青年杰弗逊（Tom Robinson），被父亲撞见，遭到父亲毒打，于是父女二人反咬一口，以强奸罪把无辜的杰弗逊告上法庭，按照当时阿拉巴马的法律，这等于给杰弗逊定了死罪。对于这样一对残酷的父女，芬奇在法庭上仍以"只有一种人"的态度，给予极大的尊重和同情。他试图让梅耶拉知道，尽管你有一个十分糟糕的父亲，你无比孤独弱小，你不小心触犯了社会禁忌，受到严厉的惩罚，但你不能成为父亲的帮凶，用一个人的生命来弥补你的过失，那已不是过失，而是罪恶。小说以温婉细腻的笔触，透过一个孩子的洞察力和复杂的心理活动，将芬奇心灵中最深挚的一面透露给读者，他的问话、语气、表情和动作中没有丝毫的高傲、蔑视或憎恶，而是无以言表的遗憾、痛苦和悲悯。

那一刻，芬奇是崇高的。然而，芬奇失败了。

庭审结束后，一天在路上，怀恨在心的鲍伯尤厄尔朝芬奇脸上吐唾沫，诅咒谩骂，可芬奇只是拿手帕擦了擦脸。事后，愤愤不平的儿子问他为什么不采取行动，他引导儿子站在对方的角度去想想，“他总得对谁发泄一下，我宁愿是对我，而不是他那一屋子的孩子”。

在那个大萧条的年代，梅冈镇（Maycomb）里生活着很多不幸的白人，孩子们通过观察芬奇对邻居的态度，学会如何理解和尊重。两代人之间充满小小对抗，但相互体贴信任。杜博伊太太（Mrs. Dubose）丑陋怪癖，对芬奇为黑人辩护不以为然，出言不逊，但芬奇劝说孩子们给她读书，并告诉他们，杜博伊太太是世界上最勇敢的人，因为她得了不治之症，疼痛难忍，但她不用吗啡镇痛，以求干干净净地进入天堂。儿童成长小说在叙事方面的难度主要在于成人和儿童之间内在视角的转换和穿插，在这方面，《杀死一只反舌鸟》拿捏得比较恰当。小说的语调是温馨而幽默的，流畅自然，不生硬，不滥情，不夸张，十分难得。

小说前半部分集中叙述孩子们对周边事物的好奇和探险，传说中那个神秘的从不出门的小镇“恶魔”布拉德利是他们的兴趣中心；到了后半部分芬奇接手的案件已不可避免地把孩子们卷入其中，良知或正义问题逐渐进入视野。种族歧视和偏见并不是《杀死一只反舌鸟》的核心问题，虽然芬奇律师接手的那桩棘手的种族案件是推动情节发展的重要线索。这个案件所彰显的种族问题只不过是一块敏感的试金石，试探着梅冈小镇居民的良知和理性，也让芬奇的孩子们磕磕绊绊地理解，父亲为什么要为一个黑人辩护，陷入一场必定失败的战争，通过这场战争，他们懂得，成长意味着理解，有时候意味着妥协，但本真之心，爱人之心是不能妥协的。

正因为采用了一个孩子眼中的童话般的道德视角（虽然有简单化之嫌），而不是复杂的历史文化批判视角，小说才获得了一种直指人心的力量。在一个“政治正确”或“被和谐”的时代，当正义和良知早已沦为空洞的词语，一个美国南方小镇的律师对良心的守护，对周边每一个人的理解和尊重，不论白人黑人，不管原告被告，那一种本真的爱人之心，通过他的孩子传递给我们，显得格外美丽动人。

或许你也像《杀死一只反舌鸟》的主人公一样生活在一个小镇，又或许你在一生中也曾见过或路过无数陌生的、平淡无奇的小镇，然而这一次，你有幸在梅冈镇遇到了一个有着深切的爱人之心的父亲和他的两个孩子，还有那些奇奇怪怪的邻人，见证了他们的纠葛和不幸，有白人，也有黑人；如果你足够幸运，你或许会在他们的小镇里，听到一只反舌鸟的歌唱，美丽动人。或许有一天，你会发现那是属于你自己的经典，你的童话。

◇ 作者简介 ◇

王柏华，复旦大学中文系教授，发表专著《中外文学关系论稿》、编著《狄金森诗歌读本》、译著《中国文学思想读本》等。

第三辑　行旅

鹅湖书院前的沉思

王水照

几年前，我去江西铅山参观鹅湖书院。站在书院大门前，放眼四围，只见一片阡陌纵横的农田，相传有仙鹅憩息过的“鹅湖”早已荡然无存，所谓“长松夹道摇苍烟，十里绝如灵隐前”（喻良能《鹅湖寺诗》），这寺前十里长松也一无踪影，但辛弃疾吟咏鹅湖风光的《鹧鸪天》词句：“春入平原荠菜花，新耕雨后落群鸦”，犹能依稀仿佛。然而，吸引我们专程来访的并不是自然景色，而是历史情怀、文化意蕴——八百多年前，一场著名的哲学讨论会在这里举行。

宋孝宗淳熙二年（1175）五月，婺学代表人物吕祖谦，从福建建阳亲自陪同闽学大师朱熹及其门生共八人，浩浩荡荡来到鹅湖，与抚州心学领袖陆九渊、陆九龄及其弟子多人会合。吕祖谦的直接目的是企图通过当面论辩，促成朱、陆达于“会归于一”。朱熹论学标举“道问学”，主张格物致知，读书穷理；陆氏兄弟崇奉“尊德行”，认为理在吾心，吾心即理，主张发明本心，反身自求。他在会上向朱熹诵读了自己的一首诗，其中有名的两句是："易简工夫终久大，支离事业竟浮沉"，挑明了两家学说的矛盾所在，以及势不两立、无法调和的阵势。会议开了十天，逞辩好胜的朱夫子终于不能使陆氏兄弟就范，使之归入朱子学派的麾下；陆氏兄弟执着于自家学理，顺带把对手调侃讥讽一番，结果自然不欢而散。

这次会议并没有获得预期的效果，却产生了原来预期的历史影响，一项积极成果就是创造了后来鹅湖书院的全部辉煌。朱陆会后，此地成为浙赣闽士子朝拜的理学圣地，声名鹊起。宋理宗淳祐十年（1250），江东提刑蔡抗视察信州，专程踏勘"鹅湖之会"的旧址鹅湖寺，并在寺侧建立书院，由理宗赐名"文宗书院"，并在院内设置"四贤堂"，祭祀朱、吕、二陆。唇枪舌剑的朱、陆双方，想不到在七十五年后同居一堂，安享供奉，若再要争辩，也是有口难言了。造成这一历史喜剧的缘由，自然是理宗的崇尚"理学"，庆元时的"伪学"一连翻身又加拔高，抬到官方统治哲学的高度，朱陆两氏开始鸿运高照，身价日隆。以后明清两代，对书院更作大规模修葺，建有泮池、仪门、玉带桥、洗笔池、书院正殿、两庑碑亭、御书楼、文昌阁、藏经楼、明辨堂等，建筑面积达六千多平方米，左右两廊的读书房即达九十六间之多，一跃而为江南四大书院之一。

然而，这次朱陆之会的历史"轰动效应"却掩盖了另一次南宋"鹅湖之会"的光辉。

这另一次"鹅湖之会"的主角是辛弃疾、陈亮，还有一位爽约未到的朱熹。由于当时辛陈之间互相酬唱的五首《贺新郎》幸被保存下来，这次会见在中国词史上也算一桩盛事，但比之“朱陆之会”，不仅文献资料缺乏，许多关键性情节模糊莫名，颇启疑窦，而其历史反响更显得冷落寂寞多了。今存直接记载这次会见经过的一段文字，就是辛弃疾的《贺新郎》词序：

> 陈同父自东阳来过余，留十日，与之同游鹅湖，且会朱晦庵于紫溪，不至，飘然东归。既别之明日，余意中殊恋恋，复欲追路。至鹭鹚林，则雪深泥滑，不得前矣。独饮方村，怅然久之，颇恨挽留之不遂。夜半，投宿吴氏泉湖四望楼，闻邻笛悲甚，为赋《贺新郎》以见意。

细读这段声情并茂、回肠荡气的短文，却有不少疑点：陈亮此冬远道来访，目的何在？朱熹因何违约未到紫溪？十日之游，为时已不算少，陈亮“飘然东归”后，有病之身的辛弃疾（辛有“我病君来高歌饮”句）因何在次日急忙去追陈回来？辛氏为何“殊恋恋”，进而“怅然久之”，又进而至于“悲甚”？“为赋《贺新郎》以见意”，此“意”究竟何所指？种种迹象表明，这次会见具有更重大的背景和原委，不能仅仅局限在“词坛唱酬”之内，而是一次有可能影响南宋王朝历史进程的会见，其现实重要性是超过“朱陆之会”的。辛弃疾后来在《祭陈同甫文》中特意点明：“与同甫憩鹅湖之清阴，酌瓢泉而共饮，长歌相答，极论世事”，已透露出这次会见讨论抗金复国大计的政治性质。

辛陈之会的具体时间，史无明文。一般认为在淳熙十五年，也有学者主张在十四年，总之是在“太上皇”赵构驾崩后、时局一度转机之时。一生志在恢复、时时极想采取行动的陈亮自然格外活跃起来：他又是去金陵、京口等处实地考察军事地形，又是向孝宗上书献策。他说：“今者高宗皇帝既已拊庙，天下之英雄豪杰皆仰首以观瞻陛下之举动。”他提出“有非常之人，然后可以建非常之功”，具体而言，应移都建业，而以荆襄为战略要地，“精择一人之沉鸷有谋、开豁无他者，委以荆襄之任”，这是武将方面的“非常之人”；同时应坚持“本朝以儒立国”，“东西驰骋以定祸乱不必专在武臣”，这就是需要文臣方面的“非常之人”了。朱熹以其学术声望自是儒臣翘楚，而在岳飞、韩世忠、张浚等名将之后，满朝武臣中“沉鸷有谋、开豁无他”、能领兵打仗的“帅才”，也就非辛弃疾莫属了。辛氏后有《论荆襄上流为东南重地》的登对札子，与陈亮可谓“英雄所见略同”。在《龙川集》中，仅有三篇画赞，即是赞辛、赞朱、赞自己：

赞辛氏：“眼光有棱，足以照映一世之豪；背胛有负，足以荷载四国之重。”

赞朱氏：“体备阳刚之纯，气含喜怒之正。”

赞自己：“人中之龙，文中之虎！”

在陈亮看来：孝宗独立主政，摆脱掉畏金如虎的赵构，实是千载难逢的大好时机。事实上也确是如此。南宋的九位皇帝，大都是庸碌无能之辈，只有孝宗还有些才略识见。而辛、朱、陈的联盟又无疑是当时在野主战派的最佳组合，如能争取孝宗的全力支持，他们是有条件采取行动的，能为孱弱的国势、危殆的政局带来些亮色。陈亮在当时给辛弃疾的信中，毫不掩饰地说：

四海所系望者，东序惟元晦，西序惟公与子师耳。又觉戛戛然不相入！甚思无个伯恭在中间搁就也。

"子师"即韩彦古，时任兵部侍郎，为名将韩世忠之子；"东序""西序"，即指文武两班朝列；"戛戛然不相入"云云，说明朱辛之间存有矛盾，希望有第二个吕祖谦出来居间斡旋调停，以期共襄救国大业。这里，第二次"鹅湖之会"不是呼之欲出吗？"吕祖谦第二"的角色岂不就由陈亮自己担当吗？

陈亮兴冲冲地从东阳赶到江西，与辛弃疾一拍即合。辛氏本来选择上饶为暂时退栖之地，就是为了能随时出山。他们憩鹅湖，酌瓢泉，等了又等，未见住在福建崇安的朱熹到来；赶到紫溪，这闽赣官道上的有名古镇，南望闽赣交界的分水关，始终不见朱熹如约越岭驾临，满伫的期望和谋划一下子化为泡影，这对两位亢奋型的铮铮铁汉是个多么大的打击：这正是深入理解五首《贺新郎》词及其词序的一把钥匙。

辛陈多姿多态的爱国词，其内容却相对稳定而集中，不外是声讨金兵，斥责主和，同情罹难民众，表达恢复决心诸端，但这五首《贺新郎》却有别于此，突出的是知音难遇的主旨：辛氏问："问谁使，君来愁绝？"陈氏答："只使君从来与我，话头多合。""百世寻人犹接踵，叹只今两地三人月。"除了你、我和月亮，别无知己！"硬语盘空谁来听？记当时、只有西窗月。"话外有音，月亮之外，理该有别的相谈手！而"我最怜君中宵舞，道'男儿到死心如铁'"，不就是陈亮当时的"硬语"的实录吗？"崭新换出旗髦别，把当时一桩大义，拆开收合"，这不啻是陈亮政治谋划的具体方案，盼望由辛帅重整旗鼓，再建伟业，然而，"这话把只成痴绝！"

陈亮最后一首《贺新郎》发端说："话杀浑闲说。"这句宋时口语，译成今天大白话，正是"说了也白说"。我隐隐觉得，其中对友人的怨怅似多于对社会时局的愤懑。这也难怪，这几年陈朱之间过从密切，会晤频繁，颇称情投意合。仅从淳熙十年起，每年九月朱熹生日，陈亮必备寿礼、寿辞派专使送至福建，"薄致祝赞之诚"，岁以为常。他此次精心策划三方会晤，却因朱熹爽约而流产，自然引起他超乎寻常的惆怅和失望，无法尽言的内心隐痛。辛氏说他"飘然东归"，"重约轻别"，这"飘"字，这"轻"字，细细品味，却有多少沉重啊！

今存朱熹、陈亮间书翰往来甚多，却无一字直接提及朱熹此次爽约之由，这正好反证出爽约必有隐情，不便也不愿明言。问题当然出在朱辛之间的“戛戛然不相入”。但就辛氏一方而言，他其时不乏对朱熹的尊敬。早在淳熙八年（1181）辛氏所写的《祭吕东莱先生文》中说，“朱（熹）、张（张栻，张浚之子）、东莱，屹鼎立于一世，学者有宗，圣传不坠”，然而“南轩（张栻）亡而公（吕祖谦）病废”，如今天下只剩朱熹巍然独存，领袖群彦了。那么，朱熹因何不愿与辛氏交盟呢？一个可能的原因是两人抗金复国策略的不同。朱熹早年力主抗金，认为“和议有百害而无一利”，但到晚年，则强调“蓄锐待时”，“用兵当在数十年后”，反对盲目用兵。他当时向孝宗提出的“急务”却是“辅翼太子，选任大臣，振举纲维，变化风俗，爱养民力，修明庶政”六件大事，绝口不言军事恢复之事，甚至认为“区区东南，事有不可胜虑者，何恢复之可图乎？”（《戊申封事》）则几乎滑到了反战派的边缘。辛弃疾作为一位有经验的军事将帅，自然也不主张盲目用兵，但在实际行动上要积极得多，不然的话，他就不会在嘉泰年间力陈“用兵之利”，助成韩侂胄“开禧北伐”了。朱熹比辛弃疾年长十岁，对朝政时局阅历更深，因而举措审慎，对辛陈的急功求成保有距离，也是情理中事。

但我觉得更重要的是朱辛二人文化性格类型的巨大差异。辛弃疾是位事功型的人物，豁达大度而又刚强果毅；而朱熹则坚持道学理想人格的追求，“圣贤气象”的涵养。在此次“辛陈之会”前，朱辛交往不多，但仅有的两次接触肯定给朱熹留下不好的印象。一是辛氏营建带湖别墅，“作室甚宏丽”，朱熹“潜入去看，以为耳目所未曾睹”。这话是朱氏亲口说与陈亮，陈亮又亲笔写给辛氏的(《与辛幼安殿撰》)。朱之“去看”辛氏别墅，是“潜入”，像是暗中察访，别有用意；陈之转告辛，却对朱之主观评价留了一手。作为“存天理，灭人欲”的理学大师，其好恶褒贬是不言而喻的。他的好友刘珙也曾“创第规模宏丽”，朱熹也予“劝止”而不惜开罪友人（《朱子语类》卷一三二）。二是辛氏帅湖南时，曾派客舟载牛皮过南康军境，恰为军守朱熹搜检拘没，辛致函朱，才得发还。但朱熹在给友人信中叙述此事说，“见其不成行径，已令拘没入官”，后因辛氏修书说情，“势不为已甚，当给还之，然亦殊不便也”。虽徇情“给还”，仍不能释然。时人对辛氏的这类訾议，如“用钱如泥沙，杀人如草芥”之类，所在多有，连陆九渊也有专函给辛，深致不满。这些对于“气吞万里如虎”的军事强人辛老夫子来说，似属小事一桩，大可略而不计，但在崇奉内省修身以达于道德自我完善之境的朱熹眼中，却是人格评价的根本原则问题了。

果不其然，即在辛陈“鹅湖之会”后不久，辛陈友人杜叔高往访辛氏，辛又依《贺新郎》韵作词一首送杜；杜将会见情况告朱熹，朱氏在《答杜叔高》中说：“辛丈相会，想极款曲。今日如此人物，岂易可得，向使早向里来有用心处，则其事业俊伟光明，岂但如今所就而已耶？”什么叫“向里来有用心处”？这其实是朱子哲学的重要命题。他论学主旨即以自我心性修养为主，一再反复强调“向内便是人圣贤之域，向外便是趋愚不肖之途”（《朱子语类》卷一一九）。把道学的理想人格归结为道德的自我完善。朱熹还对门人说，“辛幼安亦是一帅才，但方其纵恣时，更无一人敢道它，略不警策之”，要求朝廷“明赏罚”，对辛氏的“短”处、“过当为害”处，严加约束，监控使用（同上卷一二四）。这番师生间的悄悄话，明白无误地表明朱熹终究不视辛氏为同道者，理学理想人格与实践性事功型人物之间确乎存在“戛戛然不相入”的一段差距，朱熹的爽约拒会，是否应从这里找到原因呢?

南宋的两次“鹅湖之会”，一次是失败的哲学会议，却名噪当时，声播后代；一次是流产的政治性聚会，其本来面目则长期湮没，仅仅被当作词坛酬唱留给后人些许追忆，而在通常情况下，一次单纯的词人聚会不免遭受社会的冷落。这种一冷一热的历史效应还伴随着辛陈与朱之间的冷热反差：辛陈热情来会，而朱熹漠然谢却。历史的不公蕴藏着历史的深邃和复杂，这里隐含着我们民族的文化特征，尤其是理学精神的历史影响力和对社会心理的渗透力。当我将离鹅湖书院时，禁不住在大门口一座青石牌坊前徘徊。这座清初遗物，上刻雁塔图案，三层翘檐，翼然欲飞，颇显精工和气派。迎面镌有“斯文宗主”四字，背面则刻着“继往开来”，我顿时才明白鹅湖书院是冲着朱熹和朱子学而建立、繁荣起来的，朱、陆之争不过是个触发的契机。康熙帝“御书”的楹联写道：“章岩月朗中天镜，石井波分太极泉”，发挥的正是朱熹“理一分殊”即千差万别的事事物物只是最高“理”地体现这一理学精髓，使用的也正是朱熹一再使用过的“月印万川”禅宗话头。朱熹这套格物致知、穷理尽兴的学说，最终要使人人在内省修身中穷天穷地穷人，以臻于与天理合而为一，这就把封建伦理道德规范，化为主体的自觉行为方式，以达到人类社会和自然界的和谐美妙境界。这套学说，完全适应宋末以来以伦理为本位、以道德为中心的中国封建统治的需要，并成为民族文化的重要传统精神，其受到社会的普遍崇奉自是必然的了。

但在南宋风雨飘摇的偏安时局下，朱子学并不是一种有效的救亡图存的学说，律己有余而救国不足。陈亮上书中说：“今世之儒士自以为得正心诚意之学者，皆风痹不知痛痒之人也。”岳珂等认为即指朱熹，固不尽然；但朱之与时局保持距离也是不争的事实。他在答复陈亮时写过：“奉告老兄，且莫相撺掇，留闲汉在山里咬菜根。古往今来多少圣贤豪杰，韫经纶事业作不得、只恁么死了底何限；顾此腐儒，又何足为轻重！”这比之“夜半狂歌悲风起，听铮铮、阵马檐间铁。南共北，正分裂”的辛氏，“据地一呼吾往矣，万里摇肢动骨”的陈亮，从对当务之急的关注来说，两者所表现的社会责任感似不可同日而语，然而后世的价值取向却并非完全对应。

岁月悠悠，要想在当地寻觅一点儿“辛陈之会”的印痕，实在颇为渺茫。期思村瓢泉有座“斩马桥”旧址，来源于南宋人赵溍《养疴漫笔》的一则记载。据传陈亮此次骑马往访辛氏，“遇小桥，三跃而马三却。同甫怒，拔剑挥马首，推马仆地，徒步而进”。这自然未可据信，但反映出人们心目中陈亮的豪健急躁、时时准备行动的性格，倒甚传神，这就稍许减轻我一些尚友古人的某种寂寞之感。但这份心理平衡很快又被另一桩事所打消。紫溪有座叫“西山”的小村，居民大都为辛姓，传是辛氏后裔。我在一部书中看到他们所出藏的一幅辛弃疾画像的复印件，正冠朝服，拱笏肃立，慈眉善目，丰颊广颡，不像“眼光有棱”“背胛有负”的“一世之豪”，大有“以醇儒自律”、冲融平和的道学家风度。这也颇堪玩味。辛弃疾后在福建为官，朱熹与他交往才日渐亲密起来。原因呢，朱氏说：“渠既不以老拙之言为嫌”，即认为辛氏接受了他“早向里来有用心处”的告诫，他又热情地为辛氏斋室题写了“克己复礼”的匾额。这就为后人用道学家的形象改铸辛氏提供了根据，也折射出中国民族文化精神中理学积淀的深固有力。

我后来从鹅湖赴武夷山，也途经紫溪，望着一旁蜿蜒起伏、时存时断的鹅卵石古官道，顿觉历史的道路也是这样曲折复杂，从古代一直延伸到今天。

◇ 作者简介 ◇

王水照，复旦大学中文系教授，著有《唐宋文学论集》《半肖居笔记》等。

我的旅行哲学

汪涌豪

十年前，我开始有计划的海外旅行，目标是用二十年时间，走遍五大洲各主要国家。由于不想在面上一掠而过，尤不愿听人穿鼻络首，跟团瞎撞，故所费心力物力甚巨。好在理由足够堂皇：古人为恢廓心胸，历练器识，常仗剑去国，漫游天下，今人挟各种便利，更当行“读万卷书，行万里路”的成训。这样想着，有时虽床头金尽，心里却甘之如饴。

而路上的风景也不负我。它们原本驻留书上，此刻似一一迎凑上来，为我打开，由此带出的感动真的难以言宣。尤其回思自小亲近的艺术，心摹手追的无数个寒暑，当真穿过格里格与西贝柳斯门前的花径，来到歌德和勃朗特姐妹的厅堂；抑或正目迷于奥赛与普拉多的杰作，不经意竟得与早年杂志上初识的毕沙罗、戈雅照面，那种将欢呼硬生生停蓄在舌尖的惊喜，洵为十分美好的体验。我们极度匮乏的童年，是这样偏能滋育磅礴而浩大的理想。而怀茁生的理想懵懂出发，到此时终得以由人及我，在沧桑横隔中找到自己，怎不叫人重生感慨！我不能说别人喜欢美食、购物是错的，毕竟出来玩，这两件事不可缺；但在自己，没什么比这样的枨触万端，更让我往复含玩。

许多人不同意我将看人与审己视为一体，以为这多少有违实有的经验。其实他们是不明白，旅行与旅游本非一事。旅游意在消遣，因是从自己住腻的地方来到别人住腻的地方，关注点自难免在美食与购物，所谓吃好玩好，到过就好。但旅行不同，因怀有更庄敬的目的，它重在体验，譬如，如何让陌生的事物催生新奇的思想，让壮阔的风景造就谦卑的人生，所以关注点多在感动与感悟，即使在享受美食、购物的时候亦复如此。要言之，一个用脚，一个用心；一个追求目标的到达，一个更留意路上的风景；一个只想多看一眼别人的世界，一个更为能深切地体察自己的内心。

但我知道，要说清楚为什么看人即为审己并不是件容易的事。能想到的是诗人艾略特的说法："我们将不停地探索，而我们一切探索的终点，将是到达出发的地方，并且是生平第一次知道这地方。"或以为，因缺少展开性说明，这样的诗化表达殊难理解，但"阿波罗 12 号"上宇航员戈登的话说得够明白："人们总是问我登月发现了什么，其实我所发现的就是地球。"他告诉我们什么？他告诉我们，人类对未知世界的任何探索，最终指向的都只是探索者的始发之乡。不知道他的话能否让人想到，其实旅行也是一样，你走得越远，离自己越近。直到有一天你由衷地发现，你任何的出发，其实都是抵达；任何的远行，无外都是归返。甚至，你只有摆脱熟悉的环境，才能更好地认识自己，回归自己。

或许你会说，几十年朝夕观对，这个世界，能有谁比我更了解自己，硬说旅行能增进自我认知，有点玄。可你想过没有，这个世界从不缺少洞穿人心的智能之士，但真能做到自知之明的又有几个？又因为缺乏自知之明，人有多少狼狈的失败，连同刻骨铭心的屈辱，面上看似可归因于造化的拨弄，其实都与昧于自知的自我作践有关？这样仔细地想，你就明白，为何“认识你自己”会成为横亘在人面前的永恒考题。要破解这道考题，光靠自己的智慧你也知道不够，但借重别人的智慧你又不愿。而大自然是这样一种存在，它默无一言，只消看上一眼，就能让你觉得渺小；那些久远的文明遗存是这样一种存在，它们或朽坏漫漶，几近湮灭，但其厚重的潜德，发散着神奇的魅力，能让你收回放纵的视线，回光内鉴自身的局限。

倘再说得具体，你许多人生的经历与感怀，来无端由，去若电驰。随生命的展开，它们欲收拾已无从收拾，想诉说又无从说起。由于没了质证甚至听者，它们都积存为回忆。对此，你既不忍舍弃，又难一一提起，依违瞻顾间，常常进退两难，不得排展。此时，你就不应该再待在家里，等回忆上门。回忆散落在这个世界，你要找回它们，让它们从幽隐处现身，就得如昆德拉《笑忘录》所说，去旅行。只有在旅行中，在与自然、历史的每个照面中，你才会渐渐地把这些明明是经验看成负累的人生困局一一化解，既体恤它彼时的艰难，又了彻它当下的意义，从而原谅它，接受它，替它归类，为它命名。当你能将它们汇入更宏大的时空，成为历史叙事的一部分，你实际上也给了自己一个机会，让自己有以了解自身能力的边界，找到积郁发泄的出口，并从此学会反省，懂得敬畏；学会放下，变得从容。

此所以，一切多情又深于情的人从不把旅行当旅游，而当作修行，当作岁月的清课，精神的受洗。他们不仅从学理上驳正 20 世纪以来仅从经济角度界定旅行的粗浅认知，还原其作为各种社会要素相互作用的复合体的实相，更持一种文化论立场，凸显其背后所蕴藏的诗的本质与哲学的品格。如英国人约翰·特莱伯就视哲学为旅行的关键性基础。其实，还有好多更深刻的知见，长久以来都为人忽视了，我说的是类似诺瓦利斯这样的天才诗人，他曾说："哲学原就是怀一种乡愁的冲动，到处寻找家园。"或许，还有中国诗人白居易的"我生本无乡，心安是归处""心泰身宁是归处，故乡何独在长安"。他们其实都在以一种特别的方式，表达自己对旅行的认知，告诉人旅行走的是世路更是心路，而那个可称"归处"的"家园"与人的实际占籍无关，它只是让人回到自己的诗意栖居。

旅行就是这样，像足了一场放空自己并努力让自己有以安顿的无涯之旅。旅行的乐趣因此首先不在发现，而在迷失，迷失在那种杳渺幽邃的"未知之境"，然后再迎来"朝彻"而"见独"的超拔境界。这个过程与诸如逃避生活琐碎、释放内心压力等并无必然联系。一个人衣食无忧，也需要甚至更需要不苟且地将自己投入这种无涯之旅，打量并审视自己，最终找到自己。因此，与其说它合远离与回归于一体，毋宁说更是回归；正如与其说它是消耗，毋宁说是滋养；与其兑是付出，毋宁说是获得。它是颠簸中的安适，转徙中的宁静，是在过去中发现当下，在自然中发现人性，在一切看似与己无关的人事中发现自己。当你真正有了这份切实的体悟，你就迎来了自己人生最重要的节点——你终于懂得，什么叫人走向内心世界的路，要远比走向外部世界悠长得多。

这个时候，你可以卸下行囊，回归书斋，或就着温暖的壁炉安顿下来，效古人澄怀观道，“一畦杞菊为供具，满壁江山入卧游”了，用法国人德·梅伊斯特的说法，做“室内旅行”。因为对能思接千载、视通万里的你来说，此时重要的已不再是远行，尤其不再是群行群止的结队出行，而是外物而独处，安静地回味看过的风景，盘点有多少风景曾看向你，然后你就特别能体察帕斯卡尔所说的“人类不快乐的唯一原因是他不知如何安静地待在他房间”的真义，并对尼采所识赏的拉布叶那句“我们承受的所有不幸皆起因于我们无法独处”的箴言，有真切而独到的会心。

可以断言，这种高明的境界，电视里的靓女跑男是无法梦见的。他们光知道卖萌、扮酷和装嫩了，轻易就感动，莫名就飙泪，太过闹腾的背后，透出的是伪浪漫的俗气。这样的人一旦回归日常，必定无聊而无助。而对大多数一般的游客而言，若你全无心识赏别人的历史与文化，你九天八个国家，好不容易来到因斯布鲁克的瓦藤斯，只知道去那里的珠宝店血拼施华洛世奇；好不容易进到博讷古老的酒窖，不知该如何嘬口品尝那一小杯勃艮第后段的辉煌，我同样没什么好说。

最后，有必要强调一下读书之于旅行的重要，它构成我旅行哲学重要的另一章。要特别提出的是，尽管我常引用“读万卷书，行万里路”这句古训，写这篇文章的时候也是如此，但其实，读书与行路并不是人所想象的那么直接简单的相质关系，毋宁说它们有更深刻而复杂的互逆联系。譬如康德，一生未离开过故乡哥尼斯堡半步，但其强大的内在精神力，缜密的逻辑思辨能力，仍能使他从自己确信的普遍真理中推导出世间万物，成为雅斯贝尔斯所说的“哲学奠基人”。从他第一本著作《关于生命力的真实估计之思考》开始，他对人类整体性精神出路的思考，就与行万里路没太大关系。当然，他也仰望星空，但与一般人不同，他不是天文爱好者，更不为看流星雨，星空没像人想象的那样触动他，不过为他深邃的思想提供了适切的背景而已。

我的意思显然是，并不是说万卷书只有经过万里路才能消化，它还指甚至更指，只有通过读万卷书，你才能拥有强大的内心，养成完整的审美视镜和独到的“旅行心境”（The mind set we travel with），才有可能懂得，人为何需要寻找足以与这种内在精神相对应的外部世界，并真的就找到了它。打个不恰当的比方，这情形有点像你饱餐后需要出门走走，古人称这个为“散食”。不读书的人是寒碜的贫丐，不读书的旅行像枵腹强行，是肤浅而浪费的旅行，甚至不叫旅行。只有好书在心，才能好景到眼。

当你读过些书，必不会在留存有深厚历史的风景前呼啸而过，也不会让“要是我据有这个地方该多好”这样的念头在脑中闪现。在这样的时候，你懂得闭上眼睛，打开心灵，并很自然地，会从心底唤出万卷书中最适切的那首赞美诗。说到底，是你读过的书带你来到了这里。这时候，你以对书和知识的虔敬，让自己所经历的一切，与伟大的前贤联系在一起。

我的旅行哲学就这样起于诗又归于诗，以至在需要总结陈词的时候，想到的仍是诗。维多利亚时代最伟大诗人丁尼生的《尤利西斯》曾这样吟唱：“尚未游历的世界在门外闪光，而随我们一步步前行，它的边界也在不断后退”，“几次生命堆积起来尚嫌太少，何况我唯一的生命已来日无多”，“来啊，朋友，探寻更新的世界，现在尚不算太晚”，“尽管已达到的很多，那未知的也多啊”。还要问吗，这个“尚未游历的世界”是不是仅指外在的风景？还有，那样的风景，是上述卖萌哄闹之人所能领略的吗？

想起不久前那个因辞职而走红网络的女孩。她说得对，世界这么大，正该去看看。可事情的后续发展，让许多人多少有些失望，尤其过早确定的结局，让人觉得这不过是一则与梦想无关的市井故事。他们的意思，你至少有一番游历再卜居息影也不迟啊，乃或先阅人无数再下嫁从夫也来得及，再退一万步，总该听听《围城》中过来人的教诲，先做一趟婚前旅行吧。因为按钱老先生的说法，要想结为夫妻，没什么比旅行更能检验彼此的成色。可现实就是这样，它总让一切想象落空，让所有故事掉色。

这个世界，或许本就如此，许多人嘴里喊着要看世界，到头来都不过是躺在床上，想想而已。

◇ 作者简介 ◇

汪涌豪，复旦大学中文系教授，著有《中国文学批评范畴及体系》《中国游侠史论》等。

富春江消暑记

李振声

H 兄：

要是明年夏天还遇上今年这般酷热的话，你不妨放下手里的事，上富春江走走，吐吐暑气。倒不是说那里有多么凉爽，家乡距那里不算太远，气温实际差不了多少，但一路上有新鲜的物象和感觉好获得，它们会让你闷在暑气中的莫名烦躁缓缓释放，心绪渐趋底定和宁静。心静自然凉，这不是一句故弄玄虚的话。我自己两年前的夏天在富春江上所得到的一点儿感觉和印象，似乎可以作为这份建议的佐证，不妨拉杂跟你说说。

从地图上看，富春江流域，比起我曾经走过的温州雁荡、天台和宁波、绍兴一带，属于浙江的西部，应该称作浙西才对，但历史上却将宋代吕祖谦所代表的金华学派算作浙东学派的一脉，而这一脉的地望则傍近富春江上游源头之一的兰溪，而历史地理学上的浙西，往往专指太湖南岸的杭嘉湖一带。这种区分纯粹基于学术思想文化渊源上的考虑，这里不便细说。我只是想说，我的行程从一开始就被涂上了一层非常有趣的色彩，地理方位上，我明明是从浙江东边的杭嘉湖跑向浙江西边的富春江，可在历史文化学意义上，却似乎变成了由浙西跑向浙东。

先是路经嘉兴。黄昏时在南湖四周走了一圈，仓圣祠的摆渡口下午四时就歇工了，只能透过暮霭，隔湖看看湖心烟雨楼的朦胧轮廓。嘉兴人在湖面上游水冲凉，悠然得很。几条泊岸的渔船随湖水的波动轻轻晃荡，后舱散出的炊烟弥漫在湖面上。第二天打早坐头班轮渡上烟雨楼，楼宇坐落在湖心小岛上，构架宏大，黯褐的梁柱和砖瓦，浸满了历史年月的深沉和庄严，四周是盘根错节的参天大树。从楼阁上四外一望，湖面几乎都被嘉兴人用来放植一种并不好看的水生植物了，水域显得格外的局促。留下的几条狭窄的水道上，一刻不停地有机动船只航过，扰耳的噪声在楼壁间跌来撞去，想要与现实拉开点儿心理距离，平心静气地遥想些吴梅村、柳如是和南明时的事，已经十分不易。常年靠在堤岸边上的那只中国现代史上有名的游船，前些日子刚好拉去修葺，没能见着。系船的柳树下，蹲着位健壮的农妇，在推销时鲜菱角。

午后到杭州。杭州已到过好几次，不想走动了，就去湖上，出两元钱，坐上手划船，到水面上随便转了一圈。从船的凉棚下，看看四周在依然十分炎热的斜阳下显得格外浓翠的浅山逼向湖面，吹吹带有热味的湖风，倒也有点喝酽茶、饮醇酒的舒心感。晚上觉得歇住在城里意思不大，天断黑前，赶到前几次到杭州一直未能走到的龙井村。一打听，方知山上没设旅社，只好再乘末班车折回到山脚下的双峰，另找地方住下。虽是山野小店，却一点儿也不清静，幸亏我的行囊里带着一本很耐读的北京赵园写的《小说十家》，还是白天刚从杭州城里一家书店买的，便倚在枕上细细读了几页，不知不觉间就稀里糊涂地睡着了。过半夜落了场雨，惊醒后一直未能睡深，天蒙蒙亮就上了路，其实时间已不算太早，因为山里天晓亮得要比平地上迟些。沿阒无人声的山间公路盘旋上山，茂林夹峙，山虫的鸣叫在寂静的山谷里显得特别响亮。这一带正是郁达夫小说名篇《迟桂花》用作背景的翁家山。到龙井，寻问那眼让外人慕名不已的井泉。当地一位老人笑笑说，就有点水，其实没什么好看。从井上出来，随山坞里一位兜售茶叶的中年妇女走进村里，她撮了两小把品类不同的新茶，沏成两杯。各啜一口，都是清香透心，只是一清纯，一略显沉浊些。我要了份清纯的。后来上翁家山龙井村国营商店，方知在价格上吃了点儿亏。不过，成全了只求茶清不问价钱的洒脱，也不失为一种收获。这茶后来带回家里再喝时，味道就变得判若两物了。倒不是卖茶女人做了什么手脚，茶是吸附性极强的东西，在山坞里摄足了清新的山气，到别处被其他气味一冲，自然就会变味。再说山里甘洌的水质，也绝非他处可以攀比。如此说来，真正的龙井，非得在它原产地喝不可。

出村，循小路翻山而下，穿过几处简陋的山居村巷，就走在了九溪十八涧的地盘上。一路冷翠逼人，路随溪转，溪水溅出清亮的声响。夜里的雨水化散为雾，滞泊在山坳间。不时可以遇见采茶女在薄雾中悄无声息地采着茶。这一路，除水声、鸟虫声，偶尔远处山村传出的几声狗叫，静得就像连空气都不敢流动、凝住了似的。约走了两个钟点，来到九溪南山口，突然便有了人声喧哗，溪水在这里汇成一池，池的四周缀满了种种造物，顿觉一种人力的自扰和对自然的凿伤，忙匆匆离开。

九溪口到富阳，相距一小时班车的路程。山北为阴，水北为阳，富阳是富春江北岸上的一个小县城。逼仄的老街与阔达的新街比肩并行，由北朝南凿向江岸。老街至今仍是当地人集市贸易和吃食喝酒的热闹地段，古朴的屋檐下，凸出凹进着各色货摊，卖主涵养功夫很好地照看着很少有人问津的货物，大概早市生意做足了，心平了。白铁皮作坊则毫无顾忌地敲击出惊天动地的声响。

郁达夫家的老屋就在江边轮船码头隔壁的老街弄堂里，三开间门面的两层旧楼，正南面已挡有一幢好几层高的旅馆，即便攀上屋脊，顶多也就够得上旅馆的中腰。达夫自传中写到的，站在屋楼上即可饱览无遗的富春江，江心移动的船帆，江边的鹳山与隔江对望的浅山，自然早已被挡在了视野之外。并且门是终日闭锁着的，打开它，须得事先征得县委某办事机关的允许，很是麻烦，只好打消了走进去看看的念头。乘上去桐庐的江轮是午后四时。富春江、钱塘江，是同一条江流的两段不同流域的名称，以富阳为界，由此上溯称富春江，顺流而下便是钱塘江。那么，现在我才算真正开始踏上了富春江的行程。

富阳到桐庐，一路潮平岸阔，远近山影绵延，但并不高危。东梓一段南边，遥远处山势略显嵯峨，从山麓到江边，则袒展着平畴阔野。想起从前只能在美术史图录中读到的，元代黄公望苍茫沉郁、精气动人的那轴长卷《富春江山居图》，它的真实蓝本，现在就摆放在自己的眼前，心里便不由得起了一阵莫名的激动。还有我们很小就从大哥中学的文学读本上读到的，与郦道元写三峡同样出名的那篇《与朱元思书》，它大概是最早诱导我们与富春江神交的一份导游说辞了吧？东晋南朝，众多的文人学士因为躲避战乱，从西北黄土地那边迁居至东南水乡，他们到了绍兴，那个当时还叫会稽的地方，就已经觉得“从山阴道上行，山川自相映发，使人应接不暇”了，等南梁的吴均有机会到了富春江上，更是惊喜欲绝，唯恐独自消受不了这等眼福，便赶紧写信去和友人一道分享，这样，就留下了这些引人心神荡漾的文字：“风烟俱净，天山共色，从流漂荡，任意东西。自富阳至桐庐一百许里，奇山异水，天下独绝。水皆缥碧，千丈见底，游鱼细石，直视无碍。”不过，我现在正在走着的这段富春江，景致质地已有了很大变化，吴均状描的情形，只能作为一种历史的遥想加以揣摩。并且，稍后几天我又得知，富春江的佳绝，其实还得好好往上走，当年吴均的眼福毕竟还是有限。

向晚时分，牛三三两两卧在江边的沙渚上和浅水里；村民挽起裤管走进江水，一直走到离岸很远的地方；赤膊牧童跨骑在颠簸的牛背上，正赶着回家。船航过江边错落的山居，一众农家孩子做出夸张的鱼跃动作，纷纷跳入江中，除了光着的白屁股，全身哪儿都是黝黑的。不时有舴艋小船从对面迎来，轻灵得就像孩子手折的纸船，飘飘摇摇，在江心与拉响汽笛的轮船擦肩而过，斜斜地拍几下水，自信而又天真地曳下一长串柴油机的马达声，继续赶它自己的路，直到融化在横挂天际的江流末梢。仿佛天地间一颗孤独的心灵，固执、任性而倔强。江面上，先是悬浮起一道暮气，静静的，纹丝不动，随后弥散成一片薄烟，岸上的景物便漶漫了起来。近桐庐一带的北岸，山脚下依稀还能辨认出几处炸山采石和焙烧石灰的工地，协调的自然景物突然呈现出了横遭人力破损的迹象。天断黑时，船在朦胧中拢近一处悬岩石崖，不由得让人因旅途而稍感疲乏的精神为之一振。江轮在崖下画了道弧圈，靠上码头。第二天才看清，这道气势峻拔的石壁悬崖，便是桐君山临对富春江的一面。下船后，隔着桐溪朝桐君山方向探望，眼前只是一座庞然黑影，仿佛入定老僧一般。

翌日清晨爬桐君山。山突兀在桐溪汇入富春江的口子上。桐溪很窄，我看比家里老屋后面那条小河也宽不了多少，水极清，源头本是天目山上的天目溪。摆渡过去，有很陡的石级曲折上山，沿江几处山壁上，留有古时的摩崖石刻，山的北面为修篁覆盖，山顶古木盘空。留一平台，筑有道观。从山门进去，除遇见的几个道士，并不曾见到郁达夫当年拜谒过的桐君老祖的迹象。清早的雾气渐渐散淡后，朝西望去，富春江正缓缓流来，晴江一练，桐庐城平卧在富春江和桐溪自然形成的夹角之中，城边一道长滩，濑石青黝，居民推窗就能与脚下的富春江晤谈。就我走过的地方比较起来，桐君山的气象与乐山乌尤寺最为接近，只是在格局雄大上，要逊乐山乌尤寺一截。

桐庐再上去，便是七里泷了。上游砌筑的一道大坝截住了江流，大坝的下游遂出现了一段浅滩。这段路只得坐车从陆地上走完。汽车先是傍着江岸，随后分离，绕过逼向江水的山峦，由平野驶入七里泷镇。从镇上朝东南方向步行三里来地，便又重新回到了江上。拦江的大坝就砌筑在这里。巨闸拦截下的江水有一股潴水的腥味。继续上行的渡口则设在大坝的附近。上钓台，需得先坐船走上两三里光景的水路，在北岸山脚处上岸后一路攀缘。背倚崇山峻岭的钓台，似无别的陆路可循。经由千年风雨剥蚀后自然形成的两道石柱型山岩，悄然突兀在江边，仰头望去，自有一种壁立千仞的奇峻。逼向钓台腰间的山林，似乎也怵于悬崖的陡直，一时无心继续攀缘，便中途草草辍步，遗下了一壁赤裸的危崖。登上东台西台，自有一股亘古如斯的岑寂袭上心头来。脚下的江水酽绿中泛黑，大概是江面在这里让隔江高峙的峰峦冷不防给收束紧了，即便晴好天气，也要留下半江的山影，是山色跌落在江水里的缘故吧。

西台，曾是南宋末年义士遗民谢翱设立神位，击筑而歌，痛哭祭奠文天祥的地方。由此想起了鲁迅周作人所喜欢引述的那句古语，“夫越乃报仇雪恨之国，非藏垢纳污之地也”。当年清军攻陷南京，宰相马士英急欲避走绍兴，绍兴文士王恩仁便去信严加痛斥，里边就说到了这句话。看来，浙东人的刚正不阿、凛然不可冒犯，实在是一种由来已久的性格。

东台则早已因为有严子陵曾在此垂钓的神话传说，远比西台更为闻名。严子陵身披蓑衣、头戴笠帽，在富春江垂钓的所在，本来应该是在富阳至桐庐那一带，但在喜欢用“天人合一”的观念和眼光看人看事的中国人心目中，总觉得那一带的景致，在富春江上毕竟还嫌平淡，和七里泷上边的山水相比，简直无甚奇异，而隐士的名气那么大，生息的环境自然也应该是不平凡的，这才算得上相配相洽。于是，严子陵棹舟隐居的地方，也就依照中国人的情理构想，被朝上挪移了一大截。

照史志上说，严子陵本是东汉中兴皇帝刘秀的少年同窗好友，但这位让得了天下的刘秀特别牵记的“赤卵小兄弟”却是架子十足，数次招请，方才姗姗而来，拜官更是坚辞不从，心心愿愿只想归隐富春江，耕钓终身。光武帝拉他同榻而眠，他竟毫无顾忌，将脚搁在了皇帝的肚皮上。这段史事之所以为历代文人学士所津津乐道，我估计多半是出于这样一份隐衷，也就是说，他们是在变着法儿，通过某种心理幻想，想多少改变一下自己在现实中的压抑处境，改变一下对专制皇权永远无从摆脱的威慑、屈从、依附及阿从的窘迫吧。这其实也更是西方精神分析学讲的心理补偿和心理平衡的意思，说白了，也就是做一场“白日梦”而已。人格让专制政治窒压得太厉害了，不得不借助对自由自在的严子陵的怀想，暂时稍稍缓冲一下。

还值得说一说的是，范仲淹写的《严子陵祠堂记》中有赞词云："云山苍苍，江水湍湍，先生之风，山高水长。"文辞简净，意思也清楚，但自有一种流转不已的余韵在。范仲淹存名后世的，首先得数那篇稍稍读过点儿书的人都能背诵几句的《岳阳楼记》了，"先天下之忧而忧，后天下之乐而乐"，旷时救世的抱负，确实砺人心志。至于他如何在西北边地抵御契丹侵扰的那段史绩，晓得的人可能就要少些。我原先心目中的范仲淹，一直是后来由王阳明所倡导的"内圣外王"一路的儒家风范，总之，很关心国事民瘼，很积极入世就是了。读了这段赞辞，才恍然知道，他老人家原来也有歆羡超然出世、笑傲江湖的时候，也有这般风流倜傥的另一面。这种两面性，其实并无必要非得去当代流行的"儒道互补"一类见解那里寻求索解，事实上，儒家本来就并不单单是汲汲劳碌于事功的一派，儒家开山祖孔子固然一生凄惶奔忙于政教人伦的设计，可他老人家不是也有明确表示赞同弟子的理想的时候吗？有着暮春三月，"浴乎沂，风乎舞雩，咏而归！"一面吗？事功与闲暇，以现实功利为目的的行为与某种以"美的"东西为目的的行为，在儒家那里原本就是一而二、二而一的，不知何故硬是要把它们拆截为两处。正是出于这样的考虑，我想说，范仲淹对严子陵的称赞，恐怕与道家没什么干系，并非道家观念沉淀为无意识层面然后又在范仲淹身上作祟使然。

从钓台下来，仍循水路折回渡口。午后一时，改乘去兰溪的小江轮，再次路经钓台，继续一路上溯。七里泷至梅城一带，一路重峦叠嶂，风景的清幽，石岩的奇妙，林木的茂盛，都是富春江山色水姿中最为出挑的一段。因为人烟稀疏，自然景物保存得十分完整。江水平缓如镜，两岸烟树山影交错跌落在清亮的江面上，贴水前行的江轮，俨然行走在峰峦和茂林之上。近建德地界，江水渐渐宽舒，水色随之也由酽绿转为清白。

到梅城后，继续向西上溯，就进到新安江了，折而朝南，则进兰溪口。小江轮在开阔的江面上划了道弧，绕过一处浅滩，正待航入兰溪江时，我让目光尽力朝新安江方向投去。眼前的这条水道，便是近代中国史上，连接徽州与杭州、上海等沿海都市，互通商贸和交流文化的主要通道，想到20世纪初，胡适、陶行知这样的徽州少年，这批后来各以其业绩而歆动天下的人物，当年便是走的这段水路，前往外面的世界去吸摄学识和释放才情的，一种学术和文化上的溯源及认同感，便不由从心头油然生出，更不必再朝前去悬想，这条水道的上游还曾出过戴东原（震），是引领清代学术主流的乾嘉学派领军人物的故乡。戴震的《孟子字义疏证》是我们都曾读过的。

小江轮抵达兰溪江上游的兰溪市，又是一个灯火微明的黄昏。一天里吸收了那么多的感觉印象，脑子不免有点凌乱芜杂，这种杂乱一直要到后来我将那些感觉印象梳理、消化之后，才逐渐消失。

在兰溪草草住过一夜，第二天清晨过城西大桥，由江心一柱桥墩上走下将兰溪江剖分为二的沙洲，隔着水汽轻笼的江面，静静眺望对岸大云山上那座清秀的砖塔，以及浸入江水的石埠头上正洗濯、谈笑着的人影。敲打衣裳的棒槌声此起彼伏，相互撞击，似乎在告诉远道而来的客人，住在这座城里的人，还沿袭着某些十分古朴的生活方式。不过，想起昨晚付出的那笔跟沿海大城市相比都显得有些昂贵的住宿费，又能明显地意识到，随实物世界涨价，人的世界正按比例掉价的迹象，同样也在这座偏僻的小城里发生着。考虑到历史变迁在所难免的过渡性，也就自然会宽谅了那些依旧陈陋凌乱的街道格局，宽谅那些噪声、烟尘和尚未处理得尽如人意的废水……当我开始筹划着应该如何借道金华的铁道折而北返时，我的这次富春江行程也便自告结束了。

还有一点不妨跟你说说，去富春江，一定要乘当地山民或村民乘的那种班轮，这些直接就生息劳作在这段山水里的人，彼此之间，朝夕晤对，早已熟视无睹，因而对之绝对不会有少见多怪的夸张和人云亦云的惊叹，干扰你全神贯注的沉浸或随心所欲的浏览，并且，这些说着你似懂非懂的乡语的人，本身便构成了这片山水自然秩序中不可或缺的一环，在一种自足的生存环境中，适性自存，既不会有生命的卑微感，也不会有它的盲目自信，生命人格与自然景物，就处在同一条水平线上，而这一切，你从那些旅游公司专门组织的热线游船上，是无法指望得到的。

◇ 作者简介 ◇

李振声，复旦大学中文系教授，著有《诗心不会老去》《季节轮换》等。

京都访书记[①]

戴燕

看过近代前辈往日本访书的故事，也看过他们访回的珍贵书籍，记得住的是泡在艰苦和辛酸里的一丝欣慰，却怎么也想不出踱进书铺的杨守敬、董康们穿的是袍褂还是洋装，是拖了一根长长的惹人眼的发辫，还是剪了“革命党”的短头？我试着揣摩他们在国破家亡之际，欲从邻国找回旧日光荣梦想，借一脉文化重振山河的心境，却好像很难体会到那种“礼失求诸野”的心情。因此所谓寻书，对我来说，就根本谈不上什么兴亡继绝的意义，充其量不过是观个东洋景罢了。

之一

在日本逛书店可和在中国不同，日本的书极贵，不大可能由着

① 载《文汇读书周报》1996 年 2 月。

性子去买，我去书店往往是为了一饱眼福。出版物种类太多，绝大部分进不了大学的专业图书馆，一些流行通俗读物，也不在收藏之列，逛书店可以弥补在图书馆看书的这份不足。

书店是开架的，只要架上没贴“请不要久留”的纸条，就可以待一会儿，抽出想看的书，静静地翻看。书和杂志分开，书的摆法同国内一样，以学科分类，进门便找得到想去的地方。稍大的书店有近期出版和畅销读物的专柜，还有一些特别的角落，集中摆着著名作家的新旧作品，我最初见到获文学诺贝尔奖的大江健三郎的几乎全部著作，就是在京都四条的淳古堂书店，书排在一楼专放比较受一般文化人欢迎的书的书架上，旁边插着印有作者姓名的醒目字牌。当时看不到有人来买这些书，因为他的小说并不容易读。后来他获奖的消息使新闻界大为兴奋，电视记者追着行人采访，被问到的人几乎都答，不好意思，没看过他的著作，也证明了大江的作品本不在雅俗共赏之列。据说文学界是准备了他得奖的，但拿不准哪一年，被认为有希望得奖的另一位作家安部公房，却已成了古人。是不是因为这个缘故，尽管买者星稀，书店还是把他的书仍然归于流行或待流行一类。看了 NHK 赶作的讲述其父子故事的片子，下决心破例买一本小说，即他的《个人的体验》时，不过两三天工夫，各个书店为他设置的角落就已经豁然腾空了。趁着京都大学生协新书店开业，我一早急忙赶去，抢到手的只是较早出版的《性的人间》一册文库本而已。

淳古堂是京都最大的书店，书的种类多，新书进得也快，在京都繁华的四条街上，人进人出，摩肩接踵，去过两次以后就发觉这里只适合走马观花，瞧个热闹，却不大可以站定了慢慢细看。从四条到三条这一带黄金地段的不少书店都是这样，买书方便，看书却不方便，如果想细看的话，不如去那些离市中心稍远的地方，找一间门面稍小的书店钻进去，那里边顾客不多，不会有人不停地在身边挤来挤去，也不用担心待久了妨碍别的读者。

这样的书店不算少，京都北边高野川附近，离我住处不远的地方就有一家，叫丸山书店。丸山书店开在一片新式住宅区中间的商业街上，卖些谈不上学术和专门的普通书籍，从近期的新闻、电视、漫画、求职杂志到旅游手册地图、主妇持家必读，从流行诗集小说到佛道气功相术，从中小学教材到儿童不宜看的相集，种类相当齐全。这一家书店大概比较适合一般读者的口味，满足他们的实际需要，所以我从来没看它冷清过。闲来踅进书店，有点像逛北京的书摊，东摸摸，西翻翻，便能对世态人心有一点儿感受。我最喜欢丸山书店的地方，还在于它二十四小时开业，就像那些方便顾客从不关门的日夜商店，灯火长明。有一天晚上书正念到兴头上，遇到两个难解的词，手里的辞书不够用，于是想到去丸山书店看看，在那里查完辞典又翻书，看钟时已经凌晨两点。

有了这回经验，我往丸山书店去得更勤，即便不看书，也要看看书架上添了新书没有，渐渐地也能发现什么样的书销得快，什么样的书不大有人买。后来我还养成了夜晚散步到书店的习惯，看到深夜的书店里多是背着大书包骑车路过的男生，轻轻走进来轻轻翻一会儿漫画或者体育杂志然后离开。我从这家书店明白了许多事情，但独有一样却始终谜一样搞不懂，就是足球、篮球一类的体育杂志为什么全归男人看？书架上立着“给女性”“给男性”的小纸牌，正如楚河汉界把女性读者和男性读者面对面截然分在两边，我虽然好奇，也壮不起胆子越过界限去探探面向男性的杂志究竟隐藏了什么秘密，只好老老实实地看那些专门编给妇女少女的、涂满幸运与不幸爱情婚姻故事的漫画，以及印着五颜六色和食样式的杂志。

1994 年恰逢京都建都第一千二百年，书店里有关京都以往现今的漂亮书籍眼看着日日增多。元旦那天，人们照例要往神社去，大街小巷的商店全休息了，唯独丸山书店店门大敞，里边比平常还多了些聚精会神看漫画的小孩儿。我翻开满是京都四季景物的图册，浏览过枫叶遍地的永观堂、樱花夹岸的鸭川、秋夜静默的岚山和先斗町盛装的艺妓，读完了新年的第一本书。

丸山书店只是一个街区的普通书店，提它的名字，除了附近居民似乎没几个人知道，像这样的书店，在京都不知有多少。跟京都大学一街之隔有家两层楼的小书店，看上去并不起眼，却有特别好的人缘。到京都不久的一个礼拜天，木津女士带我去看能的演出，就约在那家书店门口见面。我到得稍早，想刚好可以先逛书店，结果在观剧之前先看了一本关于能的书，是增田正造编的半图半文的

《能的造型》，心里边渐渐涨满美妙的期盼。木津告诉我，京大的人都爱在这里约会见面，免得等不到人的人心焦。以后又有几次与人约在这家书店，觉得比站在商店门厅、坐在咖啡店里等人都要舒服。

京都的书店极多，如果连百货商店卖书的柜台也算上的话，差不多走个三步五步就见得到。二三十米大小的一间房屋，靠墙围一转书架，中间再立一排或是两排，空地狭窄得走过人背后务必要道“对不起”，这样推开门便一览无余的小书店，算得京都最寻常的街景。不知道它们是不是都做过人们的约会地点，不过当我逛多了书店，也发现肯定有一些书店不便滞留太久，倒不是因为怕它里面的通俗小说加儿童漫画不耐看，搞不好加上色情的“污染”眼目，而是因为在小店老板视线的一直“关照”下，很难有勇气连着把几本书的前言后记都看完，然后一毛不拔，从容离去。也许应了“做贼心虚”的话，反正遇上这类小书店，我从不泡蘑菇，看一眼就走。

说起来，逛书店的方法也好比读书，用得着精读和泛读两种，有的书店可以一趟趟去，观察它一天天进书的变化，有的书店则只可以拿它来做其他书店的参照，证明它和别家共有大宗相同的书。如今的书籍比不了模特身上的时装尊贵，需要批量生产以飨大众，书店于是变不出更多花样，出这个门进那个门，冲着你的全是大同小异的书脊，不同的只有收银台后面老板的那张脸，可是那张脸也多半无声无息，在寂静中传播更加寂静的空气。

记得从前有日本人逛北京的琉璃厂，逛完以后感慨万千，他以为这里离前门的八大胡同不远，过足了书瘾再去享倚红偎翠的艳福，怕就是文人一生的梦魂所系了。八大胡同已成旧迹，空留香艳传闻早不消说，所谓逛琉璃厂，今人也恐怕再难体验到那份书香间漫步神游的悠闲惬意。相比之下，在京都逛书店倒真当得那个“逛”字写出的心情，有点像女人逛商店，不必怀了非买不可的决心，也不必躲懒错过冷清的店门，这样走不过半条街，就能够对时尚心中有数，同时暗中衡量一下自己的品位，即便两手空空而返也觉得不虚此行。

我在京都的时候，最爱做的事便是沿街逛一家家书店，而许多意外的收获，也就在这串街走店的功课中一点点积攒起来了。

之二

如果说从京都大学的图书馆看得见京大校风的话，逛书店则帮我嗅出整座城市的味道。可是，只去卖新书的地方还不够，新书把每个城市的面目弄成了一个模样，倘要寻出真正属于京都的趣味，恐怕非逛旧书店不可。

京都的旧书店也很多，逛不胜逛的，我曾经拿到过一张它们的分布地图，最终也没能按图索骥地全部走完。旧书店一般都缺少堂皇的门面，门前一堆面目不甚整齐的书，上竖“古本一百元一册”的招牌，往往就是它的标志。走过这廉价的书摊，不由得人心不动，俯身去看可有合意的，看中看不中之后又都不自觉地要往门里边钻。

所谓旧书店，卖的也并不是什么年代久远的珍稀版本，同现在开在各地的中国书店一样，多的是早几年几十年顶多上百年前的印刷品，当然它们在研究者收藏家眼中也自有价值。然而，我逛旧书店的时候却总丢不掉很实用俗气的念头，就是看看会不会捡着“便宜”。最便宜的东西毫无疑问是小说诗歌，尤其未入名流不见经传之作，看到这些时限一过便落得降价处理无人要的书，就会明白文学等同于消费品的道理，而一部文学史实在只算得上“点将录”。大概印刷过多的缘故，有些图册也便宜，在我去学校的路上，曾经有一家书店将一套 20 世纪 70 年代印制的、兼有东西古典名作的美术史图册堆在门前地上放了很久，图画照片都清晰又有很好的函套，标价才三百元钱一册。我本来极想挑有关日本的几册买下来，但考虑到运输的费用必将这书的价钱又涨回去，就犹豫起来。

出于专业习惯，泡旧书店，我比较有兴趣看那里的研究中国学的著作。在京都的时候，正好赶上一本号称以其家族中的三代女性为线索，写出了中国女人命运的纪实体小说出版，据说发行量惊人。我猜想这肯定是历来研究中国学的学者遭遇不上的好运气，从书店年复一年不变的摆设上，就能想象到研究者穷毕生精力写出的书，不知最后才等得到几位读者光临。不过让人安慰的是，这些寂寂无闻的学者著作，却比那小说贵得多而且从不“处分”（日语，意即减价）。

自从江户政府迁都东京以后，京都变成故都，京都的人文学风从此不敌东京趋新，不知道是不是这个缘故，我总觉得在这里研究中国学，对传统仿佛比较在意，旧书店里那些高阁的中国学研究经典，因此都有一副皇帝女儿不愁嫁的派头，比如，一套1968年出版的《铃木大拙全集》，能被原价买下，曾让我着实得意了几天，可是，到东京的神田神保町走一趟就立刻傻眼，那里的铃木大拙打了对折。还有内藤湖南、津田左右吉这些东洋学大师，都那么随意地插在东一处西一处，完全不像我在京都看见的凛然排作一阵，决不低首廉价出卖自己的样子。我惊讶地问京大的平田先生，是不是京都的老板懂学术，因为他们专给好书加价。而京都人主张买新书旧书都要去东京，是不是也在欺负东京店老板的“不学无术”？一西一东、一前一后的两个首都，果然是东京联系着现代的、西化的日本，而京都联系着过去的、深受中国文化影响的日本吗？樱花初开的日子到过东京以后，再逛京都的旧书店，不觉间竟淡泊了“功利”之心，忘记捡便宜的事情，每当看见那使人心痒难耐地好书和它们居高不下的价格，反过来居然得着一份心理补偿，欣欣然以为“学术的尊严”在这里不仅仅是幻觉了。

从京大校门出去，过马路，便看到并排的两家旧书店，每天有学生进进出出，人流不断，我去学校的时候很方便就去了那里。这两家店门外有时候放一些旧的漂亮的贺年卡与画着和服美人的图片，非常好看，可它们卖的书却不甚稀奇，几乎全是看着眼熟的文库本和旧教材，不过这些对专业人士说来谈不上学术的普通书籍，在我这个外行又兼外国人的眼里一样不失魅力。我曾经有幸从中捡到 20 世纪初久保天随编写的《支那文学史》教材，那时候我正为各种各样的文学史书着迷。

而说到文学史，日本真正是中国的写作老师。据说北京大学的前身京师大学堂早年开中国文学史课，用的课本就是模仿日本的大学教材编写而成的。当久保天随这本书在异域出版的时候，由中国人自己写的中国文学史也还寥寥无几。这位当年享名甚高的汉学家后来死于中国台北，他的书已经很久没人去读，也很少听人再提他的名字，我是在跑了差不多半年的旧书店后才偶然遇到这书的，书价竟意想不到的便宜。为此我对那两家书店有了相当的好感，同时更加羡慕人家的学校旁边有旧书店可去。日本许多大学的周围都有这样的旧书店，像东京早稻田大学边上的一条旧书店街还很有名，它们同散布在校园边上的一间间咖啡屋快餐店一起构成的校区景象，是使我把这异域风景同记忆中北京的母校区别开来的标记之一。

旧书店在京都这个城市里星罗棋布，却不像东京大致集中一处，可以一气逛完。要想过一把痛痛快快看旧书的瘾，就要等到书市开张、“古本祭”（日本的传统节日一般叫“祭”，古本祭直译过来就是旧书节）的时候。在日本，大的百货店一般会有一层“催市场”，专卖廉价物品，东京的旧书市有时就开在那里。但是京都不一样，京都的旧书市到底别具一格，它不在商业区，而是办在寺庙、神社，正和这个城市的风格一样有古雅的情趣。

春天往下鸭神社去，夏天往黑谷神社去，秋天往百万遍的知恩寺去，远远的路上就望得见蔽日浓荫间引路的蓝色旗帜。神社和寺庙远避都市繁华，又有书店难得的敞亮，嗅着空气里飘动的树木的清香和翻开书籍时扑面而来的纸墨粉尘，一摊摊看下去，实在是一份难得的享受。每个季节我都期待着书市，书市一开，立刻赶去，尽兴浏览，尽力搜寻，如果碰巧发现中意的书顺便买下，当然如获至宝，万分开心。

逛书市的好处是比较容易有所发现，我记得自己就从来没有一次白去的。1940 年，日本的财团法人国际振兴会组织过一次国际性的日本文化研究的有奖征文活动，当时有七位中国人的论文入选，后来编为《日本文化研究》第一卷出版，记得我在旧书市上看到它时，心中突然涌出异样的感觉。书上照片里的年轻作者们早已不知去向，他们的老式发型老式西装，也像他们过时的议论一样成了不再流行的“古董”，可是与那五十年前陌生人之间被尘封的隐没不见的联系，却在这一瞬被牵动起来了。往事如烟，生活里的故事原来的确比书中事更加费解也更加有趣。“古本祭”为时一周，最后半天必定大拍卖，这是书市惯有的压轴戏，在卖主一声高过一声的吆喝中，书价一跌再跌，买书的人也一拥而上。可是别以为就捡得到便宜。我赶上过一次最后的大处理，先拿五百元钱买个袋子，然后尽管装，装满为止。那一天我兴高采烈地足足捡了一包，回家后才知道尽是看完后必丢不值得保存的，一本特意挑选的《格言的花束》，原以为该有日本特色，没想到却辑的多为西人言语，和往日看惯的中国人所编无异，叫我联想起“放之四海皆准”这句名言。

京都的神社寺庙都有很长的历史，看那里古树参天，木质建筑经日露风吹由白色变为褐色，不由人不发思古之幽情。“古本祭”办在这里，情调气氛两相适宜。我骑着自行车，穿过京都的一条条大街小巷，忽然觉得不知什么时候起，受这个古都气氛的影响，自己也喜欢上了怀旧，喜欢怀旧时的沧桑、温馨气味。我甚至变得要从旧书旧画，从遥不可及的过去留下的痕迹中一一追寻京都的来历，才会觉得今天的这个城市真实可亲。

从前念书，闻西人黑格尔说中国人有摆谈历史的癖好，深以为是，但从未想到这癖好会遗传在自己身上，到这时，我才渐渐看清了自己偏爱向历史刨根问底的不折不扣的中国人的面貌。我敢肯定，是那些旧书使我与京都亲近起来的，而我每一次试图去解开京都的疑问，那答案也一定是在旧书店里找到的。

之三

去京都之前，我心中其实早存着一个疑问，就是那里的同行从何处买他们需要的书籍？根据国内得到的经验，研究外国的学者最大难处莫过于得不到外国书这一点。我想知道京都人怎样解决他们的问题。

京都有两处卖中文书的地方，一个叫朋友书店，一个叫中文书店，都在京都北部的左京区，从京都大学往北白川的人文科学研究所去，或是相反，走二十分钟的路，正好经过它们。中文书店临街，位置尚好，朋友书店窝在街后边吉田山坡上，有点儿背，但听说它们的生意都不坏，名声亦佳，正可以用一句老话形容：酒香不怕巷子深。

朋友书店的老板姓土江，开书店几十年了，卖中文书，也卖日文书，多数是与中国学研究有关的，年深日久，在学术圈子里结下了善缘。据我所知，从京都所在地的关西地区往南一直到九州的半个日本岛上，凡是这一行的人，都买过土江家的书。像这样一个上阵全靠父子兵的私家书店，经营到这一步，谈何容易。朋友书店之所以吸引到读者对它忠心耿耿，大约有这样两个原因：

第一是占了有利地形，虽然不当街，不是热闹所在，可挨着学校和研究所，比朝大街上开门更优越。京都的人文科学研究所和京都大学几十年来都是关西中国学研究的中心，那里的图书馆藏书丰富，研究班、报告会举办频繁且受人瞩目，经常有邻近地区的学者赶来查资料或参加学术活动，每来一趟顺便就会往朋友书店看一看。土江本来没打算从别人身上赚钱，他等的就是这些个常来常往的老顾客，所以躲在街背后也没关系，正寻个门前清静。

再说第二个原因，那就不归地利而是要讲讲人缘了。我在京都大学访学的时候，隔一两天就会见朋友书店的人到研究室来送书，送书人面目清秀、西装笔挺，肩上扛重重的一只大纸箱，挨个敲门。

起初我想不到这便是老土江的儿子，后来熟一点儿，知道他的任务是出外勤，每天开车去学校、研究所或人家里送书。小土江到过中国，知道中国的书店根本不用这么辛苦费事，他似乎感慨在日本生意不好做。不过我告诉他从前中国的书店也是要派伙计往教授家跑的，现在不必跑，是现在的读书人没有消受这份服务的福气。听完我的玩笑话，他也笑了。

朋友书店不仅殷勤上门，对老主顾，他们还有一种优惠办法，就是允许赊账，书可以先拿去用，年终发奖金时记得交钱来就行。比如，京大的学生则可以从一年级买起，拖延到毕业时结账也没关系。这一条，我想对天下的读书人都是天大的诱惑，因为他们发财的时候少却一刻不能没有书看。

土江父子的体贴和情义得到的最高回报，就是获得了他们照顾过的人对朋友书店一心一意的支持，这些人不管在京都还是到了别的地方，往往数十年不间断地从这里买书。本部设在东京、主要也经销、出版有关东方学书籍的东方书店，在京都、大阪也开有书店，可是提起京都，他们的人就摇头，说那里是朋友的地盘，东方打不进去。京都人特别重情义的，东京人说。记得在汇集了名家之作的一本吉川幸次郎的纪念集里，看到过老土江写的一篇文章，讲述他对这位大学者的景仰与他们之间不寻常的交往关系，与其说读来让人羡慕，不如说让人感动。买书卖书人之间的这种厚谊自然不是一朝一夕建立起来的，而基于相互信任相互照应心理结成的使双方受惠的关系，也当然经久不变、源远流长。

朋友书店定期给读者寄送自己印制的书目，看到书目就不必花时间上书店选书，我买书的时候，却喜欢自己爬吉田山坡，因为正可以借此里里外外、上上下下把店里的书全看个够，额外地过一把逛书店的瘾头。交上书单不久，小土江果然将书送到家里，其中一部分还是麻烦他们从别处调来的，因为京大中文研的教授预先打了招呼，他们又送给我一点儿折扣。

同土江父子打了几次交道，我终于明白即使是从专业人士苛刻的眼光来看，要讲朋友书店是一个非常好的、水准高的书店，也并非言过其实，因为它不光服务周到，还有进书的品位一流。它的架上不但摆着经典名著长销书供人随时挑选，也有最新出版的学术著作报告目前情况，日文版书如此，中文版书也是如此。有些中国出版的专业好书，印数极少，甚至在北京不曾见到，这里却有卖。它进书的速度之快，更令我们这些东游之人万分诧异，国内还没有上市的，在这里反能买到，是颠倒了的“时间差”。难怪人在国内时并不一定就消息灵通，即便京沪两地也常感各自隔绝。京都虽然算不上交通、通信最发达的现代城市，可是有了朋友书店，就能够大体掌握日本和中国大陆的专业书讯，并且迅速买到需要看的书籍。在获取情报这一点上，我常以为异国的同行比我们幸运得多。

朋友书店的中文书多从大陆进口，要找中国台湾出版的书则必须去中文书店。中文书店的经营策略看来也以服务于中国学家为主，进的书专业性都很强，不过偶尔它也卖一卖畅销书。中文书店的背后其实是中文出版社，出版社大约与本地学界联系密切，影印或排印的中文书籍在选材上尤具特色。葛兆光在店里买到一部《禅林象器笺》，是列为柳田圣山主编的“禅学丛书”之一种影印出版的，旧籍新印，因为它曾经并且至今仍然大有用处。我想中文书店和中文出版社的关系就是所谓的“前店后厂”了，以销带产，以产供销，其规模虽然远不能与大出版社相比，但面对同样为数不多的中国学者市场，也恰恰合适。

出版社在自己的店里售书和书店有余力自己做书卖，都好在省去中间环节，减少不必要的资源浪费，朋友书店也如此利用它联络的学者自己编印了一些书。但是能够这样做的前提，必须是宪法保障出版自由，不设检察官，否则的话，像朋友、中文这两家小书店，恐怕连买书号的资格都不具备。

除了这两家，京都还有一处也卖中文书的地方，叫弘文堂，那是一个历史悠久的书店，现在主要卖旧书。弘文堂曾经资助过一个近代有名的杂志《支那学》的出版，这个杂志曾经第一次载文正面介绍胡适等人和中国的新文学运动，在当时的中国学界吹进一阵新风。我慕名随川合教授而去，看到它的确有很不错的收藏，可是那一天店里的冷清也令我印象深刻。后来几次路过，都见它的门紧紧锁闭，玻璃门后面掩着白色的布幔，仿佛连往日的风采一同深深地掩藏了起来。

可是，京都昔日的风采依然那么使人憧憬迷恋，住在京都的日子里，百思不殆、百谈不厌的话题，莫过于京都还是不是罗振玉、王国维来时的旧模样？当年他们逃难在此，却能安下心来研究学问，是因为在这里反而听得到熟悉的乡音，而这乡音正可以抚慰他们难以平复的思乡之情吗？到京都以后，自然就明白他们的确有过很多研究中国学的日本朋友，这些朋友曾经给予了他们怎样的精神和物质支持，但使我吃惊的是，研究中国学的人至今仍有那么多。

我想，那样众多的研究者、爱好者，肯定是中文书书店得以存续的非同寻常的基础，然而，这句话不知道可不可以反过来说。如今的出版社、出版物多得叫人目不暇接，倘若没有书店来替我们接收归纳、分流引导，恐怕我们会走上迷途，茫然失所，因而书店的作用绝不是仅仅给我们提供一手交钱一手交货的场所，它在给读者输送营养的同时，甚至影响了读者的生命进程，这样的情形，在先贤前辈的学术生涯中呈现得本不算少，只是不知道可不可以照此解释京都的中国学研究界与朋友书店、中文书店和弘文堂的关系，并且把这样与读者关系密切的书店，算作我们对未来的一个期待。

去日本的外国人都难忘这样一种风景：电车上的人，不分男女老幼、同行不同行，全都无言无语，安静地低头看书。我把这个印象说给日本朋友听，朋友大笑：你知不知道他们看的也许是漫画？为什么包着封皮，为了遮人耳目。暑假快要来了，电视新闻发表统计数字，说眼下的中小学生只看漫画不读字书了，还说连大人们也未必具有对漫画的特殊免疫力。过了暑假回到北京，又听说在风靡过台湾宝岛之后，可爱的机器猫、樱桃小丸子也将勇登大陆。会不会连日本电车上的风景也一起进口来?

漫画也罢，其他也罢，我希望的是，在我每天要搭的电车上也坐满读书的乘客。之所以有这样的愿望，是因为那样的话，我们势必也要出许多许多的书、开许多许多的店来照顾这些读者，还有到那时候，天天遛弯儿逛书店就肯定不再是奢侈的梦想，而我们更不必费了很多周折，漂洋过海去享受逛书店的快乐。

◇　作者简介　◇

戴燕，复旦大学中文系教授，著有《文学史的权力》《魏晋南北朝文学史研究入门》等。

新西兰的基督城与华人的夏日春节

杨乃乔

由于从事比较文学研究在国外访学，我曾在美国、日本、新西兰及德国等国家，与那里的华人朋友们一起欢度过圣诞、元旦与春节。

在中国本土，春节尤其是一个欢娱着汉语文化传统习俗的长假，春节是中国人经历了一年的辛苦劳作后，在风雪飘落的严寒冬季所企盼的安息日。一提起春节，中国人总是以习惯的生活心绪怀揣着这样一种暖意：一家人在寒冷中团聚，围炉享用着年夜饭的温馨，也只是在这个时候，大家不再纠结一年来过往的心劳计绌，愿意松弛下来相互倾诉着什么。

我从小在北方长大。北方的气候自然是寒冷的，那种空旷且高远的干冷坚硬地风化在我的记忆中，不可剥蚀，也无法忘却。其实，从中国的自然地理气候分布来看，南方广州的春节还是很温润的；然而，广州春节的温润还是硬硬地被我心域中思念的北方干冷所弥漫了。说来这还是一种固执的个人心结吧！人，一生不容易，多有自己的期许，所以总是感觉到寒冷多而温暖少，因此人们也只有祈愿把太多的寒冷注入这短暂的温暖中去融化，春节才便在人们的心头成了春节。

无论怎样，在我个人的私语中：春节是中国人在寒冷的冬季燃起的一把火。我想，绝大多数中国人也是这样以为的吧！

倘若把中国人在寒冷的冬季所度过的春节带到南半球去演绎，无论是在气候与地理上，还是在文化与心理上，都会呈现出一种完全另类的异域感受。

2004 年，我曾赴新西兰（New Zealand）的坎特伯雷大学（University of Canterbury）访学，在那里经历了另一种异域风情的夏日春节。

坎特伯雷大学地处新西兰的南岛城市基督城（Christ Church）。在历史的年轮中，基督城是一座并不古老的城市，也只是在 1850 年，第一批英格兰人乘坐着四艘船只来到这里，才发现了南岛这方沉睡在氤氲成雾、葱郁垂阴中的土地。这方土地原始而美丽，却并不荒蛮。然后，他们开始在这里定居、殖民与垦拓，也因此这方土地才以“Christ Church”为名，逐渐地发展了起来。当下，“Christ Church”被音译为“克莱斯特彻奇”，诚实地讲，我一直没有适应用这么长的音译汉语称呼这座城市，所以还是习惯地将其译为“基督城”。

英格兰人在这方土地上栖居与繁衍后代，他们自然把英格兰最为传统且古老的生活风俗习惯带到这里，作为生活的常态；所以这座城市并不古老，却保留着英格兰本土地道的风土人情，以至于在人们视觉印象中古老了起来。基督城一眼看上去的确古旧且典雅，安静得让人不忍惊扰，在那里流传着这么一句话："Christ Church is much more British than England."据说连现下的英国人都常常来到这里，以追访未被后现代文化所侵袭的经典英格兰风情。

也正是在这座留守着英国殖民风土人情的美丽城市，我与当地的华人度过了一个夏日的春节，收获了完会不同于中国本土春节的另类气息。

新西兰地处南半球，寂寞地摇曳在南太平洋海域的涛声中，悠久且孤独。当北半球的中国弥漫在隆冬中，本土的中国人在享受春节狂欢的人气与热烈时，基督城则陪伴着那里的栖居者慵懒地品味着花团锦簇的夏季。

从 20 世纪 80 年代以来，有较多数量的华人从中国大陆远赴新西兰，在那里垦拓，其中，留学、工作、投资、移民与国际婚姻等是推动他们在那里居住的理由，久而久之，在基督城也慢慢形成了松散的华人社团及华人文化圈。基督城曾是英属殖民地，再加上新西兰是一方被浩瀚的南太平洋拥围与隔绝的岛国，在发展策略上又完全定位于农牧业经济，所以几乎没有受到当下全球化经济及后现代工业文明高科技的冲击。这座岛国不仅依旧保留着相当古典的英格兰贵族文化，并且有着相当纯净的原生态自然环境。我不知道应该怎样择词表达我对基督城的印象，只想说，这是一座美丽得让人双目失明的花园城市。换句话说，也就是当人们的注视从这座城市的景致游移出去后，却再也找不到美丽所在之处了，这又怎的不是双目失明呢?

无疑，华人圈子在这里是非主流文化族群，华人在英格兰文化背景中“欢度”自己习俗传统中的春节，这确然只能是栖居在文化的边缘，以无尽的思念来排遣自己客居异域的漂泊感与孤独感了。

无论怎样，这究竟是一座美丽的城市!

不同于早期殖民者原始资本积累时期的华人，当下的华人在基督城有一定的经济资本与社会地位，他们是留学生，或是教授学者，其中也有家境较好的投资商及国际婚姻的移民者。尽管如此，他们还是当地的少数族裔。虽然他们可能是商业投资上的成功者，在经济的收获上较为富足，但他们少数族裔的身份依旧无法压倒新西兰本土所属的英格兰殖民文化没落的贵族气质。因此在全城狂欢着度过圣诞节之后，华人的春节在庆典的仪式上多多少少显得有些寂落。

无论怎样，栖居在西方的外域华人是幸运的，他们在短期内可以经历西方与中国的三个盛大庆典节日：圣诞节、元旦与春节。为了证明自己能够融入西方社会，他们以一种参与的热情融入西方人狂欢的圣诞节之后，再以华人的血缘团聚，在春节证明自己的文化身份——我是中国人，以了却自己在外域文化漂泊的失落感与孤独感。其实，这是异域漂泊者对中华文化母体的思念，这是一种离散后的文化归属情结。

夏日的基督城真的很舒适，享受着新西兰南岛温带海洋性气候轻柔的爱抚，其童话般的美丽在圣诞节的狂欢后，越发呈现出闲适的宁静，一切都停泊在自然的纯美中，宛如一幅凝固于瞬间的印象派油画。很有意思的是，这么多年过去了，此景已自成追忆，而我依然唯愿将这幅油画的视觉印象存留在记忆的空间中，再把这方空间从时间的流逝中抽离出来，以便留存为长久的静止，可以无尽地回味那个停泊的场景。的确，那便是我至今不愿失去的美丽了。

的确，还是一切都静止了为好！

每逢佳节倍思亲，在异域基督城夏日的春节，华人往往以极小的规模会聚在一起：家里、华人会所或教堂；在盛夏的树荫下，或在天鹅绒的草地上，他们享用着地道的中国餐，再点缀着西式的甜点、当地的烧烤什么的。尽管是夏日的春节，而华人们依然下意识地遵守着中华传统的习俗，为大年三十守岁，他们絮叨着，说笑着，吆喝着划拳什么的，让自己慵懒在国酒与洋酒的微醺中打发时间，以守候着午夜北京时间新年钟声的敲响，为中华农历新年第一时刻的到来期待着……

春节在绝无严寒与冰雪的夏日基督城呈现出一种另类的异域风情。

当然，这里没有过度奢侈的大吃大喝，有的只是华人会聚于此的 AA 制拼餐。此刻，有一种非常细腻的文化差异感滴落在我的思绪中：在中国本土大年三十的前几日，无论怎么遥远，人们也要顶着寒冷，千里迢迢地归家；而在异域他乡，这种归家的迫切感被异域漂泊者所渴望的文化皈依感所替代了。

事实上，中国人过春节是在重复一种文化候鸟意识。“家”是中国人在生活与内心世界中永远无法割舍的血脉情结，一家人围坐在热气蒸腾的年夜饭桌边，短暂地团聚，这足以让中国人忘却了生活中的苦恼什么的。自古以来，中国人就格外看重以血亲维系家族繁衍的生存方式，年夜饭就是中国人血亲家族的团圆，中国人就是需要在血亲凝聚的家族团圆中相互倾诉、相互关爱，一年一度重复着……

在中国内地，远离家乡的打工者再贫苦、再遥远，也要在春节的感召下，像候鸟一样不辞劳苦地赶往自己的家，依聚在父母及亲人的身边，享受着绵绵的血缘亲情。

这，是中国人的一种文化奢侈。

然而，这种文化奢侈对于漂泊于新西兰的华人来说，恰是一种因南北半球地理空间阻隔而造成的不可能。他们不可能像候鸟一样，一年一度地跨越太平洋，飞往遥远的母国家乡，他们较少有机会在归返家乡的寒冬中，领受本土春节繁盛的人气与狂欢的热闹。或许，在中国北方高远的寒冬中炸响的爆竹声只能是他们温暖自己心绪的记忆了。

然而，春节的文化候鸟意识在心底里依然召唤着他们会聚在一起，在想象的文化乌托邦中温馨地回忆着中国人的情感，这是一种文化习俗的体验。只有在这一时刻，他们才有机会相互倾诉着在异域操劳的收获与艰辛。当然，在古老的英格兰殖民文化中，中国文化传统的亲人意识与血缘情感还是在淡化中被敲击为文化碎片，他们之间的相互倾诉比在国内的春节氛围中，要谨慎且礼貌得多，毕竟他们是栖居在异域的少数族裔，是文化边缘者的聚会，他们多多少少受到了西方文化的影响。

新西兰的一些政府官员及本土居民也会对他们属地的中国春节表露出文化的猎奇感，他们很有兴趣参加华人的春节聚会，喜爱品尝地道的中国美食，不断地用新西兰那种发音相当土的英语询问中国的民俗风情，了解当代中国经济发展的状况等。中国的美食、民俗风情以及当代经济的发展，都会让基督城的“都市农民”们发出无尽的慨叹，啧啧声一片。对他们来说，中国是一方既古老且又现代的神奇土地。

但无论如何，华人在基督城度过的春节，也更多是少数族裔对中华民族文化传统进行追忆的心理“狂欢”。较之于新西兰本土圣诞节的狂欢，夏日里异域的中国春节在庆典的风俗仪式上是简单的，也是寂落的，华人的追忆及心理情结依旧驻留在中国北方的寒冷中，遥想着母国春节的喧闹，遥想着那个由外界的寒冷与内心的炽热所交融而成的民俗庆典。

由于夏令时的新西兰早于北京有五个小时的时差，我早早地在AA制拼餐中享受过中国传统文化的心理“狂欢”后，一个人来到基督城的大教堂广场（Cathedral Square）。

夕阳西下的阳光暖意通透，铺落在具有一百多年历史的天主教堂上。这是一座古老的哥特式建筑，落日的余晖把这座体量巨大的天主教堂映衬得格外古旧且辉煌，教堂四壁嵌饰着以图像记忆《圣经》故事的五彩玻璃，在明暗中闪烁着来自天国的神秘与不可知的灿烂……那段古老的文化历史依然在沉默中讲述着什么。这种视觉的震撼让我在怀味中国春节的北方寒冷中融入了袭人心怀的暖意。在这里，我想遗憾地多说一句，不幸的是，2010年与2011年，基督城连续经历了两次大地震，这座古老的大教堂在遭遇地震时，高耸的塔顶坍塌了，由于新西兰政府一时没有更多的资金对其重新修复，整座教堂最终被拆除了。

晚祷的钟声在天主教堂的哥特式塔尖上回荡着，此刻，我们想起了中央电视台春节联欢晚会在零点敲响的钟声，也正是在这个时刻，中国大地全然沸腾在震耳欲聋的爆竹齐鸣中；然而，基督城的大教堂广场却如此的寂静，只有一幅在时间中流淌的画卷无言地展开：

一位亚裔留学生孤独地依在广场喷泉的石柱旁，寂寞地拉着小提琴，时断时续，偶尔会有一位行人匆匆路过，不经意地向她脚边敞开的琴盒里投入一枚或几枚分币；一位金发碧眼的姑娘孤独地坐在天主教堂前的石阶上，寂寞地倾听着，她那被晒成麦色的皮肤，灵晕在落日的金黄中，浑然一色；

一对自助旅行的青年恋人相互揽着腰，悠闲地漫步在孤独的小提琴旋律中，寂寞地接吻，一双背影长长地拖曳在落日的余晖中，伴着喁喁私语的晚风飘曳着，在空旷的广场地面投影出一脉印象主义的浪漫；一位少年在广场中心孤独地练着单车，心无旁骛，寂寞地重复着一个有些难度的旋转动作，一圈、一圈、又一圈……

在我此刻的视界中，这，便是整个世界了！

突然，一种来自远方的召唤促使我不由得加快了步子，向坎特伯雷大学的寓所赶去，我在期待着一道视觉盛宴，那就是新西兰唯一的华语频道同步转播的中央电视台的春节联欢晚会，那里不仅有着丰盛的中国文化大餐，还有着在北京时间新年零点，从北京大钟寺越洋万里飘来的悠远钟声。

◇ 作者简介 ◇

杨乃乔，复旦大学中文系教授，著有《东西方比较诗学——悖立与整合》《比较诗学与他者视域》等。

圣丹尼大教堂何以寂寥

陆 扬

一

教堂是欧洲旅游的第一景观。首先，不用说，教堂集聚了千余年欧洲各国信仰、文化和艺术的精粹。另外一个好处是教堂一般不收门票。即便或者因为名声太大，或者因为难以为继，需要购票朝觐，导游一般也会滔滔不绝地介绍此教堂的辉煌历史，引导大家拍照，成功地将游客挡在门外。由此我们知晓欧洲最大的教堂是位于梵蒂冈的圣彼得大教堂；其次是米兰大教堂；再次是佛罗伦萨大教堂。至此我们心里不由得感慨，怎么世界上这三座最为宏伟的基督教教堂，都在意大利境内！

法国也有如雷贯耳的著名教堂，如巴黎圣母院、圣心大教堂、兰斯大教堂、斯特拉堡大教堂等，都是门庭若市、游人如织。但是回顾法国的文化和历史，哪怕是教堂建筑史，有一个奇怪的现象很叫我们纳闷不解，那就是同样位于巴黎，汇聚了法国历代王室陵寝的圣丹尼大教堂，多少显得寂寞。我不止一次寻思过这个问题，可总是百思不得其解。

圣丹尼大教堂距离巴黎圣母院不过半小时地铁路程，十来分钟就可以到达它南面的圣心大教堂。可是在我们的旅游地图里，它的命运和这两家巴黎名声最是显赫的大教堂完全不同。巴黎圣母院傲居塞纳河中央的西岱岛上，同最优雅的拉丁区隔水相望。它因为雨果的小说而名满天下，不仅是巴黎的中心，也是法国的中心。圣母院广场上中央地面上的一个圆圈标志，即是法国所有国家公路的零公里标记，条条大路将从这里开始计数里程。攀上圣母院的两个高达七十五米的塔楼，可以看到当年据信加西莫多天天敲响的铜铸大钟。圣母院的主体建筑上面，又有一个高峻的尖塔升腾向上，直插云天。这个尖塔显得妩媚空灵、细腻隽永，它同雄浑粗犷的塔楼相得益彰，配合成了一道绝美风景。

圣心大教堂又有不同，它气势非凡，高踞在蒙马特高地的制高点上。所以你永远是在仰视它。这座通体近乎白色的宏伟建筑，同一般教堂灰蒙蒙的外表判然有别。圣心有一个罗马式和拜占庭风格奇异结合的漂亮圆顶，显得厚重雄浑，又仿佛在轻灵升腾。站在它门前的台阶上，朝南远眺，整个巴黎便一览无余，尽收眼底。但见明媚的阳光下，巴黎的屋顶如波浪起伏，消失在天际，同白云接壤起来，有一种君临天下的感觉。可是圣心大教堂的历史并不悠长，而且这个超凡脱俗的庞然大物，其缘起与其说是出于神圣，不如说是出于世俗的考虑。它是19世纪梯也尔政府在拉雪兹公墓枪杀了最后一批巴黎公社社员之后，宣布为拯救公社社员的堕落灵魂而修建起来的。今天游人徜徉在画像铺子鳞次栉比的蒙马特高地上，仰观这座圣洁无比的宏伟教堂，有谁会回想到那一段血腥历史呢？

圣丹尼大教堂的外貌显得普通平常。它是法国，甚至是欧洲第一座完整的哥特式教堂建筑，欧洲巍峨高耸的大教堂多不胜数，圣丹尼并不显得格外特别。反之它未见修葺一新的朴实外观，一眼就给人一种谦卑的感觉。它的所在地圣丹尼，这个巴黎北郊的小镇，也远不是市中心的西岱岛和号称艺术家地标的蒙马特高地那样的全球化公共空间，相反却具有斑驳陆离地方文化的一切特征。用通行的现代建筑和后现代建筑的分野来看，圣母院和圣心大教堂可以说是在展示典型的高高在上的现代景观，自有一种舍我其谁的王者气派。崛起在绿树摇曳和低矮房舍丛中的圣丹尼大教堂，则是相对和谐地同周边环境融合起来，具有一种不露声色的后现代亲和性。圣丹尼在19世纪中叶不过是个数千居民的小镇。工业革命中它一跃成为巴黎北郊的一个制造中心，人口猛增至十万人。但是时过境迁，今天它在巴黎这个时尚之都的布局中，依然还是一块未及与时俱进的本土地域。多少显得寂寥沉寂。唯其如此，巴黎之旅错过圣丹尼，憾莫大焉。

二

圣丹尼大教堂得名公元 3 世纪的圣徒圣丹尼。这位著名的殉道者说起来还是巴黎的保护神。罗马皇帝血腥镇压基督徒时期，时任巴黎主教的圣丹尼被带到巴黎地形最高点蒙马特高地斩首。但见手起刀落，人头落地之际，圣丹尼扑倒在地的尸身居然站立起来，更弯腰捧起自己的头颅，一路北行，走出城市，不知所向。这个令人匪夷所思的场景，在巴黎是尽人皆知的传奇故事。别的不说，先贤祠的入口处，墙上赫然就悬挂着这位先贤弯腰弓身，拾起自己血淋淋头颅的巨幅油画。传说是一位路过的妇人埋葬了这位不幸的殉道圣徒。然后坟墓边上盖起一座修道院，引来了络绎不绝的朝圣队伍。由此形成了法国宗教史上第一个朝觐中心。历经一系列的拆除、修建的荣辱兴衰之后，它终于在 12 世纪圣丹尼修道院长苏格任职期间，变成了今天的模样。只可惜教堂西侧的北面塔楼原先那个高耸入云的尖顶，19 世纪遭受雷击，殃及整个塔楼遭到拆除。我们可以想象一下，巴黎圣母院当年加西莫多在此抵御千军万马的那两个高高塔楼，残缺一个，会是什么模样。圣丹尼大教堂说起来在建筑史上也有划时代的意义，它巧妙地解决了各个拱间的肋架拱顶结构问题，广泛使用彩绘花窗玻璃，这都让其后雨后春笋般矗立起来的哥特式教堂纷纷效法。所以，虽然光阴荏苒，物是人非，我们看到的是一个残缺不全的哥特式教堂建筑原型。因为残缺，它显得真实。因为原型，它在默默展示一段建筑史的开端。

但是圣丹尼的奇观不在于它平凡而朴实的外貌。奇观在于区区一个教堂的面积，容纳了法国十二个世纪的皇家骨质。从公元 7 世纪法兰克国王达戈贝尔特一世开始，一直到路易十八，大多数王室遗骸都安葬于斯。甚至鼎鼎大名的太阳王路易十四，占地也不过在一个棺椁的方圆之间。遥想路易十四生前栖身的凡尔赛宫，多么富丽堂皇，宽广辽阔，真可谓生得伟大，死得寂寥。我们举步在书写出法国历史的这些石棺之间，低头端详平躺在石棺面板上的一尊尊国王和王后们的雕像，不由得感慨万千。这些王公贵胄当年叱咤风云，何其绚烂辉煌，而今不过是并排栖身在这个逼仄的空间里。再仔细看，这些雕像虽然精雕细琢，都是上乘佳作，可是模样大同小异，相差无几，很难说是彰显了什么个性。反倒是路易十六和他的玛丽王后，给做成了与众不同的并肩跪像。路易十六头戴王冠，双手合十，神情肃穆，仰望上天做祷告状；玛丽身穿披风，双手交叉胸前，低眉俯首，一样也在虔诚祷告。这一对在法国大革命中走上断头台上的落难夫妇，显然是法国君主中最博得民众同情的人物。路易十六被认为是他那个时代最慈爱百姓的君主，玛丽则是“历代法国王室中最漂亮、最纯洁，最有法国味的王后”。这可见君权天授的观念深入人心，非革命可以一日摧毁也。

比较中国占山为陵，掘地为宫的帝王陵寝，以及埃及法老期盼永生的金字塔，可见东西方的死亡观念实有不同。或许，灵魂不死是人类与生俱来的本能所在。西方的基督教文化一样期盼死后灵魂能够升入天堂，它的典型是以耶稣示范的“复活”。但是复活究竟是肉体的复活，还是精神的复活，抑或肉体精神兼而有之？即便是最有权威的神学体系，也讲不清楚。讲不清楚，就说明那其实无关紧要。但丁是一个虔诚的基督教徒，他将与他有过节的世俗和神圣当权者一概打入地狱受万劫不复的煎熬。地狱的描写栩栩如生，令人毛骨悚然，与佛教十八层地狱的恐怖状，不过是在伯仲之间。但是《神曲》描写天堂就判然不同，它不是琼楼玉宇模样的西天极乐世界，仿佛刘姥姥进了大观园。我们但见一层一层的光影，简言之那是虚空。即便各层天堂里作者遇到的历代圣徒和教父，也是影影绰绰，并不是有模有样的血肉之躯。这可以显示西方文化对于死亡的认知比较悲观，不大期望身后还能在彼岸世界里继续穷奢极欲。

三

与圣丹尼大教堂相关的，还有一段让人一咏三叹的凄婉情缘。中世纪极富有神秘色彩的皮埃尔•阿贝拉尔，这位堪称 12 世纪最敏感、最大胆的神学家，在圣丹尼教堂就有过一段避难经历。阿贝拉尔 1079 年出生在布列塔尼一个小贵族家庭，自幼研习人文学科，尤长辩证法。但是他没有如父亲所愿从军，而是投身学术生涯，四处求学辩论，很快就崭露头角，在论辩中驳倒了自己的老师。结果是统治早期中世纪哲学的实在论一蹶不振，阿贝拉尔强调理在事中的唯名论，大出风头。终于在1115年前后，阿贝拉尔走进巴黎圣母院，出任法政牧师，这时候他已经是遐迩闻名，学生四面八方，慕名从各国赶来，盛况前所未有。由此也开启了他和爱洛绮丝的一段悲剧故事。爱洛绮丝比阿贝拉尔年幼二十一岁，是阿贝拉尔同事福尔贝的侄女，住在叔叔家里。即便阿贝拉尔的粉丝多不胜数，爱洛绮丝无疑也是最出色的，她自幼痴迷古典文献，拉丁文、希腊文、希伯来文无不精通。且说阿贝拉尔心怀鬼胎，有意时时造访福尔贝府邸，单独教授爱洛绮丝，终于达成圆满功德。不久，福尔贝发现阿贝拉尔与自己侄女有染，两人不得不分手暗中往来。当时爱洛绮丝已经有了身孕，阿贝拉尔把她安置到布列塔尼，在那里她产下一子。为平息福尔贝的怒火，阿贝拉尔建议两人悄悄结婚，爱洛绮丝一开始表示反对，但是后来转换心意，两个恋人终成眷属。问题出在福尔贝公布这桩婚事时，爱洛绮丝出于维护阿贝拉尔名誉计，予以矢口否认。同时，她又架不住阿贝拉尔催促，去巴黎西北的一家修道院，当了一名修女。这时候福尔贝真正是怒火中烧了。他认为阿贝拉尔对自己侄女是始乱终弃，竟雇佣两名凶手，在一个月黑风高夜，闯入阿贝拉尔住所阉割了他。这一段世俗的孽爱就此终结。阿贝拉尔不得不离开巴黎圣母院，遁入北边的圣丹尼修道院蔽身。这一年是1119年，阿贝拉尔时年四十岁。

我们可以设想阿贝拉尔怎样万念俱灰，在远郊乡曲熬过一个个凄风苦雨的日日夜夜。事实上初到圣丹尼隐修院，阿贝拉尔有意隐姓埋名，做一个普通僧侣。可是与世隔绝的青灯孤影并未能抚平他骚动的灵魂。渐渐他重拾学术。而且架不住四方力请，终而在圣丹尼修道院下属的一个小修院重开讲席。只是此刻的他更多了一层虔敬，不但一如既往地讲解亚里士多德的逻辑，而且热谈起了神学。他的辩才重放光华，学生依然从各国蜂拥而来。他的荣光似乎在渐渐恢复。然而物是人非，阿贝拉尔终究是很难重展当年的雄辩风采。他的《是与非》即是在这一时期撰成。这部阿贝拉尔最有名的著作，大量征引《圣经》、历代教父言论、教令和教会文献，以求论证涉及基督教教义的一系列问题：凡事是否皆出偶然？如此等等，不一而足。可是作者罗列矛盾，却不加注释也不做评判。这对于今天的读者固然没有多大问题，在壁垒森严的中世纪神学中，它被视为异端是理所当然。不仅如此，阿贝拉尔以逻辑理性来释三位一体教义，也为正统教会不容。1121 年，阿贝拉尔被教会法庭判为异端，判令不论去何处栖身，永远不得回到“他自己的修道院”。简言之，他被赶出圣丹尼修道院了。

不过这个判决好像是徒有其名。因为事实是没过几天，阿贝拉尔就回到了他的圣丹尼修道院。可见他在教会当中也有贵人相助。我们可以发现，阿贝拉尔这一阶段的心情非常糟糕，因为他回来后非但没有安分守己，反而频频向同僚挑衅。圣丹尼修道院的另一个缘起传说，是它据信《新约》中言及的大法官狄奥尼修西游法兰克时所创建。狄奥尼修经圣保罗传布福音，皈依了基督，史载他是雅典主教。但是博学的阿贝拉尔引经据典，偏偏说他是科林斯主教。也许阿贝拉尔是有意恶作剧一把，不过他引起众怒，圣丹尼这个避难所，终究是难以为继了。这可见恃才傲物，其实害人匪浅。1122年，新任院长苏格颁布教令，准许阿贝拉尔“随意居住在任何偏僻地方”。阿贝拉尔不得不避往布列塔尼，在当地一所简陋的隐修院中出任院长，追随者照样闻风而至。晚年阿贝拉尔开罪是时教会强势领袖圣伯尔纳，数度被责为异端，多亏朋友保护才保得性命。1142年阿贝拉尔去世后，最初就地葬在圣马赛尔小修道院，不久被人偷偷送往帕拉克雷特，交由在那里做主事的爱洛绮丝看护。十一年后爱洛绮丝谢世，与阿贝拉尔葬在一起。历史上几经周折，如今两人长眠在巴黎著名的拉雪兹公墓。

今天的圣丹尼大教堂已经很难寻觅当年阿贝拉尔的遗迹。不过这里确凿无疑安息着四十二位法国国王，三十二位法国王后，六十三位王子和公主，以及十位著名历史人物。阳光下它的绘有圣丹尼事迹的彩色玻璃如梦如幻。按说它理应享有英国西敏寺那样在神圣和世俗空间中的崇高地位，或者至少，可以比肩本国同巴黎圣母院隔河相望的先贤祠，那里安葬着笛卡儿、卢梭、伏尔泰、雨果等一批对法兰西做出杰出贡献的名人。可是圣丹尼大教堂如何就叫人头攒动的巴黎游人视而不见？事实上比起巴黎圣母院每年数百万的到访者，圣丹尼大教堂接待的访客不到十分之一。就历史和文化上的地位而言，巴黎圣母院若非雨果小说的格外垂青，其实不敌位居城市边缘的圣丹尼教堂。这也许显示了精英空间和地方空间的某种必然性隔膜？我们也禁不住纳闷，圣丹尼这个昔年工人阶级聚居的小镇，如何就没有迫不及待来推广它堪称法兰西第一圣地的神圣地标？或许，在历经大革命期间被扫地出门，埋尸荒岭的浩劫之后，法国王室的这些高贵灵魂，是不是会在圣丹尼大教堂这个比较寂寥的环境里睡得香甜一些？从而反过来在冥冥中维护了这块圣地的相对安宁？

◇ 作者简介 ◇

陆扬，复旦大学中文系教授，著有《后现代性的文本阐释》《中世纪文艺复兴美学》等。

赏花阳明山

吴礼权

2009.2.27　周五，晴，无风。

早饭后到校门口，问人如何上阳明山。“恋恋草山”花季赏花正是时候。

9：15 出发，坐 260 路公车。路上有点塞车，因为有骑机车的小青年被撞（台北上下班高峰时，机车铺天盖地，蔚为壮观，空气混浊不堪），满脸是血地坐在地上等警察处理事故。

10 点多，到阳明山公车总站下车，随人流顺着赏花大道漫步前行。走到一个路口，见有一堆人在一大簇花前拍照。花白色，像喇叭，下垂，又像吊钟。一问是曼陀罗，有毒。

继续前行，看沿路小贩卖小吃。多是炸芋头、臭豆腐、豆制品、米线、煮玉米之类，皆是非常便宜的东西。路边时有一两株山樱花正开着疏落的花，花粉红，不似我在日本看的樱花，白色，满树，仿佛花海的那种壮观的景象。可能是没到时间，樱花没有到盛开（日语叫“满开”）之时，看樱花的人也不是太多（可能不是周末休息日）。

到了阳明山公园范围内，入口处（没有围墙，只是意念上的）有男女二青年演唱歌曲，也就是街头艺人吧，好像生意不好。又有一个街头画家为人画像，生意也不多，可能与此时经济大萧条有关。上山的游客也少有人在山上用餐，摊贩这些天大叹苦经。

在一片樱花与杜鹃花间杂的坡地上，大家都在倚花摆造型，我也随大溜儿地笑傲花丛中拍了几张。然后，转往辛亥光复楼。楼前是水池，养着许多红白大鲤鱼。游人驻足观看，它们悠游自在，不为所动，不知它们乐不乐，也不知游人此时乐不乐？本想登楼览胜，但入楼一看，里面皆是卖吃食的柜台。

沿路再行，到夕照亭。此时正是正午，当然看不到夕照之时的美景，只能在意念中自由发挥，让思绪像野马般驰骋。也许真的看到夕阳西下的景观并不如想象，那种美感也就不存在了。有时，眼见并不如闻名，就像听说一个名人，未见之时，你可能在想象中认为他如何英俊潇洒，口若悬河，才华横溢。及至眼见其人，看到他其貌不扬，木讷呆板的样子，你会大失所望。

转了一程，到了大屯瀑布。原以为是什么壮观的瀑布呢，及至到了眼前，才见不过是从山上两边杂乱山石间流出的细流，顺着地势向下汇成梯级水流而已。下面有几座跨溪小桥，供游人站在桥上往上拍照。与我以前在太平洋中的日本屋久岛山中看到的景象一模一样，但水流还不及屋久岛浩大，那里水大，散漫着一股很大的水汽，有朦胧的雾感。

循例拍照后，顺着较陡较窄的石阶扶栏而上。到一片较大的草地上，发现许多人正在拍照。抬头一看，原来这里有王阳明塑像。

阳明山，其实原名叫草山。因为蒋介石喜爱乡贤王阳明，醉心于阳明心学，便将草山改为阳明山。从此，一座原本无名之山便就这样遐迩闻名了。就像一个朴素无华的村姑，因缘际会顿时变身为一个让人觉得矜持优雅、意绪无限的大家闺秀了。也许因为这个原因，后来林语堂从西方归来，以其文人的浪漫，按照自己对埋想中的家的模式："宅中有园，园中有屋，屋中有院，院中有树，树上有天，天上有月，不亦快哉"，筑室造园于阳明山半山腰，这便有了今日台北市的文物景点：林语堂故居。1999 年我从日本飞往中国台北开会，参观过林语堂故居，除了亲眼见到林语堂的卧室、书房和几张刻有其妻名的"凤"字木椅以外，并没觉得幽默大师自行设计建造的这座中西合璧的房子有多好（可能是我见过日本京都古庭院太多，脑子里早有先入为主的印象。我比较喜欢中国古典的东西，而京都正是保留中国古典遗迹与映象最集中的地方。因此，与其说我爱京都，不如说我是爱中国古代）。也许是因为我到访的时间不在晚上，没有坐在林语堂曾经坐过的阳台之上，叼着烟斗，时而低头俯视万家灯火的台北市，时而抬头仰望满天的繁星，怀有一种似吸烟又不似吸烟，似望星而非望星，似凝望人间台北，又心不在此的心境吧。

转出阳明山公园，顺原路返回。在往公车总站的路上，又见原来那簇花前围了许多人拍照。一老人问这是什么花，没人答得上，我顺口答道："曼陀罗，有毒。"其实，我这是刚刚从台湾人那里学来的“博物”知识，现炒现卖罢了。我太太若在身边，肯定说我“捣糨糊”。好在她要到下月才来，我捣一下糨糊也无妨。

捣完糨糊，顺路回到公车总站。这几天看电视，说台湾经济不景气，失业人多，小摊小贩日子难过，想想我拿着台湾大学里的高额薪水，自然也要为他们做点儿贡献（尽管我薪资中扣除的税金就够解决一个大学生的就业了）。所以，就在小贩摊前转来转去，想找点儿吃的，提振一下他们的经济。转了好久，才选定一碗米线，吃完并无“口口香浓，意犹未尽”之感。心中有憾意，吃完再转，还是没有发现什么好吃的。最后顿悟，还是因为材料不够高档，不是芋头，就是豆制品，或是米线之类，如何做出美味？

到车站站了一会儿，“红 5”路公车靠站。上车。车到文化大学站，突然顿起雅兴，起念要游一游台湾“最高学府”——“中国文化”大学，地理位置最高，在阳明山上的华冈。下车后走了很多路，绕了很多弯儿，终于到了文化大学。

未入校门前，发现沿途有很多小吃店，明显比山顶公车站的东西好吃。我想进去再吃，可是同行的那位教授没胃口，只得作罢。进入文化大学校园（其实也没围墙），触眼之处都是这个馆那个馆，如“大贤馆”“大德馆”“大伦馆”“大恩馆”等。其实，就是一座座教学楼的名称，与日本京都名校立命馆大学相同（它们也是以什么馆命名的，我在 2005 年客座京都时应邀参访过其校）。信步转到校园一角，竟到了文化大学创办人张晓峰的墓前。墓前有一平台，站在平台之上可以眺望台北市，视野颇为开阔，大有“一览台北小”之感。

参访结束，感觉这座山顶上的文化大学，就校园而言并不小。比起我所客座的东吴大学来，面积要大得多。不过，就地理位置来说，则不可与东吴同日而语。东吴大学外双溪校区（即我所住之处），依山临溪（山不知名，溪名外双溪），钱穆故居就在校园之内，台北故宫就在隔溪对岸，张大千的摩耶精舍、林语堂故居、郑成功祠等也都近在咫尺，是可以信步而及的。至于东吴大学的城中校区，虽然面积更小，但在台北市的心脏地带。昔日的“台湾总督府”（即今天的“总统府”）、中国国民党“中央委员会”大楼以及台湾当局各行政机关均麇集于此。也可能是因为地理位置的缘故，东吴大学的中文系竟然有一千多名学生，而专任老师只有十几位，其他皆用兼任教师和几位从大陆聘请的客座教授。可谓以最小的成本博最大的经济效益也。

出文化大学校园，循原路到公车站。坐“红 5”路公车回台北，在台北高中门前下车。过马路，顺着台北高中这边往东吴大学方向走。经过一片绿地，信步走在步道上，偶一低头间，发现步道上隔一段便有一块水泥板镶嵌于石板间。水泥板平滑，上刻唐诗，有李白的，也有王维的，都是唐诗中知名度很高的作品。读着这些诗句，不禁在心中感叹起台湾社会对中国传统文化的沉醉。同时，也勾起了前年在四川成都的点滴记忆。那年十月，我应四川大学之邀到成都参加学术会议。参观完杜甫草堂后，在往青羊宫的路上，也见过有刻印唐诗于路边石板之上的情景。不知两岸是谁学谁？如果谁也没学谁，而是不谋而合，那么说明中国传统文化的脉搏还是延续不断的。

回到东吴，不到下午 2：00。其实也并不饿，但还是到食堂里再吃了一顿，可能是潜意识里认为在山上没吃好，也有要补偿今日没消费够的心理缺憾吧。台湾人很善良，其实我也很善良，有悲天悯人的胸怀。

下午小睡一会儿，起来备课，写邮件。

晚上上网，通过 MSN 见到导导。他竟然不想我，没说几句就跑了，去看电视了，我竟然不如电视。唉，此一时，彼一时也！2005 年我到日本时，人还没走，他就拿着我与他的合照，说想起跟爸爸在一起的美好时光就想哭。到日本游玩后要回来的晚上，大哭不止，说舍不得爸爸。其情其景，真是感人。而今，时代不同了，儿子也不行了。老话说“儿大不由娘”，他现在八岁就“儿大不想爹”了。明天 2 月 28 日，他八岁生日。

◇ 作者简介 ◇

吴礼权，复旦大学中文系教授，著有《中国笔记小说史》《中国语言哲学史》《修辞心理学》等。

圣人故里三分钟

段怀清

京沪高铁“和谐号”从上海虹桥站出发，经过苏州北、无锡南、镇江南、南京南站后，从武胜关大桥过长江，算是到了江北。但无论是在江北人眼里，抑或是在北方人眼里，这里的江北，大概还算不上北方——离真正的北方还远着呢。

高铁从上海一路到南京，各站点之间的行驶时间，大多在一二十分钟之间。过了武胜关大桥后到滁州，行驶时间一下子拉长了。一路窗外的自然景观，与之前的江南各地也明显不同。山滑水润的感观，一下子转换到了连绵的丘陵、山坡下的旱地。最明显的是田与地的差别——进入滁州地界，地里多种玉米，尚未割倒清理的秸秆，仍严严实实地铺呈在平缓的地里，一眼望过去，密不透风。这种自然地理和人文地理的双重分界，在美国作家赛珍珠的《大地》中，有比现代中国文学文本更早的叙述：江北农民王龙和他的妻子阿兰，为逃避饥荒，从宿州一路南下，当他们眼前的景物逐渐清朗水润起来的时候，他们已经闻到了稻花米香，还有白花花的江河鱼……他们跟随着江北饥民，步行乞讨到了长江北岸，而对岸的江南，在他们的心目中，那就是另外一个世界，是天堂。

当然，无论是《大地》时候的江南，甚至今天已经快速发展变化了的江南，都不是所谓的天堂。而真正距离天堂不远的，大概并不是江对岸的江南，而是滁州过去之后车行近一小时的曲阜——那是中国历史上的圣人故里。

但我没有想到，“和谐号”在这里只停三分钟。当时我并没有在座位上，而是靠在车门口，透过门上的小窗口，眺望着远近的一切，不时有一种时空穿越的玄幻感。曲阜，不仅是孔子生长的地方，也是他最终的安息之地。而望着窗外这远远近近的土地、树木，还有地里高低齐整的秸秆，我脑子里所浮现出来的，并不是孔子那万世师表的圣人形象（尽管在高铁站台的广告牌上，就有孔子和他的弟子们的群像），而是在猜想，孔子当年这曲阜的土地上主食的食物是什么。历史文献显示，今天曲阜广泛种植的玉米，大概是 15 世纪左右才传入中土的。当然对此也有另外的说法。但无论如何，在今天的曲阜人以玉米、小麦等为主食之前，孔子的日常所食，竟然成为两千多年之后依靠在车窗边的我挥之不去的好奇。《论语》中记录了不少孔子对于饮食起居的言论，但其中直接言明其日常所食所饮者甚为罕见。

今天我们能够了解到的，多为孔子在饮食方面疏淡自处的超然态度与圣人风度。他说，“君子食无求饱，居无求安，敏于事而慎于言，就有道而正焉，可谓好学也已”（《学而》）；他又说，“士志于道，而耻恶衣恶食者，未足与议也”（《里仁》）；他还说，“饭疏食（粗食），饮水，曲肱而枕之，乐亦在其中矣。不义而富且贵，于我如浮云”（《述而》）。当然，不少人大概是从后面这句话中，领略到孔子安贫乐道但又自强不息的君子修为与志向的，“贤哉，回也！一箪食，一瓢饮，在陋巷，人不堪其忧，回也不改其乐。贤哉，回也！”（《雍也》）

而我当时之所以脑子里纠缠在孔子当年的饮食上面，是因为正巧火车上服务员在叫售快餐。“一箪食，一瓢饮，在陋巷”，这种日常生活条件与环境，偶尔或短期处之，或许也算不得什么。不过孔子所关注的，是处之者主体的因应态度与内在自我的精神状态，“人不堪其忧，回也不改其乐”。

好一个“人不堪其忧，回也不改其乐”。

与《论语》中有关孔子食与饮方面的文字相比，《礼记》中的相关文字内容，尽管丰富得多，却更像是饮食卫生健康方面的条例说明，虽然有不少倒是颇合现代饮食卫生标准及健康理念，文字上却过于理性而呆板。读之不亲，不像《论语》中孔子讲饮食，多关涉个人内在的忧乐，也便容易激发起后来者的种种好奇与兴趣。

大概多少与这种好奇与兴趣有关吧，1873 年，即将从香港返回英国的传教士——汉学家理雅各，约了好友艾约瑟，一道北上，既是去“朝圣”，也是去向中国告别——之前他在中国（主要在香港）宣教、治学、居住已经三十余年。此行计划游览拜谒的五处“景点”，包括天坛、长城、明陵、泰山，以及圣人故里曲阜。

理雅各选择曲阜作为他的中国之行的告别对象，并不让人感到奇怪，尽管他的这一选择，后来多少还是在传教士团契当中给他招惹了一些不大不小的“麻烦”。

而在理雅各的圣人故里的旅行日记中，最让我惊讶的，是下面这些文字：

> 1873年5月17日。下午我们经过一个村子旁边的时候，见到一片罂粟地。这就是说，人们正在到处栽种罂粟。路边有些老人表达了他们的懊悔，说他们的下一代，肯定会在吸食鸦片的习惯当中长大。想到我们不仅将我们的鸦片强加给中国，而且我们还将引导中国人自己来种植鸦片，这真让人感到悲哀。

这种带有感情的文字，在理雅各叙述他参拜孔林甚至在孔子墓前的经过的段落中并没有。这也不难理解，理雅各有理雅各的难处——他可以反省甚至批评英国政府的对华政策，包括某些商业机构为了逐利不惜“伤天害理”的举动，但让他哪怕是在日记这种私密性较强的文本中“公开地”表示对于中国圣人的敬仰，以及对于基督教的怀疑或者迷惑，这仍然是一个挑战。

但理雅各还是用一种特殊的、理雅各式的方式，表达了他对孔圣人、圣人故里以及圣人文化传统的当下处境的种种思考：

> 昨天，我获知我们的两个车夫——推车人——都姓孔，是孔子的后人。其中一个五十四岁，应当干轻松一点儿的活儿的，但他很矍铄而且尽心。另一个不到三十岁，是一个不错的勤快青年。他们都自然地具有比其他人优秀的品质，但他们都完全是文盲。
>
> 这让我不禁想到，我们这些蛮夷之人，将被圣人之后用手推车推着穿越中国。这一显赫世家，竟然听凭自己的后代像其他中国人一样沦落成为文盲。

理雅各可能未必完全清楚，在中国的礼制文化传统中，传嫡不传庶、传长不传幼的陈陈相因，也不一定了解世家旁支的现实处境及后世命运。但圣人之后沦落为文盲，即便是他们有着优秀的品质，而且都是自食其力的劳动者，还是让理雅各这位西方世界第一位近乎完整地翻译完成“儒家经典”的汉学家、牛津大学中文系的创系讲座教授感到惊讶和困扰。

这样的困扰，在我若干年前有机会去圣人故里旅行之时却并没有感受到。如今想来，之所以没有感受到，大概跟我缺乏理雅各当时那种“独特”的文化身份与观察视角有关吧。

那是一次团体旅行，一帮在济南开完会的专家学者，结伴前来拜谒圣人故里。这也是我第一次置身于圣人之乡，脚踏着或许当年圣人走过的尘土道路，一步步地走进圣人府邸，拜谒圣人陵墓。但不知道究竟因为什么，我此行回来之后未著一字记录此行，倒是理雅各当年在孔林的文字记录，让我还有机会再次忆起那次圣人故里之行：

> 前行半英里许，我们看到了环抱着“孔林”的围墙，这里是孔圣人及其后裔的墓园。……从这里到圣人自己的墓地，并不很远。进到墓地，我们面前延伸着一条宽大的林荫道，答曰有三十英尺宽，一里左右长，两边栽种着优质柏树。
>
> 我站在圣人墓上堆起的土堆上面。……孔子墓前两边，是他的儿子和孙子的墓，还有《中庸》的作者、鼎鼎大名的子思之墓。

并不令人奇怪惊讶的是，理雅各只字未提他在孔子墓前的所思所感，这当然不是一个正常现象。但理雅各就这样不言不语地离开了孔子墓，离开了孔林，也离开了圣人故里……

几年前，当我翻译到理雅各的上述日记时，心中怦然有所动，还一时在电脑前有些恍惚，默默之间，心无所思，亦无所想。

让我完全没有想到的是，当我从北京返回上海，从北京南站一路南下飞奔的“复兴号”，中途却只经停济南西和南京南两站。两天之前，当我搭乘“和谐号”从上海一路北上的时候，在圣人故里还曾经有三分钟的停留；而现在搭乘“复兴号”返程之时，竟然是从圣人故里飞快驶过，呼啸而去。

我也就这样从圣人故里呼啸而过，临窗回首一探，唯见高铁站台上巨大的广告牌上圣人的影像，只是一片模糊……

◇　作者简介　◇

段怀清，复旦大学中文系教授，著有《传教士与晚清口岸知识分子》《王韬与近现代文学转型》等。

第四辑　述学

克里斯蒂娃学术思想中的中国元素与文化认同

祝克懿

2012 年 11 月，接近年末，接近玛雅人预言人类世界即将结束一个旧纪元、开始一个新纪元的特定时刻，我们在声波的世界里、在文本的世界里点击了“朱莉娅·克里斯蒂娃”这个名字。这个名字随即划过音符长空、文本世界，音响符影立刻凸显克里斯蒂娃的传奇学术人生；这个名字作为一个关键词，迅即激活了人们跨国界、跨世纪的历史记忆。

衔接历史的当下点击

20 世纪六七十年代，克里斯蒂娃成长的那个时代——新进的学术思想如清泉般迸涌，学术流派如雨后春笋般林立；那个时代——杰出学者群星闪耀，大师群体在欧洲云集，构筑了她得以成长的学术环境：索绪尔、巴赫金、本维尼斯特、巴特、德里达、弗洛伊德等大师跨国界、跨领域杰出思想的光照；巴特、拉康、托多洛夫、索莱尔斯等著名学者亦师亦友的扶持、提携；《原样》这个汇聚了当时思想界精英、阐发最前沿学术思想，引领着欧洲思想导向的激进刊物的推介……诸多要素一一汇聚，使她得以迅速成长为这些学术共同体中的一员，成为女性典范、学术精英；此后，她以法国巴黎第七大学教授的职业身份、女性主义者等社会活动家的身份在世界各地斩获了种种荣誉，学术各界因她杰出的学科理论建设成就给予她文学家、符号学家、语言学家、哲学家、精神分析学家等种种头衔、称誉……

而这一切一切，不仅仅是一种历史叙述，在2012年11月这个当下时刻因“克里斯蒂娃”作为复旦大学“光华人文杰出学者讲座”的演讲人，因“主体·互文·精神分析”作为主题的系列演讲，中国许多高校、人文学科的关注目光被系连、聚焦到了复旦大学这样一个场域；克里斯蒂娃的研究资料，也以“影响”作为主题词，在网络上被高频点击。多种信息通过回溯或联想方式，通过语音、文字、图片、视频等多模态方式合成，人们的互文记忆被唤醒。

中国之行

克里斯蒂娃的中国情结缘于四次中国之行。

1974年·拓荒之旅

克里斯蒂娃的首次中国之行带有某种凿孔拓荒的意义。2009年克里斯蒂娃在《一位欧洲女人在中国》的演讲中回忆道：“35年前，中国加入联合国，我们是受毛主席领导的中国邀请来华访问的第一批西方知识分子代表团。”1974年4月至5月间，克里斯蒂娃与法国《原样》（*Tel Quel*）杂志社的罗兰·巴特、菲利普·索莱尔斯、弗朗索瓦·瓦尔、马瑟兰·普莱奈四位学者组成法国作家代表团，访问了北京、上海、洛阳、西安等地。根据访问期间的所历所感，克里斯蒂娃回国当年即撰写并出版了讨论女性主义的著作《中国妇女》，在西方引发轰动。克里斯蒂娃坦言访问的目的：“鉴于这个国家在文化上的独特性，我们想分析一下那些可能存在于中国社会主义与其他国家社会主义之间的差异”，“学习中国文化，掌握中国社会主义的新颖之处，并期待能一睹彻底自由化的景观”；尽管《中国妇女》“一方面表达了对过去的着迷，另一方面对当前种种的失望”[①]，但著作本身作为法国知识分子访问中国的拓荒之旅的见证，也形成了克里斯蒂娃用第三只眼（非东方中国、非西欧法国，属东欧社会主义国家——保加利亚的观察角度）透视中国女性思想与社会地位的文化结晶。

2009年·亲善之旅

2009年2月，中法关系处于低谷。克里斯蒂娃受法国外交部、

① 克里斯蒂娃：《思考之危境　克里斯蒂娃访谈录》，纳瓦萝访谈，吴锡德译，麦田出版社2005年版，第62—65页。

文化部的委托，以法国政府顾问的身份，作为文化使者来华进行交流访问。她先后访问了北京大学和同济大学，其间，发表了题为“一位欧洲女人在中国”的演讲[①]，并接受《南方周末》记者的专访。其文化交流的亲善之旅为中法邦交关系正常化做出了杰出的努力。

2010年·载誉之旅

2010年9月，受上海交通大学精裕讲席教授高宣扬先生的邀请，克里斯蒂娃教授访问了上海交通大学人文学院，特聘为刊物《马克思主义美学研究》的编委，参加了聘任仪式。

2011年9月，克里斯蒂娃教授与同享国际学术声望的德国法兰克福大学社会研究所所长阿克塞尔·霍奈特（Axel Honneth）教授一起被聘任为上海交通大学欧洲文化高等研究院荣誉院长。

2012年·传奇之旅

时间的步伐走过21世纪的第一个十年，世界和中国都发生了深刻的变化。克里斯蒂娃于2012年又书写了与中国的传奇故事。由复旦大学时任校长杨玉良院士邀请，克里斯蒂娃这位蜚声国际的思想大师，互文性理论的创始人重新踏上中国这片热土，于2012年11月3—13日在复旦大学发表系列演讲，解析从互文性到精神分析的

---

① 见《一位欧洲女人在中国》，欧洲文化研究院译，《同济大学学报》2009年第3期。

思想发展路径，演绎互文性理论走下学术神坛、播撒于多学科领域的神奇故事，开始其再塑学术形象的传奇之旅。

20 世纪 60 年代后期与 70 年代初，克里斯蒂娃主要关注语言符号于文本间的互动关系；80 年代始，精神分析成了她不断拓展深化的新领域。从互文分析到精神分析，克里斯蒂娃的研究始终围绕着一个核心，即对“主体”的思考。四场讲座也围绕着“主体与互文”“主体与精神分析”两个专题展开。正如克里斯蒂娃在第四场讲座时所言：“其实这四场讲座彼此之间是有内在联系的。我们从巴赫金的对话性出发，讲到普鲁斯特，这是文学层面的互文阅读。之后，我们过渡到了互文性的行为者，即‘言说主体’（Sujet parlant）。我提出了几个问题：谁是言说主体？他有怎样的身体？怎样的性别？怎样的文化？这些问题把我引到了另一个层面，即伦理与政治的层面。于是便有了第三讲‘女性天才’的讨论，以及今天的‘陌生人’的话题。”

当下，对语言意义的探求，逐渐成为语言研究的主流、大势。在讲座中，克里斯蒂娃将她几十年研究累积的经验贯入讲座，郑重提请听众注意与“主体 • 互文 • 精神分析”相辅相成的另一条主线的运行：“语言面向‘意义经验’的开放也是我在复旦要做的几场讲座的主线；我们会继续探讨普鲁斯特那里、女性主体以及‘外来者’主体那里，作为经验的‘意义’。”不言而喻，克里斯蒂娃从互文性出发，在有限的四讲讲座中为听众铺设、延展出一片广阔的理论天地。

克里斯蒂娃的系列讲座，在全国引起了相当大的反响。不少听众自千里之外专程赶来。讲座之前，法国大使馆网站、《中国社会科学报》《当代语言学》《当代修辞学》等刊物都对克里斯蒂娃即将进行的复旦之行做了相关预告和评论介绍；讲座期间，克里斯蒂娃接受《东方早报》《文汇报》的专访，两家报纸分别以《我是女性主义的詹姆斯·邦德》（石剑锋，2012.11.7）、《在欧洲，身份不是崇拜对象而是问题》（李纯一，2012.12.3）为题发文，引发了持续关注。系列讲座的内容整理成书稿《主体·互文·精神分析：克里斯蒂娃复旦大学演讲集》，纳入复旦大学人文基金高端讲座系列丛书，由生活·读书·新知三联书店 2016 年 12 月推出。这是克里斯蒂娃首部学术演讲录，获法国驻华使馆“傅雷图书资助出版计划”资助。演讲期间，克里斯蒂娃与复旦大学出版社还达成了一项协议：由复旦大学出版社翻译出版《克里斯蒂娃学术精粹选译》三种：《符号学：符义分析探索集》（2015）、《语言，这个未知的世界》（2015）、《克里斯蒂娃自选集》（2015）。值得一提的是，克里斯蒂娃在复旦访问期间，不仅参加了“复旦大学克里斯蒂娃研究小组”的成立仪式，还欣然接受邀请，担任复旦大学主办的中国语言学核心期刊、CSSCI 来源期刊《当代修辞学》的学术顾问。

内容设计

《主体·互文·精神分析：克里斯蒂娃复旦大学演讲集》包括三

个部分：主体是克里斯蒂娃复旦之行的演讲实录。

附录一收录克里斯蒂娃首创互文性理论的论文《词语、对话和小说》（祝克懿、宋姝锦译，黄蓓校，《当代修辞学》2012 年第 4 期），期待读者能由此及彼，深入了解互文性理论的创建背景，获取克里斯蒂娃拓展的广博而丰富的互文关系意识和系统空间理念；《人是多声部的构成——与克里斯蒂娃的对话录》（《中国社会科学报》2013 年 7 月 26 日）是 2012 年克里斯蒂娃访问复旦时与我们的对话录。希望读者通过克里斯蒂娃的亲述，了解互文性理论产生的历史背景与"人是多声部的构成"新论点的经典阐释。

附录二收录围绕克里斯蒂娃讲座内容展开的两篇解读文章。祝克懿《互文性理论的多声构成：〈武士〉• 张东荪 • 本维尼斯特 • 巴赫金 • 弗洛伊德》（《当代修辞学》2013 年第 5 期）通过四个方面史实的挖掘，解读巴赫金对话理论、张东荪架构主义宇宙观及多元认识论如何影响着互文性理论的生成；阐释本维尼斯特的结构主义思想和弗洛伊德的精神分析学说与互文性理论的源流关系。希望以此再塑克里斯蒂娃思想大师的形象，深化对多元构成的互文性理论的认知。殷祯岑《克里斯蒂娃学术思想的源流》（《福建师范大学学报》2016 年第 4 期）将克里斯蒂娃的学术思想分为互文性研究、符义分析探索、精神分析研究三个连贯发展的阶段。力图通过梳理其发展轨迹，从共时层面和历时层面的双维视角出发，复原学术语境中的克里斯蒂娃，为多学科视域中的克里斯蒂娃研究提供理论参考。

余 论

邀请互文性理论的创始人克里斯蒂娃来演绎互文性理论近半个世纪的发展嬗变，是我们确定四次讲座内容的初衷。而克里斯蒂娃高屋建瓴，从互文性理论出发，用一个又一个精彩的命题引领我们走过互文性理论、符义分析，走向了精神分析这一广阔的天地。讲座的内容只部分涉及了克里斯蒂娃系统思想中关于广袤文本世界的理论构想，附录的解读也只简要讨论了克里斯蒂娃学术思维的发展及多声构成。我们希望通过讲座内容的介绍与初步解读，勾勒克里斯蒂娃异质多声思想的概貌及其对中国学术研究产生影响的历史进程，以此引发中国学者与克里斯蒂娃学术思想之间的共鸣，绽放出适合中国水土的学术之花。任重而道远，但理论之树常青。

◇ 作者简介 ◇

祝克懿，复旦大学中文系教授，著有《语言学视野中的“样板戏”》等。

拯救断裂的上海话

陶寰

作为中国最大的城市，上海为全国瞩目；作为吴语的新生代代表，上海话似乎并不招人喜欢。我不止一次地听人抱怨：上海人总是喜欢说上海话，感觉说上海话就意味着排外，看不起外地人。可另一方面，却似乎很少有人抱怨四川人说四川话，广东人说粤语，厦门人说闽南话，尽管对大多数中国人来说，后两者更难懂。更有甚者，称上海话不是真正的方言，或者说上海话只有一百多年的历史。这些话出于专家教授之口，让人瞠目。这反映了人们对方言的误解，对上海话的误解。

上海话的历史，远出百年之外，只是一百五十年以前，上海话鲜为人知；一百五十年里面它又经历了太多的变化。几千年前，上海地区先人使用的“越语”至今在上海话中仍能寻到痕迹，而元代松江府建立后的权威方言松江话，是如今的上海话的最大来源。晚清时期苏州是吴地的中心城市，借着苏州评弹等形式，苏州话也渗入了上海方言之中。可见上海话对外来文化包容程度的，可能是租界时期在上海话中留下的不少“舶来品”，有一些后来还进入了普通话。比如，“沙发”“巧克力”，这两个英文词如果当初用普通话翻译，大概会是另外一个样子，只有用上海话说，才能跟英语吻合无间。

如今，上海话依然具有巨大的包容性，这跟它仍是一座移民城市分不开。现在上海是中国最大的城市，经济文化方面的优势，使上海话在这个地区拥有了较大的影响力，但作为一种方言，它的力量仍不足以抗衡普通话。

我曾经在学校里调查学生，使用了三个常用汉字：“摘”“岸”和“瓦”。结果惊人一致，“摘”读得像上海话的“斩”，“岸”跟“暗”同音，“瓦”读成 wǎ。这三个字的读音跟老上海话没有半点儿联系，都是从普通话“翻译”过来的读音。说明新上海人完全不知道上海话应该怎么说，所谓翻译都是出于语言本能。可以预言，这几个音将会留存下去，成为以后“地道”的上海口音。

也就是说，上海话在近一百五十年中，尽管受很多方言和语言的影响，但血脉相连并未断绝，只是从其他方言和语言中吸收了一些成分，丰富了自己。普通话的介入在一定程度上切断了上海话的传承，彻底改变了上海话的面貌。

普通话对上海话的改变有几个方面，一是替换了很多说法，比如，“所以”替换了“介咾”，“如果”替换了“假使”和“倘然”，“一天”

替换了“一日”，“快到了”替换了“到快了”。二是压缩了上海话的使用领域，以前上海话是上海人交流的唯一工具，无论聊天还是读书都使用上海话，现在上海话更多地使用在家庭之中、日常生活之中，在公共场合，特别在文化教育方面，普通话显然更具优势。三是上海话的表达功能开始残缺，很多话非普通话不能表达，因此，即便用上海话交流，一句话中也经常需要夹杂普通话，或者对话中一半使用上海话，一半使用普通话。

上海话作为上海“最重要的非物质文化遗产”，已处于弱势地位——只能担当市民语言、日常生活语言，在比较正式和重要的场合，它已经失去了立足之地。人们不自觉地选择一种显示较高社会地位的语言，进而导致原先社会地位较低的语言或者方言进一步弱化，并最终被抛弃。

上海话的传播还有两个不容忽视的劣势。一是由于移民众多，上海文化的认同感并不很强，建立在方言基础之上的娱乐文化不够繁荣。上海市民喜欢评弹，喜欢越剧，甚至有人喜欢京剧，但沪剧的影响力似乎只限于部分上海原居民。跟粤语、闽南话相比，上海话缺少附丽其上的文化产品，以至于上海居民对于上海话的忠诚度并不是很高，跟四川人、广州人和厦门人对自己方言的忠诚度无法相提并论。

二是上海话是上海人的名片，而反过来，上海人的形象也对方言形象产生影响。开篇所说的外地人对上海话的偏见，本质上是对上海人的刻板印象，由此，很多外地人对上海话与上海文化就更不感兴趣。最近，在“咖啡大蒜”论之后，对上海人和上海话的负面看法恐怕更多。

人学习语言需要一个适当的环境。上海话之所以断裂，很重要的一个原因，就是儿童在上幼儿园之后，几乎脱离了上海话的环境，学校的影响持续到一个人的成年。而自然语言学习无法完全通过学校教育完成，我们的英语学习不力就是最好的例子。

因此，保护上海话免遭灭顶之灾，最重要的一点，是给上海人一个讲上海话的机会。除了上海家庭有意识地教育孩子说上海话以外，可以在学校教育中加入上海话教育的内容。比如，开设一门乡土课程，一方面介绍上海的历史文化；另一方面在课上使用上海话进行讲解、阅读和交流。毕竟乡土的中国也是中国，上海话也是汉语。

其次，增加广播电视节目中的方言使用。目前有不少地方的电视台都开播了方言新闻节目，节目反响意外热烈。据我所知，杭州的《阿六头说新闻》、宁波的方言新闻节目都是年度收视率最高的节目。可见广大的市民实际上都有使用方言、观看方言节目的需求。十分期待上海电视台的新闻坊节目能使用上海话。

如果有资金支持，还可以设立方言传承馆、俱乐部等。邀请一些使用方言的名人和专家上海的“老克辣”，用方言和人们座谈，并开设方言训练课程，向年轻的上海人和全国乃至世界各地对上海话有兴趣的人们传递上海话。目前，民间就产生一些方言网站，带一些公益性质。针对上海话，也有一个“沪语网”，而投资者却是浙江台州人。

汉语方言是汉语的组成部分，也是汉语的财富，是汉语这个“物种”多样性的标志。我们当年推广普通话的工作本身，并不是“顺其自然”的行为，所以保护方言也不能顺其自然。顺其自然就是坐等其消亡。我们可以参照一下生物保护和文物保护。没有谁在这两个问题上采用“顺其自然”的策略。补充一句，保护方言不是要拒绝普通话，更不是为各地交际制造障碍。美国是一个没有法定官方语言、没有“普通话”的国家，但并不影响美国人之间的交流。方言会导致交际障碍一说恐怕也不能成立。

对大多数人来说，语言就是工具，我们都能感受到语言统一的好处，而少有人想到语言单一的坏处。倘若方言消亡，在一定程度上或许带来了交际便利，但它给汉语和中国文化带来的负面影响，也许远大于这种便利。联合国教科文组织要保护濒危语言、保护方言，就是为了维护语言及文化的多样性。语言的多样性跟生物的多样性是一样的，一旦丧失，语言和物种都会退化。生物的退化我们现在都已经了解，而语言的退化一定也存在。比如，方言中往往有一些普通话没有的、传神的说法，近年来，赵本山的小品给普通话送去了一些东北话，比如“忽悠”。“忽悠”就是比骗、欺骗更有味道。而很早以前，“尴尬”是吴语输入普通话的，不然的话，北京话要表达尴尬的概念还真不容易。方言的退化消亡，会使普通话缺少了源头活水。相比现代文学大师辈出时期，普通话作为文学语言的表现力目前似乎就有退化之嫌。因为那时没有如今规定得这么死板，所以包容性很大；而现在一旦方言词出现在文章中就会被当作“生造词”，被改掉。当然，政论文章、科技文章乃至报纸上的通稿，对方言的需求是不大的。而这一点很可能成为方言传承的障碍。因为使用这些文体的人往往有较高的社会地位，他们的语言也有较高的社会地位；而引车卖浆者流的方言尽管最为鲜活，但是使用者的社会地位低下，他们的语言也就不能登入大雅之堂。

有容乃大，上海话的发展历史，就是多样化的方言交融的历史。常用常新，要使上海话体现出活力和包容性，而不至于继续呈现“断裂”，关键还在重新塑造我们周边的语言环境。

◇ 作者简介 ◇

陶寰，复旦大学中文系教授，著有《蛮话词典》《汉语方言疑问范畴研究》等。

第五辑　杂谈

九年面壁：有限的回忆

陈引驰

进复旦中文系，中学时代，很早就确定了。那年代，离开上海不是像今天那么能被人接受，所以，选择其实不多。

进复旦之前，应该是1983年，父亲曾领我去见过朱东润先生，对我，那多少也有明确方向的意义。实际上，中学时，复旦诸老里面，朱老的著作读过最多，大概除了早年的《张居正大传》和《史记考索》，当时已出的都看过。

1984年那届华东师大二附中的毕业生，高考获得的成功是空前的，我想，也会是绝后的。当年的理工类、文史类和外语类的第一名，都出自我们学校，而文史类前五名都被我们包揽了。在这些同学里面，除杨继东兄去了北大历史系，后来投张广达教授门下，别的都进了复旦。

那些年，高考分数和名次出来，电台新闻都会广播。记得从那天早晨六点天气预报之后的简要新闻里听到高考成绩公布了，三个状元都被我们包揽了，而李荧兄是文史类的第一名，我当场就笑了，既然他能考那么高，自己也一定低不了。后来，我们好像都聚到杨继东家去，正一起听邓丽君的歌，报纸的记者找来了，因为他们很容易发现前几名的准考证号差不多是连着的，出自一个考场一个教室，是一个学校一个班的同学。我们几个人里，尹荣兄进了国际政治系，柴俊兄进了世界经济系的国际金融专业（那时候国际金融还没有独立成系），谈峥兄进了外语系，而李荧和我，都进了复旦中文系。照今天的观念看来，中文系的收获最大。

当时，我们读文科，确实都是喜欢，基本就是依循理想而已。杨继东去北大读历史，陆扬兄去北大东语系读梵文，跑那么远，觉得那里才有发展自己喜好的空间。论学业成绩，如果不转文科继续读理科班，大概除了那时全国仅招三十名的协和医科大学，想进任何一所大学乃至任何一个专业怕都是有把握的。我考中文系，如果因为家庭乃至个人的因缘，还不算典型，那李荧进中文系并在一年后坚持从文学专业转入语言专业，就很能说明问题了。

我进复旦的时候，中文系处于最强的时代没有疑问。1988 年本科毕业，现在怎么也想不起来为什么了，在毕业纪念册的留言里，我引了苏曼殊的一句诗“九年面壁成空相”，几乎是我个人求学复旦的谶言，四年本科、两年半的硕士和两年半的博士，恰好“九年”。当然，这“九年”，不敢说有多少收获，但绝非证成“空相”而已，是可以肯定的。

读本科的那四年，回想起来，是最愉快的，主要就是读书，还有和朋友在校园里漫步聊天。

那是没有时间性的日子。

就学业而言，标志时间的是那些课。一开始，我就到处乱跑，去旁听别的年级和别系的课。第一学期便去听周振鹤教授的“中国历史地理概论”，还参加了考试，成绩不错。记得课间谈到过他与本系游汝杰教授合撰的《方言与中国文化》的事，他还认真地提示我王力的《古代汉语》涉及历史地理的某处讹误。从武汉大学转来复旦的彭神保教授开“魏晋南北朝史”，课上提到唐长孺先生的事给我印象很深。那时候一直计划着出国读书，整个20世纪80年代，对海外的文学、学术怀抱很大的热情，投入也真多，去听几堂外语系陆谷孙教授的“英美散文”便属当然。林秀清教授早年在法国获得比较文学博士学位，知道她在讲当年对我影响极大的萨特，自然要去，老太太手执《萨特戏剧集》，很柔缓地一幕一幕讲去，那时年少气躁，听了几回就跑掉了，倒是后来，很认真地细读过她译的《弗兰德公路》。哲学方面好像没怎么凑热闹，只记得楼宇烈教授来做佛学系列讲座，都听了，间歇时还请他在《中国佛教思想资料选编》扉页签名。

那时候外来学者的讲座没有今天这么多，但大多精彩。李泽厚讲思想史，除了相辉堂的大场面，也在第一教学楼的小教室；叶嘉莹先生讲古典诗，听众手里多捧着《迦陵论词丛稿》和《迦陵论诗丛稿》；王瑶先生满口山西话，讲现代文学的起始；周勋初先生讲王国维、陈寅恪的学术研究，文稿后来都收入他的《当代学术研究思辨》；罗宗强先生讲陶渊明与玄学，后来又在他的《魏晋玄学与士人心态》中读到；郁贤皓先生讲李白生平考证及乐府，一口亲切的上海腔，他提起在他的少年印象中，静安寺以西都是城郊了……

除了短期讲座，还有一学期的授课。也是在一年级，我就去听了鲍正鹄先生给高年级开的“近代文学”。鲍先生早先就是复旦的教师，后调往北京，那次回系开讲，精神很盛，记得课上讲得最多的是龚自珍，《己亥六月重过扬州记》一篇就不止两堂。鲍先生风度极佳，令人折服，当时课是在校内上的，结束后得穿过邯郸路回住处，有一回，见他临过马路之际，不过是留意是否有来往车辆，但由其不疾不徐的左右瞻望，配以挺直的身姿，让人兀然觉得真有顾盼自雄的味道。也就在他讲课那时候，从王重民先生《敦煌遗书论文集》里读到他与山东大学关德栋教授的通信，知道鲍先生是国内最早翻检彼得堡（当时称列宁格勒）所藏敦煌卷子的学人，努力找他的文字，仅读到《龚自珍全集》和《清诗纪事初编》的两篇序……

当时风头正健而较为年轻的外校学人，与复旦素无渊源，也有来中文系授课的，我本科那几年便有许子东、余秋雨、叶长海等几位，该是当时主系务的陈允吉老师邀约的。叶长海讲戏剧学史，大抵以他的《中国戏剧学史稿》为本；许子东刚出了《郁达夫新论》，来讲郁达夫，第一堂课黑板上只写了“性”与“生”两个字，演说郁达夫早年文字里性苦闷与生苦闷的交织；余秋雨的课只听了一次，不过，他讲课内容主要就是那本《艺术创造工程》，与他之前的《戏剧理论史稿》和后来的《中国戏剧文化史述》《戏剧审美心理学》，我倒都读过。

系里开设的课当然是重头，林林总总，如果有什么一致的精神，就是自由与探索。选修课不用说，大抵都体现各位任课教师自己读书、研究的体会和心得。那时候的选修课真是多，加上我常常旁听别年级的课，真难数得过来了。哪里像如今改来改去，学生毕业只要七门就成，那时一学期怕都有这么多堂课要混。各位老师个性十足，上的课差别极大，风格殊异。刘季高老先生的“左传研究”，条理明晰，提出一个观点，便抄录若干史料，一一解说，娓娓道来；顾易生老师后来是我读博士时的指导教授，当时开先秦诸子的课，旁征博引，辨析入微，时有幽默的谈吐；王水照老师讲苏轼，阐说细腻，关于苏诗用典部分印象很深，同时读他的《苏轼选集》，了解到出自苏轼《寄吴德仁兼简陈季常》的“河东狮吼”一成语实涉及佛典而未必是惧内的意思，因为课时不够，王老师印了自己关于苏文艺术的长文给大家参考，还仔细审阅了我这个旁听生贸然提交的文章；应必诚老师讲《红楼梦》研究，引发我对《红楼梦》版本的兴趣，记得曾仔细对读了应老师的《论石头记庚辰本》和冯其庸的《论庚辰本》；陈允吉老师的“佛学概要”，扼要而生动，我在二年级时就去旁听，后来在他给我们年级开的时候又听了一次，还有相关的

“佛教文化”一课，都给我很大的教益，展开了之前未曾知晓的天地，由此决定了继续跟陈老师读书。这么多年，此方面的研究始终是自己关心、留意的……

自由与探索，系里的必修课，也充溢了这样的精神。陆丙甫老师的“现代汉语”课，常常让我们就有关语言现象提出自己的意见和分析，如果他觉得有意思，就给你记上 5 分，到学期结束的时候，我问他自己是不是不必参加考试了，因为好像那些分数已经累加到 80 分以上了；骆玉明老师的“中国古代文学史”讲唐前一段，满堂倾倒，教材当然是刘大杰先生的《中国文学发展史》，但极少依傍，胸中另有格局，往往谈自家的见解，当他要学生打开书本、翻到某页的时候，往往要说的是：“嗯，这个地方刘先生好像有点小问题”；唐宋时代的文学史，是陈允吉老师讲的，条理极清，又极生动，吸引力有口皆碑，尤其唐代一段融会独有的研究，像王维的佛教文化背景、李贺诗艺与心理特征，变文体制与佛教渊源等，专精的研究化为深入浅出的讲解，很有启发性，或许也就是因为要讲的那么多，宋代部分便相形简略了不少，但好像没有学生会觉得那是缺憾；陈思和老师的“中国现代文学史”，也是抛开唐弢的《中国现代文学史简编》，自己构造一个框架讲，挥洒开来，不少观点参酌着读他那时陆续发表的中国新文学整体观的系列论文，往往给人新鲜的刺激……

课堂固然重要，但只要你真读书，有能力，不听课也成。本科时我曾免修两门专业必修课程：每周四学时的古代汉语和每周三学时的外国文学史。两门课都通过了专门安排的免修考试，外国文学史记得自己考了 88.5 分，而古代汉语免修前，当时既是主管教学的副主任，同时也是古汉语专家的严修老师，让提出申请的李茭和我去他家谈过一次，切实了解我们的程度之后才予以批准。

提点学生，确实不仅授课一途。那时，老师常来学生宿舍聊聊，说起来容易，一直坚持，却只有真心投入的才能做到。记得古代文学史是每周四课时的，一周两次，骆玉明老师和陈允吉老师几乎都在上课那天的晚上来看学生，谈谈读书学习，别的也不妨说。一次，有同学问骆老师，如果喜欢一个人怎么办，回答是直截了当的："你去对她说！"无论生活，还是学业，不少意识和觉悟是在如此不期的场合中得到的。我第一次遇到陈尚君老师大约是二年级的时候，大概说起平时也读读唐诗的话题，他突然问："你知道《全唐诗话》吗？"我回答在《历代诗话》里翻过的，他紧接着问："你知道那是伪的吗？抄的谁？"这真是一次难忘的刺激。老师不以学生为幼稚，平等对待，回想起来，是很让人感动的。1987 年，骆老师出了他与贺圣遂先生合作的《徐文长评传》，专门题送给我们几个与他较亲近的学生；1992 年我已读博士了，陈老师的《全唐诗补编》出版，他特意让我去受赐，记得那天是与后来往北京大学现已转去香港任教的汪春泓兄一同去四舍陈老师家的。

接着五年研究生，硕士跟陈允吉老师读，博士跟着顾易生老师，他们给予的教导是永久的。两位老师都鼓励博览多识，从来不屑于言及功利地读书、撰文，同时都强调要掌握根底性的基本典籍：陈老师一开始就要求认真读《文选》，我也是十年后才渐渐深悟这是研习中古文学的不二法门；跟顾老师时则将周秦汉诸子整个重温一遍，至今仍相信不通读诸子，实不足以知其中任何一子。那时老师带研究生，还是师傅带徒弟式的，十天、两周去导师家聊，各式学术话题，往来出入，无有涯际。陈老师常常细致地讲他手边进行的研究，关注的问题是什么，材料如何择取，论文结构怎样安排；顾老师往往从一个字或一句话的诠解，衍生出一段新说，尤其乐意回护、阐扬传统的精义。

还想说，老师那些年里给予的极大宽容，永远无法忘怀。有一年多，我情绪极恶，陈允吉老师劝我读陶诗，并由着我花半年多写出好些篇西方马克思主义文论的论文；邓逸群老师路上拉我去家里坐，与应必诚老师一同好言劝慰；汪师兄和骆老师都曾请我去家中喝酒，骆老师说："你要记得，以后你要做大事的。"

九年学生之后，是十余年的教书，后者几乎超过前者一倍时间了，不过感觉上教书的日子过得飞快。大概读书时是最愉快的，现在几乎记不得有什么特别要操心的，有什么特别的企求，回想起来，那真是没有时间性的日子；教书就不同，无论顺利还是不顺，总是有往前赶的味道，近年节奏更是紧张。以前读普希金的《欧根·奥涅金》，他引了巴拉丁斯基的诗句："活得匆忙，来不及感受。"现在知道，这是真的。况且常常觉得，这十多年教书所提供的，远不能与当年读书所领受的相匹，所以，也就不多说了吧。

◇　作者简介　◇

陈引驰，复旦大学中文系教授，著有《庄子六章》《中古文学与佛教》等。

节后谈吃

郜元宝

春节刚过，肠胃又不舒服起来，追讨祸源，自然要谈到我们目前的饮食习惯和“饮食文化”。

最先想到的却是有幸吃过一年的韩国菜，回味起来，不禁从心底生出几分喜欢。这倒并非因为其辛辣，比起现在风靡全中国的滇辣、黔辣、湘辣、川辣，韩国的辣简直不算什么。使我喜欢并敬畏的，乃是他们长期以来对如此简单的饮食的执着。他们的餐馆饭店也打文化招牌，掺杂了许多民族文化形式，但这些并没有硬塞给食物本身；“饮食文化”热闹，饮食依旧简单，吃来吃去总是那几样。吃得简单，并深爱和敬畏这简单，不让日趋烦琐的文化和文化的宣传伤害这简单。他们在味觉上表现出来的节制、清洁和理性并懂得在此前提下享受，正如他们喜爱居室的洁净，实在是一种洁净的精神的表现。世人腹诽韩国人的地方不少，我有时也赞同若干，但其饮食可挑剔的地方并不多——单看节省的时间财力，就足以解释他们经济的成功了。

大概日本生活水平高，饭菜价格略微上扬，但基本格局并无多大距离。日本民间和文学中经常可以看到对简单饭食真心的喜爱，小资们爱看的村上春树作品就是一例，但我担心他们是否真看懂了，真懂春上，就不会容忍饭食的豪奢。和韩国人一样，日本民族并不因为饭食的简单就轻视它，相反，因为是有道理的简单，倒更加在意，这从吃的姿势、态度、仪礼之讲究，和器具的力求洁净、漂亮乃至不厌其烦，都可以看出来。

美国饭食传自欧洲，又汇集世界各地风尚，但以营养方便为最高标准，这在自诩“饮食文化”冠绝世界的我们看来，可能有点不成体统吧。何况不少美国人也确实吃得太多了。欧洲饮食，有贵族的豪奢和贫民的节俭；在古代，“朱门酒肉臭，路有冻死骨”的现象大概也和我们一样，但西方（包括受西方影响的俄国）文学中仍然有许多作家攻击他们自己的饭食——不仅攻击贵族的挥霍，也攻击贫民稍有积蓄就赶紧在吃食上大肆铺张。陀思妥耶夫斯基《罪与罚》、左拉《小酒店》，都将贪吃作为穷人陋习和堕落之由加以严肃描写。欧美的饕餮之徒今天一定还在那里饕餮，但要从他们的饮食中寻找节制之美，并不困难。

中国现在的讲究饭食，务求奢华，尚不知被怎样的“文化心理结构”支撑着。古来也有不少作者抨击豪门的浪费，但也许圣人“食不厌精”的话说在前头，所以总不够理直气壮，并且很快就玩起简单的阶级分析和好人坏人双重标准来：为富不仁者或暴发户挥霍浪费，可以谴责不遗余力，倘若英雄豪杰、正人君子、文人雅士、小姐淑女们也这么干呢？那就另当别论了。《三国演义》《水浒传》《红楼梦》每写到这些，不就等于公开表彰吗？或许正是这个口子一开，我们祖上就肆无忌惮地吃开了，从皇上到黎民，无不以吃得多、吃得好、吃得气派为最大追求；“民以食为天”更是写在经典上天天讲、月月讲、年年讲——这话除了说明为官者以民为本施行仁政外，还有容易被忽略的潜台词：百姓们吃饱喝足就够了。

当圆桌四面挤满食客，当热腾腾的酒菜在华灯下川流不息地端上来，当一桌子人谈笑风生大快朵颐，当堆山积海的剩菜剩饭在主人的豪爽和客人的恭维中被置诸脑后，当杯盘狼藉人去楼空，我的心总是充满了绝望。我对这一夜的自己充满了绝望，我对这一夜同桌的认识和不认识的先生女士太太小姐充满了绝望，我对这一夜和更多的日夜同样饕餮的食客们充满了绝望。不知道是商家造出的“饮食文化”弄坏了我们的饮食结构和饮食中包含的文化，还是我们的饮食文化传统确有某些因素和现在的商业文化勾结起来，共同败坏了中国饮食中残存的节制、清洁与理性，不管怎样，单从身体健康出发，我也要憎恶这以饕餮和浪费为内容的“饮食文化”，不管它怎样被赞美为国粹。

现在到处招摇的“烹饪艺术”也是一个搞笑的概念。胡乱什么材料，按照类似“以意为之”的中医之法配在一起，放在油里摆弄两下，就自欺欺人地色香味俱全，这个补什么那个补什么了。如此绞尽脑汁弄出来的东西吃下去真的就受用无穷了吗？这些无穷无尽的花招，恐怕大半还是属于鲁迅所说的“中国式的奇想”吧！

现在不少人实在吃得太多了，实际上完全没有必要。难道我们和自己的肠胃，以及那些被我们当作食物的东西有没世的仇怨？就是行贿受贿，也完全可以采取别的方式，为何首先就想到“请客吃饭”？我们奚落日本人、韩国人或美国人的饭食之简单，常以为他们可能是历代贫困这才养成了后来的简单，那么地大物博似乎历代就不曾贫困过的我们不是更应该大度一些，在吃食上表现出更高境界的简单吗？为什么总那么愁眉苦脸一边抚摩着肠胃，一边对任何饭局都欣然受之呢？或许我们天生就有一种口腹上变态的贪婪，妄想通过简单的吃食行为在这个世界上为自己占有更多的份额，吃遍三山五岳，“万物皆备于我”，“人生可以无憾矣”。鲁迅说有些人恨不得一口吸进全部空气，如此贪婪又是怎样贫乏的表现！费尔巴哈说“人就是他所吃的东西”，其实看一人乃至一民族，不必细究其实际吃了什么，只需从远处略微欣赏一下那穷凶极恶奋不顾身的架势，就足矣。

不知道中国饭食是否“从来如此”，倘不幸真的这样，也还可以追问：“从来如此，便对吗？”否则，就是被现在的“饮食文化”歪曲了。或许我们在吃食上也曾懂得洁净、简约、克制、理性与适度的享乐，或许广大民间和众多正在努力奔小康的家庭还没有完全被饭馆的时尚所同化，或许至今尚处贫困线以下的人们的饮食理想并不就是现在被歪曲被炒作乃至被神圣化的“饮食文化”，或许“主人具鸡黍，邀我至田家”的诚恳与喜悦，“夜雨剪春韭，新炊间黄粱”的简朴与清醇，还没有从我们的集体无意识中消失，那么，我们的饭菜实在既有改良的必要，也有改良成功的希望。

我们实在可以少——或者竟不——吃现在这样的饭菜，改吃改良而进化或返回到简单精美但仍然属于中国的饭菜。不吃现在的中国饭菜，结果不过是少浪费国家和个人的钱，少得或不得高血压、糖尿病、高血脂、脂肪肝之类的病，而改吃改良之后的中国菜，于公于私都有益，还照样可以安心做一个爱国的中国人。倘说这样会影响“内需”，那我宁愿主张大家多花钱买点儿好衣裳穿，或随便玩些别的什么，也总比成天谋害自己的肠胃强。

◇ 作者简介 ◇

郜元宝，复旦大学中文系教授，著有《鲁迅六讲》《说话的精神》等。

失书记

张新颖

我算不上藏书人，有些书丢失了，时间一长也就忘了，有聚有散，想得开。往高处说，人与书，亦何妨相忘于江湖。

不过，丢了十一年积存的书，不能完全释怀，也算常情吧？

1992 年夏天，我分到《文汇报》，当时填表，有一栏是“参加革命工作时间”，犹犹豫豫地问了一下，才知道我这就是参加“革命”了。

文汇大厦在外滩，九十米高，二十二层，20 世纪 80 年代末期建造，1990 年完工。这一栋现代化大楼，在国内报业里面据说是最早的；文汇报人觉得更骄傲的是，资金由报社自己贷款自己还款，没花国家一分钱。我在文艺部，十五楼，办公桌对着落地长窗，有时候会觉得，哎，还真不错。

但我的宿舍就是另外一种景象了。宿舍在老大楼，下面是印刷厂，整天机器轰鸣，房间黑暗，脏，空气不流通。所以能不待在宿舍就不待在宿舍，好在老大楼和新大楼连着，到办公室很方便。

四年之后，我离开了《文汇报》，回复旦大学读书。宿舍里的东西没怎么搬运，拖着等以后。一拖再拖，等我终于要去搬运的时候，已经什么都没有了。

其实没有什么值钱的东西，心疼的是那些书。读本科和研究生那七年，买书都是精挑细选，因为买书的钱都是从生活费里省出来的；另外，这些书大都和一个人的青春经验、记忆相关，对自己还平添了一层书之外的意义。工作这四年，因为跑出版这条线，得到大量的书，老实说自己真正感兴趣的不多，除了少数一些，其他的没有了倒也释然；但也是因为工作了，有了点儿闲钱，买的书也多了，这些书没有了就不免难过。

我十八岁到二十九岁积累的书，绝大部分，就这样没有了。

后来时不时会想想那些丢掉的书。譬如，我读硕士的时候，贾植芳先生送我"中国现代文学史参考资料"中的"现代都市小说专辑"，上海书店原版影印，1988 年出版，共十种：刘呐鸥《都市风景线》、施蛰存《将军底头》、穆时英《圣处女的感情》和《白金的女体塑像》、徐霞村《古国的人们》、黑婴《帝国的女儿》、杜衡《旋涡里外》、叶灵凤《红的天使》、徐讦《精神病患者的悲歌》、无名氏《塔里的女人》。我很喜欢这套书，想起这套书就想起这么件事：这套书的主编是贾先生，出版社给他的样书他给了我一套，但贾先生告诉我，这个专辑的真正主编是施蛰存先生，书目是施先生选定的。施先生跟贾先生商量说，我是此中人，有我自己的作品，不好做这个主编，请你来做吧。

1988年，我收到余华一封信，那时候他是浙江海盐县文化馆馆员，所以写这封信是因为他读了《上海文论》上我的一篇评论他小说的文章。我是大三的学生，余华的来信让我很兴奋，一直保存着，直到《文汇报》宿舍里的书消失之前：信夹在书里，跟着书一起没有了。三年前我跟余华说起这事，余华丝毫不以为意，随口说："一封信，算啥？我现在可以给你写一百封。"当然，这是他夸张的瞎话，不能当真。

我写这篇短文一开始就写下了《失书记》这个题目，但其实我更不能释怀的，还不是失书。比起来，遗失一些书，还真不算啥。

我离开《文汇报》之后若干年，《文汇报》迁址，到了威海路的文新集团大楼。我每次经过外滩，总是会抬头望望我工作过的那座大厦。21世纪的那一年，有一天坐车过高架桥，习惯性地去看那座楼，惊讶得半天回不过神来：没有了。

我后来才知道是什么外滩源改造之类的规划，把那座楼拆了。它的历史真短。

问题是，虎丘路50号文汇大厦不存在了。我在那里工作了四年，可是，从此以后，那里是哪里啊？

为写这篇短文，我在百度上查找到一篇学术文章，在北京某建设工程有限公司的网页上，题为："22层高楼爆破拆除方案探讨"。我得借着这篇讨论定向爆破的文章，才能得到文汇大厦这个建筑的一些准确信息。这个讨论要把它炸毁、最终也得以成功实施的方案，成了这个建筑物曾经存在的证据。

2014 年 6 月 11 日

◇ 作者简介 ◇

张新颖，复旦大学中文系教授，著有《沈从文的后半生》《20 世纪上半期中国文学的现代意识》等。

关于跑步，我知道什么

张业松

三 城 记

杭州：早晨的西湖

薄雾轻笼，夜气未除，沿湖的步道上布满潮润的痕迹。湿重带沾灰不起，清洁工早起工作，原来还有个作用是可以避免扫街扬尘，使他们的工作最大限度地为公共生活增进了福祉。湖边活动的人群，明显多于夜间。多数是晨练的老人，有成群结队跳操的、练剑的，明显从很远的地方骑自行车来，相约聚齐的。也有赶早的游客，夫妇带着十来岁的女儿，抓紧长桥一带人少的机会，摆姿势拍照；三五成群的少年，在空旷的苏堤中段大声嬉闹，所有人都笑得十分恣意。有阵容整齐的香客和拍客，前者一律斜背褐黄色的香袋，成一列纵队快速而静默地向沿湖寺庙集结；后者装备的雷同让人疑心他们来自同一个团队，却并不扎堆，而是三三两两分布在断桥以东的整段北山路上，重装长镜头一律指向湖心一艘孤零零的大游船。当然还有晚上碰不到的跑友，着老头衫的矮壮大叔跑得大步流星，满头冒气；一身黑的瘦高大哥面色焦黄，告诉我雷峰塔路段没有近水通道；蓝色 Kappa 套装的健美帅哥，脚下是一双上海产经典款双星胶鞋，从我身后赶上来，步态潇洒地领跑了我一段，其间几次回头看，而后在将要拐入五公园时收脚，偏出了湖岸。

西湖好，最好的是围绕着人的事事物物。垂柳挂绿了，近看是一粒粒的米苞间距匀称地从枝条上膨出来，只有个别吐出了芽尖，远远望去却是一路轻浅而明确的绿意。步道和旁边的草坪上，松鼠窜过，迅捷地上了树，躲在背人的一侧，探出脑袋观望一下，更快地往更高处攀。鸟雀在身边起起落落，多数是我叫不出名字的好看的鸟，也不缺灰扑扑的麻雀。远处湖面上，一处看来是有意设置的栅栏，出水的部分不多，也不够整齐，却足够一群体型庞大的鸟类停栖、展翅。如今的西湖，据说一天三次注入清水，水质应该很好了，可怜见也会有翻白的鱼，一条尺来长的鲇鱼，在近岸的水面昂头垂尾侧躺着，腮颌犹在微微翕动。

早晨的西湖，一定还有很多东西被我忽略了。不过没关系，即使是被我注意到的这些，也并没有什么特异。在中国的生活里，西湖是如此经典，以至于每个人都可以从这里找到最熟悉的美好和最亲切的记忆。来到这里，我们是在温习一种最好的生活，最好的生活很丰富，只要撷取到一点点，我们就已经够满足。

今早，沿前晚跑过的路径，顺时针再做环湖跑。6：47 出发，7：53 返回，中途绕苏墓三匝，拨了一个电话，耗时与前晚大致相当。这是此次杭州行的告别跑，也是我前年东京行以来的第一次晨跑。

2010 年 2 月 22 日

沈阳：昭陵真大，东北真绿

沈阳归来。脱离了连续多日每天两顿大酒的腐朽生活，我的身体表示状态稳定。七月以来，不，六月以来，各式酒会未免太多了。伐性之物，少来少来啊。

第一次去东北。与小女偕同一干人等，经沈阳转桓仁县，住三晚。去之前知道要看一个名叫五女山的景点，但对它是什么样的景点、所在方位、所属区域等，一无所知。第二天车子开到山脚下，进了博物馆，才知道原来是不得了的扶余王子朱蒙的发迹之地，史称纥升骨城的，现在是世界文化遗产高句丽文物遗址的一部分。免不了瞻仰崇拜理解想象一番。此城建在海拔一千五百米左右的五女山山顶，呈长方平台型，四面悬崖绝壁，端的易守难攻，是初立基业的小国寡民的理想聚气之地。从山顶下望，又有一奇，奇在山下浑江水系屈曲盘绕，不仅整体上呈龙腾之象，而且与高句丽王城和桓仁新城各自所在的区域组合，恰成太极图造型。史载，高句丽虽曾数度迁都，最后落脚到平壤，但历代国王每有大丧，都要回纥升骨城祭祀。是不是因为恋恋难舍这个太极图和这条龙呢？酒喝得太多了，天天醉生梦死，念头闪过也就过去了，没有考证研究啊。第三天，游了国家地质公园望天洞，那也是一奇。洞子在地底下高高低低，上来下去，宽敞处堂庑特大，视野开阔，逼仄处一人容身，当面岩壁，穿行其间，让人大有不知梦中第几重的感觉。

第四天回到沈阳。发现驻地旁边是个叫昭陵的所在，请教得知，乃前清太宗皇太极的寝陵，如今是市民公园，早 6 点前晚 6 点后免费，不免见猎心喜。第二天早早起来去晨跑，没有戴表，没有计程工具，也没有园林大小范围概念，顺着有路有人的地方，跑了个大概。刚才用谷歌地图（没错，谷歌又回来了）测量了一下，跑过的路程为 6611.5 米。这个路程在园子里圈出的区域，大约相当于整个园区的 1/3。出来的时候看介绍，整个园区的面积为三百三十万平方米，其中水面 30 万平方米。搁在上海，就得是好几座共青森林公园了吧？所以，昭陵的大，那是真大。跑的过程中，我看到东门附近有一处地方建了塑胶跑道；寝宫北侧有人在喂松鼠；误入西门大路一侧的林区，那里面树大林深，看起来就是一片原始林。跑完找到中途停在一处广场等我的女儿，之后一起游园。女儿特别有兴趣于树上的果子。园子里的树有的结了红果果，有的长着黑果果，看到一种橙果果，还有好多绿果果，端的是品类繁盛，看之不尽哪。

回到上海，一出机场大门，湿热扑面而来，令人不快。东北的气温和体感舒适度，显然与上海相差了不止一个量级。离开桓仁的时候，记住了两件事：当地森林覆盖率超过 70%；浑江水库是整个辽宁和东三省全境的饮用水水源地。去望天洞的路上，空山新雨，满目青翠，车行山间，沿途移步换景，有水皆活，令人大为感叹：原来所谓江南美景，都是文人炒作，和这里相比，也只是寻常啊。

7 月 28 日

重庆：你怎么知道我是老师?

在重庆，被哥们儿带到站西路去吃腊猪脚火锅，味道真好，呼啦啦一锅很快就没了。哥们儿把手伸过头顶，大力挥动着，同时大嗓门喊：老板儿，再加一锅！漂亮的女主人远远应一声：好哪，老师，马上就来！我心想，看来这家店确实是哥们儿的老据点了，跟老板儿混得很熟。饭后决定去磁器口喝茶，顺便看嘉陵江的洪水，感受下抗震救灾的气氛。洪水确实起来了，本来打算去的平时停在江心河滩上的茶楼船，已经浮到了磁器口正街的街口。口子上堆了很多用大厚油布蒙着的物品，以及摞在一起的塑料椅子。这些物品的尽头，离水面垂直距离 3—5 米的码头台阶上，或坐或立一群城管，大约就是在警戒水情了。哥们儿说，去年冬天嘉陵江都快要断流了，没想到现在满成这样。但要说“抗震救灾”，那还离得远。码头左侧是一家青旅，在临江露台上设有茶座，大概本意是为住店的客人服务的，比较靠里，座位也不多，我们进去时没有别的客人，所以很安静。在那里听水声，说闲话，看江流拐弯处的小山被淹去山脚，剩盖满房子的上半截屹立在翻卷畅流的浊水里，被繁密的灯光衬托得很有点通透玲珑的意思。这样的重庆夜生活，确实很别致。点单的时候，也是年轻漂亮的女老板，对哥们儿的要求一口一答应，总结陈词也是：好哪，老师。

在重庆做老师，社会认知度这么高，走到哪里都被人敬着，哥们儿的这日子，过得可真叫舒坦。我一个外地人，重庆话都听不全，跑来跟着“老师”混，可算是走对路，跟对人。早上在宾馆吃饭，问淘面的师傅，可不可以给我一碗不要放调料的，早上不想吃太辣。师傅说：这儿有不辣的调料的，老师。这就直接称我为老师了。我心里一则以喜，一则以惧。喜的是也被人敬了；惧的是，餐厅师傅都知道我的身份，这宾馆（为了照顾好客人）工作做得未免太到位了。心里这么嘀咕着，到了重庆图书馆。填单，办卡，进阅览室刷卡，索书填单，一切都是例行公事，身份信息对管理员是公开的，所以，整天被他们叫老师，我倒也安之若素。当然，人敬我一尺，我敬人一丈，我回赠给她们的笑脸也就格外多些，差不多整天笑嘻嘻。想想啊，去过的其他图书馆，哪家不是“14 号”“27 号”地打长喊？还是这里好啊！论到服务宗旨，我看重庆馆的应该是馆藏的东西生怕你看不到，而别的馆基本是生怕你看到，差别很大。

晚上跑步前，去了趟超市。买几个水果，称重时没注意排队的方向，站在了与那边两三个人相对的一侧，被售货员提醒：要排队的，老师。心里汗一记，这样地被叫一次老师，不是什么光彩事。但问题是，她怎么也知道我是老师?

就在我乖乖排队的时候，另外几位“老师”也被提醒了。我看着身边密集度这么高的“老师”，渐渐明白，这重庆人的“老师”，莫不是约等于上海人的“师傅”？写这日志前上网一查，果然。

称不熟悉的人为“师傅”，是工人阶级地位崇高时代的遗迹，师傅是个敬语；见人称“老师”，是“尊师重教”时代的新风气?我跑过的地方不算多，这样的称呼给我留下强烈印象还是第一次。拿“老师”做通行的敬语，说明在重庆人心目中，“老师”的地位的确崇隆一些。

晚上跑的是重庆师大的操场。天气凉爽，跑得轻松。

2010年8月24日

2010上马赛后

1. 操场五千，果然排酸

上马结束，先睡了一大觉，大到差不多十二小时，这才慢腾腾地起来，收拾昨晚困得来不及收拾的物事。午后坐下来上网，正打算原创上马经历，忽然嘀的一条短信：“Z老师：我在新院教学楼等你。你慢慢来。”大吃一惊地记起，原来今天下午还有答应新院的一堂课。这个提醒不仅及时，而且相当有爱。其时我马后延迟性肌肉酸痛发作，起坐行走，确实只能“慢慢来”。但是，又不能跑到课堂上去说，我昨天跑马了，忘了讲课的事……于是，努力，下楼上楼跑平地，以最快的速度慢慢奔驰，总算赶在13：30前到达新院。李老大已双臂抱胸，双腿大叉，在楼下等候多时……Anyway，我没误事。晚饭后，腿部酸痛越发厉害，我无所用心地东逛西逛，在跑步论坛搜着照片时，看到马老师号召排酸跑，很是进行了一番思想斗争，本来都回了帖说降温太冷我明天去吧，接着又反悔，决定还是尊重老跑跑的教导，勒个去，豁一记！

现在是豁好回来了，各种艰难，各种美满，就不详说了，各位还没有去排酸跑的，赶快去，好处很大。且容我先来抒发一下顺利完成人生第一个全马的伟大情感。全马啊，我终于跑完！身体啊，没有伤残！脚底啊，起个水疱！成绩啊，还有巨大的成长空间！……

昨天天气很好，气温适宜，赛道安排总体上好于往年。原来预计最后20公里折返会比较痛苦，但因为有风，头顶中环和两侧行车道的车辆废气很容易被吹散，对比赛也没有大的妨碍。我只是在20公里左右的一小段路上明显闻到废气。另外一个意想不到的福利是，折返回来的最后10公里，完全是在中环高架路的阴影下跑，无形中为选手遮挡了渐近中午的阳光，既降了温，又防了晃眼。晃眼这事，有够讨厌。赛程中20公里前有一个小折返，回来之后向南，太阳正好在左前方，晃得我头晕目眩。还有，新的赛道上观众不如往年多，我的感受是比往年守秩序。但后来看到被拍得恶性强越赛道照片，很为上海汗颜。

越江隧道赛段，被很多跑友吐槽，我倒觉得还好。吐槽主要是因为与出隧道那一刻的感受相比，隧道里的空气确实比较糟糕吧。同情隧道里那些盛装的警察，他们要在里面待到赛道解封，和我们跑上十来分钟不好比。

整个赛会的组织，我感觉也比往年好。人力物力投入似乎都比往年充足，供水点足够，志愿者岗位分配合理，也都很有热情。昨天正好是国际志愿者日，众多志愿者小朋友过了有意义的一天！终点场地布局引导，比起杭马，优越得不是一点点，可说完全是两个层次……总之我很享受，跑完在找不到组织的情况下，一个人来来去去地在那里转悠了很久，直到联络上吃饱了饭的同学和小琼老师，一同去南丹东路，加入 1984 级同学组织的跑组腐败，践行了与缓缓、大唐、邦瓜等的一年之约，并结识了来自各地的诸多大小牛及家属——去年上马之前就存了联络电话，结果临时失联了。

最后，记录成绩：比赛成绩 4：19：24，净成绩 4：18：23，名次 1549。成绩和名次本来是浮云，我的目标是 5 小时内完赛。主要以前没跑过 25 公里以上，不知道自己能不能坚持下来，所以这次是带着尝试、积累经验和挑战自己的目的，咬牙报了全马。最后能跑成这个样子，自己也没有太多的兴奋。25 公里以前，我跑出的是自己的最好水平，比我通常的 1 小时 10 公里的速度快十多分钟。整个赛程我没有体会到明显的极限感，即使在最不想跑的时候，腿脚也没有明显的不适。我体会，跑到30公里以后，关键存乎一心，你想拼，脚下始终不停，也就成了；意志稍稍软弱，纵容自己停步，也就像我这样，最后几公里，每过一个里程碑，都想走上一阵子，最后眼睁睁地看着4小时的三级运动员标准无可挽回地逝去……最后15公里，我掉速30分钟以上，由此知道自己有多大的空间可以努力，这种感觉，也是相当不错的！

2010年12月6日

2. 校园西侧的路灯

不知什么原因今晚没有亮，但由于有远近的楼宇和马路的灯光透过来，校道上也并不全黑，而是布满了暗淡的光影，经过物理楼以西，感觉会格外特异一些。跑完回来，碰到一群穿着大红裙子的女生从一教前面转过来，带出沉暗中的异彩，令人眼前一亮。然后就是络绎不绝的青年队伍，从暗黑的区域里涌出来了，一路带着琐屑的碎语渐行渐散。看来是一二·九歌会的排练散了场？一队队的孩子，红裙以外，还有紫裾，也有天鹅装，都是最饱满的青春在飘摇跳荡。年轻真好，几句老套的歌谣，就把大家搞得兴致很高，也使这一刻的校园，显得格外美妙。

2010年12月7日

3. 后遗症

马拉松是不是极限运动，似乎是个争议问题，我没有研究不谈，单说跑马跑到一定程度，确实是有极限感的。跑全马以前听人谈极限，我以为主要是指身体上的承受力而言。如前所述，那个我倒是没有的。过程中体验到的最不想跑的时刻，其实是来自心理上的疲劳感。长途漫漫，几个钟点，不歇不休，没有尽头……这种状况到一定程度，情绪上的懈怠是很容易发生的。所以我想想，马拉松人口中最值得敬佩的那些，除了竞赛的优胜者，更应该是持续以稳定的速度不间断地跑完的人，他们一定拥有超强的心理素质，为我所不及。我尽管从未想过放弃，可在 29 公里前后，心理上的软弱却是达到极点，不停地在考虑，如果从这里步行到终点，是不是可以确保 5 小时。最后之所以没有这样做，一是 30 公里计时牌显示为 3 小时 01 分，对我是个鼓励；二是跑了这么久之后停步，又不能彻底歇下来，其实是一件难受的事。记得有一回为了给自己找个停下来的借口，去问道旁的医疗点有没有按摩，那位男医生先问我受伤没有，然后厉声说：没受伤继续跑，不要停，心脏受不了的！他说得对。我每次停下来继续往前走的时候，总觉得心跳加速，喘息不匀，每次都要靠做几次下蹲来调整。反而跑起来的时候，气息是畅顺的。只是跑着跑着，又会觉得这一步一步校短量长的，心里累得慌。

以上第一自然段，中心思想是心理素质。心理素质这东西，够用就行了，只要挺过来，没有后遗症的。这里要说的后遗症，是指医学上叫延迟性肌肉酸痛的那种东西。按译言网的介绍[1]，延迟性肌肉酸痛（Delayed Onset Muscle Soreness，DOMS）“是指运动结束12—48小时后感觉到的肌肉又酸又疼的症状，通常发生在刚开始一项新运动、运动项目改变或锻炼持续时间或强度有显著提高时。这种酸疼是对非常规运动量的一个正常反应，是肌肉修复和构建更大耐力和强度的一种自适应过程。酸疼在运动后两天到达顶点，之后的若干天逐步消减”。这种东西吧，它确实就是这么回事。上马当天我参加跑组的聚会，除了几杯啤酒下肚觉得有些犯困（这应该与头天晚上睡眠不足关系更大些），其他也没觉得有什么大的不适，尤其行走坐卧，比起我第一次参加半马后几乎自个儿挨不回家的惨状，可是强了万分。但第二天中午一觉睡起，酸痛来了。坐一阵子之后起身，感觉整个大腿是僵硬的，小腿不足以支撑全身。往前迈步，有虚飘的惊悚感。尤其是下楼，一步两痛，抬脚腿痛，落脚腿痛。所以那天我能够不误新院的课，其实是不容易的。但也幸亏为赶这个课，逼我咬牙从光楼到新院，又跑了有几百米，现在想来，实际上是起到了“积极恢复”的作用的。还是译言网的文章说，“没有一种简单的方法可以治疗延迟性肌肉酸痛”，但有些方法可以尝试：

等。不需要任何治疗，酸痛持续3—7天。

---

① http://article.yeeyan.org/view/DING/6007.

避免高强度运动，以免增加疼痛。

使用积极恢复法。做些简单、低冲击力的有氧运动促进血液流动。这或许能减少肌肉酸痛。

使用 RICE 法（休息、冰敷、加压包扎、抬高患肢）来治疗创伤。

虽然没有研究证明温和伸展运动可以减少酸痛，但有些人觉得有用。

温和按摩患处。有研究发现按摩能大概减缓 30% 的肌肉酸痛并减少肿胀，但这对肌肉修复没什么用处。

尝试使用一种非甾体消炎药，比如，阿司匹林或布洛芬来降低酸痛感，这对肌肉修复也不会有什么作用。

也有认为做瑜伽或许可以减少 DOMS。

在酸痛完全消除前不做任何高强度的运动。

别忘了在新运动开始前做彻底的热身。有些研究证明在开始非常规运动前做热身可以略减少延迟性肌肉酸痛（运动后的整理则无效）。

如果你的疼痛持续超过七天或加强了，请咨询你的医生。

它的结论是："从经验中掌握什么对自己有效！预防第一。"对于急于寻求解决方案的人来说，这句话正确得没有价值。但是，对于已经有所尝试的人来说，它却是绝对真理。我编编剪剪这么一大篇，要说的是：对我来说，处理 DOMS，积极恢复法最适用。

前天、昨天连续两晚，我按照马老师的号召做了"排酸跑"，或者可以叫 Anti-DOMS Running。第一晚 5 公里，第一步和最初的几百步最艰难。试想那时走都不容易，何况是跑！于是只能小碎步，极慢极慢，以能够保持跑步的姿势、把步子迈起来为目标，把到操场绕上几圈当成对自己的挑战。这样大概跑到一半的时候，变化发生了，大腿前侧的肌肉感觉仍是僵硬的，但疼痛消失了，平时跑步到一定程度时的自如感略有复现。等到 5 公里跑满，小腿、脚步什么的，也都找到了着实感。只是拉伸的时候，马步侧压和横杠正压，双腿仍让我疼得龇牙咧嘴。

再睡一觉起来，效果很明显！昨天比起前天，身体得到了极大的复原。行走坐卧蹲起，基本上不再觉得两条腿不属于自己，而 80% 以上的程度恢复了自主控制。再经过昨晚的再接再厉，跑量加到六公里，我感到，自己基本上就算完成了对全马这项以往的“非常规运动”的“自适应过程”，把整个事情消化吸纳，全盘接收下来了。

嗯，效果好极了！

却又意想不到的是，由于这两晚都只是小跑跑，没怎么当回事，穿着旧鞋就上阵了，结果却落下了一个真正的后遗症：今早睡醒，在被窝里活动脚趾，感到了脚疼！右脚足弓以往跑伤后的疼痛感又来了。这可坏事了，又够我闹心好几天了……

2010 年 12 月 8 日

波士顿之春

转眼五月半，哈佛春季学期已经结束，学校进入 Summer School 时段，校园里“庆祝暑期学校 140 周年”的小彩旗，似乎已经悬挂很久了。都说波士顿的春季短暂，这放眼望去，果然就已经是林木蔚然深秀的夏季了吗？那些花儿：樱花、玉兰、梨花、海棠、李花、杏花、四照花（Dogwood，又名大花山茱萸），各种丁香……从四月中到五月初，也就是半个多月的时间吧，花团锦簇，此伏彼起，依次盛放在街旁河边，园内墙外，说不尽的高大繁华，看不完的阳春烟景，让人误以为好日子过不完呢，说败也就败了。然而败了花，旺了叶，结了果。前阵子一阵风来，枫树飞轮一样的种子落得满地；如今是一阵雨过，晚樱的残花被踩入路砖（Red brick known as Harvard Crimson），梨树的果子也已经大如绿豆了，小小地藏在密叶间，探头探脑颇有些顽皮的意思。

中学时候学《论语》，《子路曾皙冉有公西华侍坐章》：“暮春者，春服既成，冠者五六人，童子六七人，浴乎沂，风乎舞雩，咏而归。”背得纯熟，会得大意，却从来只当它是圣人的风雅，尽管心向往之，也从没想过这情景会和自己有什么关系。直到经历了一场严重的春季感冒，才掂出了“春服既成”四字的分量。自冬入春，换季，可以稳定地把春服穿上身，多不容易。然后呼朋引伴，扶老携幼，在春风煦煦，春日迟迟里出游，那当然是很愉快的。“浴乎沂”，这是说在野外的河流里游泳或洗澡吗？暮春下水，即使是在江南，也有点嫌早吧？但如果只是象征性地洗洗手脸，应该还是可以的。那天忘带汗巾，跑出汗了用手擦，汗渍带进眼睛，无计可施，只好尝试在查尔斯河畔“亲水”。风有点大，河边浪涌卷起沉渣。水看上去不怎么干净，却也不浑。只是凉，浇在手背和小臂上很舒畅，用湿手抹脸，更是快意。起身要走时，岸石松滑，一脚踩进水里，湿了鞋子。这一连串的经历对我来说都是头一次，不免心绪翻滚，很有大肆抒情的冲动。查尔斯河水清兮，可以洗我手；查尔斯河水浊兮，可以湿我足。哈哈，跑啊！圣人们风乎舞雩，咏而归，大概也就是这么个欣快法。

除了花和水，还有动物啊。松鼠在高枝上扒拉的，原来不是新出的树叶，而是一簇簇长得像叶子的果实。去年收藏的坚果还没有发掘完吧，这又有了新食物，难怪它们的毛色日渐鲜亮。各种麻栗色的小鸟，初看都是老相识的麻雀，叽叽喳喳或者叽喳叽喳，大概说着北美方言吧，看来看去，却是有的圆些，有的扁些，有的尾长，有的尾短，有的团头，有的花额……哦！麻雀云雀都是雀，品种繁多非一窝！搞不清楚很正常，说明不曾太寂寞！另有几样却是搞清楚了的。身形紧凑，羽色黑底间黄绿丝光，常常出现在繁忙街道的路沿觅食，来去动作迅速的一种悍鸟，大号紫翅椋鸟，就是如今被视为美国一大公害，为美国农业带来巨大损失（据称年均8亿美元），并危及航空安全的欧洲八哥。这种鸟的一桩最新事迹，是强占了啄木鸟的巢穴，安稳地霸在里面，伸出半个脑袋和一只脚爪，轻松地抓住啄木鸟的嘴巴，抵挡它的反攻。喜欢在晴朗的天气里群起嬉戏，追逐着河面上的帆板上下翻飞，并常常逆风展翅，与岸边的跑者保持同样的速度，用一侧黑漆漆的眼珠从斜上方巡视，突然一个翻身斜刺里掠过水面的，就是海鸥，而不是信天翁。后者主要寄居在深海岛屿，一般不来内河，体型和鼻管异于前者。总是在河岸草丛里睡懒觉，或摇晃着肥胖的尾部懒洋洋踱步的，是典型的加拿大鹅。这些呆头鹅通常是沉默的，一对两对地待着，对于好奇围观的人们爱理不理。即使感到威胁了，也只是努力地张开长嘴，弹动舌头，面向威胁者发出嘶嘶的声音，同时前后挪动短脚，矮胖的身体做出随时准备扑上来拼命的架势。真要作势跟它们拼了，它们还是怕的，扇动翅膀向后闪避。但偶尔也能听到嘹亮的叫声，那多半是它们群聚在一起，为社群活动所激发的时候。它们好像挺热爱这种活动。我见到过晴朗的下午的群聚睡懒觉，阴天的群聚觅食，还有雨天的群聚庆生育？看起来像是。

没有研究过野鹅的繁殖规律，似乎是繁殖能力不太强的。至少到目前为止，查尔斯河两岸结对的野鹅，已有后代的看起来很少。有天跑过 Longfellow 桥，正在费力地辨识桥身上悬挂的维修告示呢，偶一低头，就在近岸的水边看到了一支和我相向而行的小小的队伍。两只胖大的黑鹅一头一尾，中间一溜儿毛色黄黑相间的绒团团的小东西，整整齐齐地首尾衔接着，与大鹅连成紧密的一路纵队，朝桥下游去。我停下来数了数，小鹅一共 6 只。发现我在朝它们看，领头的大鹅一边紧盯着我，一边开始有节奏地伸缩脖子，大约是在预警。殿后的大鹅也开始有了动作。这一动，尾部又落出一样东西，原来是第七只小鹅，刚才大概藏在妈妈的腋下发梦，这会儿醒过来了，有点跟不上趟儿，正急忙往前追呢。鹅妈妈稍作停顿，侧身把它让过来，护进队列，这才有工夫来注视我，并和前面的鹅爸爸协调动作，开始脖子一伸一缩地往前游。看到这一幕，我是真后悔，出来跑怎能不带个相机呢？这可是我看到的今春野生动物繁殖第一窝。才刚刚开春呢，没想到取了头彩的，竟是呆头鹅。

下一次跑刻意带了相机，在差不多相同的地方，果然被我拍到了。不过这回不是在水里，它们上了岸，和另外一个鹅家庭及其他几对没有幼仔的大鹅在一起。几天不见，小鹅已经明显大了一圈，初见犹似小鸭仔，再逢已掉鹅屁股。当我试图把卡片机迫近小鹅拍特写的时候，大鹅们向我发出了愤怒的嘶声。但有此作为的似乎仅限于小鹅的父母，其他的鹅们，明显是惊慌临头各自飞，以配对为单位朝不同的方向散去了。

这一段跑得少。不跑步的日子是黯淡的，哪怕也有聚谈的快乐，出游的兴奋，各种忙碌的充实，但终究，身体不能舒展，视野不能开阔，感知不能打开，气脉不能流通，憋得慌啊。在我憋屈的日子里，一整个短暂而繁盛的波士顿之春就这样过去了。流光骤影，片段记忆，所见不广，所知有限，写下来聊作凭据吧。谁要问起来，就说，你看，我在这样过日子。

2011年5月16日

没有陌生人的世界

没有陌生人的世界，这是一句广告语，多年前我在上海南京路“七重天”楼下的一家服装专卖店第一次看到，留下深刻印象。巨幅的彩色招贴画布置在店家门面的上方，画面顶端用中英两种文字写着这句话，配图是一群各式肤色的年轻人，身着店家色彩明快的夏装，在非洲草原上冲着镜头欢笑。那是我以“外地人”的身份去到上海求学不久，正处于对寝室和班级以外的世界充满好奇，同时又感到不安的时期。这样的世界大同的图景和想象，对于我这样好不容易跳过“农门”，对社会“隔膜”深有体会的年轻人，确实是莫大的安慰。

虚伪也好，虚幻也罢，这么些年，佐丹奴品牌的服装在我生活中的痕迹可能越来越淡，这句广告语，虽然我也并不常常记得，但每当想起来，心里总会有一丝感谢和感动。感谢商业，它在追逐利润的同时，还创造了一种价值，为减少人间的隔膜，做了有益的媒介。就像蜜蜂传播花粉，来自对自身目标的不遗余力的钻营。没有陌生人的、友好而充满欢笑的世界，始终是值得追求的，就像繁花似锦，而不是景气萧瑟的春天。

“9•11”十周年，我在美国，天气很好，但我只是傍晚出去活动了一会儿，大部分时间在家里。看到很多影像，历史的和现场的，纪念活动、奥巴马讲话等，切近感受美国人的爱国和对生命的尊重。纽约的纪念会请所有受难者家属代表上台，每两人一组，念出一位受难者的姓名，场面肃穆，仪式动人。奥巴马说“9•11”使美国更强大，显示美国不可摧毁。这个说法当然有他的道理和必要性。但另一方面，遥远陌生的世界上的一群人，不辞万死跑到强大的美国，劫机炸楼，他们想要得到的，应该不只是“美国依然强大”的回答。这个事件尽管已经过去十年，但我想，它所包含的意蕴，也许并没有被美国和世界所穷尽，而还有待进一步消化、辩论和体认。

十年来，在“反恐战争”的名义下，美国为自己指认了更多的敌人、异己者和战略对手，某种意义上进一步使围绕自己的世界变得陌生。一个充满陌生人的世界，令人不安，带来罪恶，引起惩罚。

2011 年 9 月 14 日

扬马纪程

2011 年厦门国际马拉松赛之后，我没有参加过正式的马拉松比赛。在美一年，眼睁睁看着波士顿马拉松赛在身边举行，自己却只能在明晃晃的太阳下为春季感冒捂汗，体会想汗而不得的悲催。马拉松运动在美国，群众基础深厚，差不多每个你想去的地方，都会有一项大型的年度赛事，其中大概以波马、纽约马、芝加哥和旧金山马最为著名。此外沿海岸线，还有很多规模不大，却因风景一流而诱人的选择。我错过波马，最终也没有参加美国的任何一个马，说起来主要原因倒还是，在波士顿自己跑啊跑得太爽了。每次在查尔斯河畔，尤其是河南岸跑着的时候，望着在 DCR（Department of Conservation and Recreation）的 Bike Trial 上前前后后跃动的人群，我总是对自己说，跑在波士顿，天天都是马拉松，参不参赛真的是浮云。但长期不参赛，只按自己的节奏跑，也有一个问题是状态缺乏变化和调整，时间长了会不利。所以，作为长时间间隔之后参加的第一项赛事，2012 年扬州国际半程马拉松赛的体验还是值得我好好记一记的。

不是刻意挑选，事先也没正式报名；又因日月光华的 ID 长期闲置已不能用，导致没能及时留意复旦跑协的消息。事到临头，看到有人在豆瓣放号，算算日程、难度，觉得合适，就赶紧要了一个。

比赛在 4 月 29 日，正好是五一假期的第一天，本来打算跑完顺便逛逛南京的，结果行前搞不定房事，只好放弃。买了 28 日下午的高铁票到镇江，始发站是虹桥。提前一个多小时去乘 10 号线，本以为笃笃定定赶得上的，却还是在高铁站被挤得满满的自动扶梯和安检的长龙耽误了。于是，得以见识高铁改签和退票业务的巨大业务量：高铁站内的整整一个售票区被分配来干这事，每个窗口前仍然大排长龙。热啊！春末夏初的阴郁太阳天，昏蒙的西晒日光从高大的玻璃幕墙照进没有冷气的站厅，令人腻烦。更郁悴的是，那里没有 Wi-Fi，手机信号也时有时无，拍了照写了微博死活发不出去。我这就算是出师不利，一挫再挫至于三四挫吗？幸好还带了 kindle，一部早就该看的《张马丁的第八天》，帮助我克服了改签之前的焦躁感和打退堂鼓的念头；接下来，又帮助我打发了等待的无聊和站票的难熬。然后，一切就很顺了。转车过江，到店吃饭购物洗澡睡觉，一应故事，略过不表。

由于之前的一晚熬夜，路上很累，我睡得很早，也睡得很好。次日醒来，差不多五点，正是恰当的时刻。拉开窗帘，是微雨的天气。窗前一片拆得半空的荒地，中间阿黄、小黑、小白，不多不少正好三只土狗，在那里摆尾凑鼻，就着薄明的晨光打招呼呢。等它们招呼打好，各自找到位置，呈品字形在空地上卧下来，准备享受一天的好时光了，我的早点也已经吃好，准备出门了。

我要赞美扬马的组织，使我一转上主干道，就搭上了赛会的摆渡车，消消停停地抵达了起点。与我同时抵达的，还有几车看上去明显是有组织的中小学生，个个贴着号码布。我想要是体校的，这规模也太惊人了吧。没忍住好奇，就近找到几个下来的孩子问了一下，回答很骄傲：我们是外语学校的！还好，看起来应该是跑十公里的，号段和半程的不同。因为到得早，我得以进到最接近专业运动员区域的起跑区。候场期间，看着他们在一小段隔出来的区域来回跑动热身，不禁感叹，扬马真是年轻，除了业余组有不小的少年参赛群体，专业组里面的中国面孔，也明显孩子气。都是年轻选手来刷“国际”级别赛事的记录吗？

跑起来感觉还好。前两公里忙着擦汗。雨一直没有下下来，天气闷热。5 公里的时候大概才把呼吸调匀。其间碰到一组奇装异服的外国人，问了一句“Where are you from ?”回答：“Finland ! Wow, cool! Welcome to China , enjoy your run ! ”往下，就是与路旁的啦啦队击掌，在“官方摄影”镜头前做骚，找饮水点拿个瓶子从自己头上往下浇……各种杀时间，各种求舒坦，直到在 10 公里左右的时候，忽然看到一面貌似熟悉的大旗从身边掠过，定睛一看，赶紧大叫：复旦！原来是复旦的少年英雄 xiaoxu 啊！他一看到我，立即说，你来扛会儿旗吧，我想小便。我一听很兴奋，正愁脱离了组织一个人无聊呢，有机会扛旗多拉风。于是就扛起来。复旦的这面旗，只是在一面印有“复旦跑协”的文字，想要让道路两侧的人都看到，得把它挥一挥。我挥了一挥，又挥了一挥，挥到四五回的时候，一看坏了，xiaoxu 已经跑得看不见了，我也挥不动了……然后是一位我还不知道名字的英朗少年郎救了我，他接过去往前追 xiaoxu……直到跑完，我再没见过他们。

半路的时候，看到有个年轻人躺在路边，一群工作人员围着他在急救，也有人在打电话催急救车。心想这天气，确实不能太拼啊。干这样的事儿本来是为锻炼身体，舍本逐末去追求其他的，出了问题可不值。这样想着，脚下不免拖沓了一些，基本上只以保证不停步为目标了。然后，也比较有心思去注意赛道两侧的风景。看得出，为了这项赛事，扬州市是花了本钱的。后半程基本上环绕瘦西湖核心景区，跑在这里，空气的清新度和体感的舒适度明显好些。我寄宿的青年旅舍墙上有一句涂鸦，写着："扬州不大，走走没差。"封了马路，关了景区，专供跑步，那就不仅没差，简直就是奢侈豪华了。

最后顺利完赛，成绩2小时1分50秒，比个人最高纪录慢了5分多钟，也还勉强过得去。回头看看，关于赛事说了不少表扬的话，按作文规矩，最后也得说说不足，帮助主人找找差距。这个不足对我来说很要命：赛后我问了包括工作人员、志愿者、警察在内的不下十人，没有一个人能告诉我赛会的疏散车辆停在哪里；按照这些人指点的路径，我花了整整一个小时，才在赛段管制范围之外找到出租车。在车上，我听司机抱怨了一路：扬州人骂死了，到处路不通……

我想，扬马的赛道设计可能确实有个问题：它的好几个赛段是在纵横交错的主干道上来回横越，封几个路口，等于阻断整块由大马路组成的区域……无论如何，希望他们越办越好吧，我写得累死了！

2012年4月29日

黑龙江经验值

跟随革命的队伍，“来到了太阳岛上”，顶着大太阳转悠一圈，其实也没什么别的意义，除了增加一点儿经验值。这世上充满了莫名其妙的事情，增加经验值也没什么别的意义，除了显示自己活着活过。自己活着活过又有什么意义呢？这问题古人想得很多，也找了很多办法去对付想完之后的空虚，然而似乎终究仍是空虚。所以，人生在世，忙来忙去，其实是顶没有意义的一件事，除了压迫和反抗，无耻与高尚，愚蠢与明智，仇恨和爱情……之间的较量。

以上是莫名的感想，请自觉掠过。当晚跑的是哈尔滨，沿尚志大街，经田地街、石头道、森林街，到尚志胡同，到松花江岸，在两道大桥之间跑一个来回，原路返回。不精确计程约 10 公里，跑完汗量约当一周前在上海跑 3 公里的状况。到底是冰城，夏夜很宜人。遗憾的是，在这深夜仍然繁华的路段，除了我自己，没有遇到另外的跑步人。他们都去恋爱了吗？他们都去恋爱了呀！沿江一线多情侣，莺莺燕燕太繁盛！

然后到了漠河县北极村，下午艳阳下沿界河往下 6.6 公里折返。对岸沿线及小村唯一的经济活动，是村东两人驾车到滩头，钓鱼。这边除“北极第一哨”军事设施外，沿线直至极目处，是连绵不断的脚手架、花样繁多的开发项目：民俗村、古驿村、金马商务度假区、度假别墅、钓鱼岛……大型泥头车、豪华商旅车不时驶过，卷起尘土。但在这片由河流、青山、白云、蓝天构成的神奇的土地上，这些世俗的尘嚣随起随歇，能够停留的时间很短，尚不足以影响我享受清新的空气和自由的清风。江上，由不同的旅游公司掌管的本国大型游览船和观光快艇各行其是，行驶路线看起来都过于靠近对岸。对岸的边防快艇从东边驶过来了！一条后还跟着一条，艇尾大大的圆形设施，看起来像大喇叭，它们会怎么样吗？符拉迪沃斯托克那边，不是刚刚发生了炮击事件吗？为了看清形势，再来一个小折返，往回跑一段。它们的行驶路线十分接近己方岸线，明显打扰了它们村头的两位钓客。它们擦着岸线，驶过了中国的大型游览船。它们继续擦着岸线，驶过了中国的观光快艇，什么都没有发生。祖国的边疆，水流云走，十分和平。

抬眼望天，太阳的斜下方一朵纤云呈完美的圆环形，右下角一团冠状凸起，整个被阳光照射得晶莹剔透。伸出手去，那是谁的赏赐？

这一刻，我处于一个边界的位置，同时拥有两个时间。正在用着的电脑和正在播出的凤凰卫视显示的时间是 21：24，手机显示的是 11：24pm。说起俄罗斯巡逻艇的事，同宿的老师告诉我，国界是按主航道划分的，不是按河道的物理中间线。哦，原来如此，又增加了一点儿边疆经验值。

2012 年 7 月 18 日

杭州山地越野跑

3月23日到杭州，参加了“春季杭州西湖跑山赛——2013亚瑟士杭州山地马拉松”。本来越野跑对我来说也不是新鲜事，去年9月到天津参加过“2012户外探险黄崖关长城越野跑比赛”，25公里算是体验过了，原本以为这回的杭州山地越野也会差不离，只不过是由25公里换成了马拉松，距离长一些。没想到却不是。这一趟长了好几个见识。

一是山地是山地，越野是越野，不是所有的山地跑都叫越野，也不是所有的越野都要在山地。黄崖关的赛道主要是由山间公路和景区长城组成，并不很野，只有一段果园和乱石河道穿插，算是比较野些。杭州这次，尽管也行经山间公路，却只是过渡和点缀，主要路段是在上山，下山，过涧，上山，转弯，更上，下山，过马路，上山，下茶园，过村寨，爬大坡，穿茶园，上山，下山，上山……请了解，除了在山脊上的起起伏伏和村寨的石板路，其他绝大部分的路段，都是走的人多了也便成了的沙土林中路，这叫越野。它有很多泥，也有野趣。野趣在于沙土路你可以放肆逞强，不用担心膝盖会受很大冲击。在于在这种路段下山越是小心，也许越容易出事。在于上山的时候，也许反而更有机会超人。在于就算摔了两手泥，也有机会找个小水潭或溪流洗洗，不用担心脏手擦汗弄得满脸都是……

二是别以为你跑了42.195公里，从早到晚不歇不休地在路上奔忙七八个小时，你就很牛很了不起。也许你是比那些成天在家里把自己坐得肚皮滚圆的家伙牛一些，但说到底，无论如何辛苦如何努力如何自我战胜，你都不过是在玩自己的，怎么好意思自称了不起？真正了不起的，是那些分布在艰难赛道各处的志愿者。他们主要是高龄银发的老头老太大娘大叔，主要负责计时打卡补给引导等，加上少数负责技术服务和蹲点拍照的姑娘小伙。赛前开幕式上，杭州市体育休闲行业协会的官员说，总共有380名志愿者。而按@xmonkeycn做的“比赛控”的赛后统计，这次共362位选手参赛，344位选手完赛。这是说，志愿者人数还要多于参赛人数。我想说，他们不一定是我见过的最热情的志愿者，却是我见过的最贴心、周到、有效和敬业的志愿者。他们一定是熟悉这片山地的资深户外活动者，对于我们这些也许是初次参加山地越野的生瓜蛋子最需要什么，能够给予最恰当的响应。哪怕他们没有“官方”的水和食品给你，但一口水、几粒花生、一块蛋糕，这些他们自备来应付漫长一天的消耗的物品，毫不犹豫地贡献出来，已经是他们最大善意的体现，足以给人温暖。漫长一天，天气预报中到大雨，山间岚气弥漫，到处湿漉漉的，我跑完不久确实下起了雨。我不知道分布在42.195公里路段上的每一位志愿者确切的服务时间是多长，在那样充满湿气的林间，不像其中两位大叔那样喝几口自带的白干会不会有问题。我只知道，在山峰的最高处和山林的最深处，我经过每一处服务点前，志愿者都早已就位等待；我经过后，他们还将继续。这次比赛的关门时间是 8 小时，最后一位完赛的选手用了将近 9 小时；最早到达终点的是男子半程冠军，用时 2 小时 40 分。合理推算，大多数志愿者的服务时间应该是多长呢？我算不出来，我很感谢他们。我想说，他们构成杭州最美的风景，体现杭州最美的心灵——而且，除了一枚白底红字铁皮赛事徽章，我没有看到他们有任何统一装备。各种邻家叔伯阿姨齐齐出动，到山地的各种匪夷所思的位置，不带一丝勉强，明显也把这当成乐趣地为你提供服务，这种感觉，我在别处也碰到过，但不像杭州这次的感受这么强。也许和赛事特点有关？开放场地，路人也不少，志愿者就是跟你最贴心、感觉最亲近、专门来帮你也确实能帮到的一群人。感觉太好了！我从南高峰下来，拐弯找了棵大树撑着压腿，一会儿就有大爷跟过来，问是不是抽筋，叫我两腿并拢站好，他大高个子蹲下来，徒手拍打我的膝盖前后左右。说，这是足三里位置，拍拍好很多。他双手的力道真足，拍着膝盖，大小腿的肌肉都随之牵动，拍完感觉果然好多了。

三是进一步认识了自己的身体。以前跑马，鞋子多是美津浓，腿脚各种小状况也都出过，最常见是足趾损伤、趾甲脱落，尤其最长的第二趾。这次穿的赞助商亚瑟士（ASICS）的鞋子，整个跑下来都没觉得有什么大碍。跑完洗个澡，接着赴浙大老师的约，冒雨溜达来溜达去，得意于自己并没有跑残。但刚才发现，还是有点小问题，这次是两足的第三趾，都有点肿，试着剪趾甲，血水流出来，原来是靠第二趾的一侧挤出水疱了。下山跑的时候为平衡，很多时候要横着落脚，当时就觉得脚趾挤得有点疼的，果然有事。不过程度比以往轻。对于以后选鞋子会有帮助吧。

比赛结果，我以 7 小时 23 分 38 秒的成绩，赶在关门前完赛，并赶上了女子全程的颁奖仪式。觉得最奇妙的是，一位女选手和我差不多时间到达，她获得了女子全程组的第五名。仍按“比赛控”提供的数据，分类统计：这次比赛男子全程报名人数 185，完赛 166，其中 5 人分段记录不完整，除去本组成绩不完整者，鄙人荣获男全第 115 名；男半报名 160 人，完赛 128 人，其中 3 人分段记录不完整；而女子全程报名 22 人，完赛 16 人，1 人分段记录不完整；女子半程报名 49 人，完赛 32 人，1 人成绩不完整。说明这种太虐的比赛，女选手参赛的勇气还是要差很多的。

真心很虐啊！我一路跑一路想，早知道是这样就不来了，知道是这样以后肯定不来了……然而竟然也跑完了。然后转念又想，没准过段时间，好了伤疤忘了痛，下次还来？

此外，这次还有很多愉快的会见。遗憾的是因为自己的拖延症，没有完成早该完成的任务，导致行程紧，无法尽兴。青山常在绿水流，希望将来还有机会，得享很多说不准的万一……

2013 年 3 月 24 日

“一百万的天气”

——2014 台北渣打公益马拉松跑记

2 月 23 日凌晨，我站在凯达格兰大道“2014 台北渣打公益马拉松”42 公里竞赛组的起跑区，与刚结识的中国台湾大学商学研究所学生何冠昇先生聊天时，其实心里并没有底儿，不确定自己能否顺利将这项比赛跑下来。我们聊得最多的，是身后“总统府”里的“跑友”马英九，猜想他作为一位资深跑友，如果上班够早，眼看着这么热闹的马拉松赛就要在自己办公室外面开跑，却不能参加，内心一定有纠结吧！冠昇说，他当市长的时候是可以来跑的，当了台湾地区当局领导人后随扈一大堆，来跑的话，就要变成扰民了。由此我说到去年在大连参加滨海路木栈道马拉松，遇到一位离任的市委副书记来做摄影义工，很积极地跟着选手跑前跑后，作品投送到赛事附设的摄影赛，有一张我的照片好像还得了奖。冠昇表示惊讶，说没想到大陆的高官也这么亲民了。我哈哈一乐，说，大陆的官员本来就是“人民干部”嘛！

天气非常好，20℃上下，最适合路跑的气温。随着 6：30 起跑时间点的临近，湛蓝的天空覆上了鱼肚白。白云逐着微风，下弦月映着中华民国旗，构成了人丛中望出去的风景。渣打银行以亚洲为中心，在全球多个城市赞助马拉松赛事，一些城市如中国香港、新加坡、曼谷、吉隆坡等都已举办多届，享有盛誉。其中，中国香港作为渣打系列赛中资格最老的赛事（始于 1997 年），每年的参赛资格都被抢得很厉害，所谓一票难求。台北今年是第一次办，号称“渣打银行在中国台湾的第一个马拉松——2014 台北渣打公益马拉松”，我借寒假到台大访问研究的机会得以参与，躬逢其盛，算是十分有幸。无论如何要跑出一个像样的成绩，不能浪费了这么酷的机会。心里一边念叨着，一边随现场领操做着准备活动。所以有点担心，是因为上个周末刚随“《跑者世界》高雄马拉松跑团”参加了 2014 高雄 Mizuno 国际马拉松，全程跑下来，右脚掌和右四、五趾都起了水疱未愈，腰腿的疲劳也不确定是否已恢复。高雄马跑出的实际成绩是 4 小时 44 分 19 秒，仅得一般，与去年年底在澳门地区银河娱乐国际马拉松跑出的个人全程最好成绩 4 小时 11 分 38 秒相去甚远。中国澳门马的比赛日期是 2013 年 12 月 1 日，与 2014 年 2 月 16 日的高雄马相距两个半月，成绩落差这么大，也是奇怪的事。其间还曾于 2014 年 1 月 2 日参加了厦门国际马拉松，成绩 4 小时 45 分 34 秒，相比之下高雄马要算略好，说明遏止了状态进一步下滑的势头吗？所以这回真是挑战，感到有点压力。说起来，我跑马拉松已有近 10 年的历史，半程、全程、越野各种完赛纪念牌攒了也有近 20 块，但一直以来都是自己玩，从没受过什么正规训练。头些年跑比赛，也基本是跟着学生团队混，每年能参加一两次正式比赛就觉得很了不起。渐渐地玩出瘾头，结识更多跑友，开始有意识地主动寻求这方面的信息，是近两年的事，由此也才开始比较密集地参加各地赛事。

回头数数，个人数据方面值得一提的几项记录，都是近年取得的。除了上举个人全程最好成绩（很遗憾，这个成绩是借用跑友的报名号参赛取得的，正式记录并不在我名下）外，还有：半程马拉松最好成绩：1 小时 55 分 30 秒，2012 年 11 月 18 日杭州国际马拉松赛；最艰苦的比赛：2013 年 7 月 20 日台南“府城安平仲夏夜幸福御守星光马拉松”，赛会官方发布的起跑温度 31℃，5 公里处实时温度 35℃，晶片时间 5 小时 54 分 0.29 秒；用时最长的比赛：2013 年 3 月 23 日春季杭州西湖跑山赛，“2013 亚瑟士杭州山地马拉松”，时间 7 小时 23 分 51 秒。

所以，这次我跑台北渣打，首先是要挑战个人跑步史上的另一项记录：一周之内跑两个全马，以顺利完赛为第一目标。其次，希望成绩略好，至少不要在高雄马的基础上下滑太多，以免导致今后一段时间信心不足……

开跑了！前方朝霞映红了天空，街道尽头显出台北 101 的剪影，近处楼群被逆光衬得更加黝黑。充气塑料做成的起跑拱门近在咫尺，身边的人群却迟迟没有动静。原来是起跑点的计时感应区做得太小了，千军万马过小拱门，必得像在中国台湾各处那样，排队讲秩序。事后成绩记录显示，我和冠昇站在离起跑点 50 米以内的地方，用了大约 11 分半钟的时间才通过了拱门。冠昇说他之前腿受过伤，大概跟不上我，起跑后不久我们就挥别了，各自奔自己的路程。后来在 30 公里前后，我折返回来还和他打过一个照面，看起来他按自己的节奏跑得很不错。

我因自知艰难，事前准备工作做得还算充分。右脚尚未痊愈和容易起疱的地方，事先都贴了便利店买来的 3M Nexcare 舒适绷（创可贴），同时用上了经高雄马试用，效果良好的长套压缩袜、双膝髌骨带。事实证明，这些装备都发挥了很好的作用，有效地避免了以往常常会带来困扰的腿脚疼痛。疼痛并不是就此没有，而是被控制在可忍耐的范围，不至于中途出状况，被迫就医、弃跑甚至弃赛。积这么多年的参赛经验，我算是越发认识到了老家的一句俗话的正确：不怕慢，只怕站。跑马的关键，就在于要确保自己在整个赛程中不停奔跑。这是挑战，也是诀窍。做得到是能力，做得好出成绩。我大概属于那种处于做得到与做得好之间，刚刚达到及格线的状况，参与、体验为主，挑战、提高随缘。但也还是在非常认真对待的层面上从事，而不是纯粹的观光游心态，或者说，能力上还达不到可以把比赛加观光同时轻松完成的层次，鱼与熊掌不可兼得，舍鱼而取熊掌者也。再者，我虽到过台北数次，但活动范围基本局限于校园，对城市的认识，也是捷运（地铁）多过地面，街头风景、市井方位远远称不上熟悉。尽管事前做过功课，知道此次比赛的赛道设计别具匠心，不仅是全台第一次从“总统府”出发的马拉松，也是赛道路线最多元的马拉松。比赛从“总统府”前的凯达格兰大道出发后沿仁爱、光复、信义路，经基隆路地下道再跑上环东大道，路线多变化，一路经过众多地标，可惜的是，我能够识别出的，只有在我的活动范围内随处看得到的台北 101。

直到跑完漫长而拥挤的环东大道上的折返路段，在将近 20 公里的时候进入基隆河谷，我才有精神一振、酣畅淋漓的感觉。太美了，台北河滨公园！这种沿河而建，场地开阔，经过精心设计和维护的开放式的公共绿地，实在是台北公共福利的最好体现。寸土寸金的都市丛林里，珍贵而稀有的亲水场地，作为公共产品以最好的形态完整地开放给市民，还有什么可说的？所以我两年前第一次到台北，发现住处附近的新店溪沿岸有这样的河滨公园，真是喜不自禁，马上就去跑了一道。那次跑得很远，从思源街一直跑到淡水河上的中兴桥，饿得不行了才去武昌街一带找早餐。那是我第一次见识这些地方，也第一次品尝了台北的水煎包，味道好极了，可惜的是没有记住那家路边店的招牌。

台北渣打马声称要“为跑者带来全新的感受，让跑者以不同于以往的角度在精心规划的赛道上开启新视野，体验包罗万象的台北城市之美”，同时特别列入了要经过的基隆河右岸（北、东岸）“景色优美的彩虹河滨公园、美堤河滨公园、圆山河滨公园”，其实他们还忘了列入左岸（南、西岸）的观山河滨公园、迎风河滨公园以及作为终点的大佳河滨公园。这一路基隆河谷的 20 多公里赛段，给了我极其美满的感受，一路不停地感叹台北人有福，有这么好的场地随时可以跑步；感叹渣打马奢侈，换成别的城市，哪里去找这样的将政治中心、核心城区与自然环境无缝连接，两端各尽其妙，差不多平分城市特色的赛道？还有天气，也实在太美啊！太阳升上来，尽管是艳阳天，却有和风，带着南国春天的气息，吹面不寒，减热散汗。而且空中时有来自大洋与深海的急云变幻，这边遮一会儿，那边挡一阵，整个赛程中能感觉到日晒太热的时候并不多。在这样的环境下，马不停蹄，游目骋怀，远处是万年地标 101，头顶有不时掠过的松山机场起飞航班（降落是从另一个方向？），脚边芳草茵茵，绿水盈盈，前前后后是起起伏伏的脚步，声声入耳的加油，沉默而忙碌的摄影镜头……我说，实在太好了啊！不料，却有人接口说，一般吧，太没有新意。新意？原来他的意思是，这基隆河谷是他们平时跑步的场地，沿河可以一直跑去北投、淡水，跑得太多有点腻，希望比赛能搞点儿新意思……好吧，你傲娇、进取、追求无极限的台北人！

好在，另一位在我要超过他的时候赞我状态好，跑得平稳，有后劲的大哥，响应了我对天气的赞美，说，是的，一百万，今天是一百万的天气。在我暗自琢磨这个初次听到的说法的含义时，他使我明白了，比赛日赶上好天气，实在是不容易的事。

好吧，感谢台北，让大家碰到了一百万也买不来的好天气，也让我实现了一周两马的挑战，最终净成绩 4 小时 36 分 23 秒，好于高雄马的成绩。完美周末！

2014 年 3 月 10 日

不是一个人在战斗

2015年京都马拉松在“情人节”后一日举办，特别富于节庆色彩。古老沉静的京都，悠悠千年的市町街衢不会因为一项每年例行举办的群体活动改变多少，但也随处装点了审慎含蓄的欢容。楼头巷尾熙攘闲适的人潮中，也有不少是像我们这样，为这项赛事从日本和世界各地专程赶来，顺道游览的吧？厕身其间，想象自己明天就要成为奔跑在这古老街巷的活力一员，内心怀了小小的激动，逛街拜庙好像也特别有劲一些。

赛事过后紧接着就是春节，热闹忙碌中日子过得就跟翻书似的，梦幻般的美妙和迅捷。转眼京马过去一周，身体基本复原，有时间和心情来过问一番“后话”了。结果发现，出于慎重，赛事主办方还没有发布全部正式结果，只能查到每五公里分段计时及半程、终点的速报，我的完赛净时间是5小时12分20秒，创个人参赛史上新低，头一回向下破5，真是没脸见人了。

但实际上，看着这一项项数着关门时间拼出来的有效成绩，心里还是挺感慨的。马拉松是艰苦的运动，这句话说起来很容易，真正去经历，每一次都各有各的难，就算我是有差不多10年经验的老马，这一次也差点没被整趴下。真是从第一公里开始就在拼毅力的艰苦旅程啊！随时在想，我会不会被迫经历跑马以来的第一次中途放弃？能够拼下来，真是不容易。直到最后两公里在终点附近绕圈时，我还在想，虽然终点就在附近，我还是得跑完自己的路程。这是怎样的一种感受啊！既长志气，也很悲催不是？

之所以这么难，主要是因为过去半年缺乏训练，体能储备不足。自去年九月以来，因为事情多，要适应新的生活，已成习惯的日常跑步几乎处于停顿状态，每月跑一两次，甚至一次都没有的状况是常态。如此直到赛前，已明显感觉肌力退缩，走路快一点儿、路程长一点儿而感到腿脚存在的时候，不免要怀疑，自己还有体力把马拉松跑下来吗？再有一点也是因为老于经验，知道不顾身体条件盲目硬拼容易出问题，有自我保护的意识，所以有意无意间，内心可能也做好了万一之想。如此正反交合共同作用的结果，就是取了一个尽力而为，不勉强自己，也决不轻易放弃的态度在那里跑，速度、路拍什么的都不去想了，保持节奏，也保持节操，一步一步朝前迈吧！

“一歩ずつ前へ，京から明日へ”，一步一步向前，从京都迈向明天，这是我领到的号码布上写着的两句口号（京马提供号码布个性化服务，不特定的话会有不同的随机选择），还真是励志，特别地激励到我。想想也是，42.195+0.07=42.265 公里[①] 的路程尽管漫长，也是一步一步组成的，靠一步一步跑下来。

事当经历之时，千难万难，每一步的迈或是停，都在一念之间。

---

① 按 2014 年度日本陆上竞技联盟竞技规则、接力公路赛标准及本届大会章程确定的本届赛事实际距离。

回头去想，究竟哪里特别难一点儿，好像也没有。相反，赛程中行有余力的时候左顾右盼得来的印象，都是无限的美好，无限得令人遗憾不能跑得更好一点儿，从而有时间随时停留多看一眼。

京都马赛道之美、组织之完善、后援之充分，都是有口皆碑的，见诸载记。我因心少旁骛，来去匆匆，很多事情浮光掠影，无从多说。深有好感的，是赛道行经京都西、北、东城区众多著名历史人文景点，如渡月桥、嵯峨野、广泽池、衣笠路、京都御苑、京都大学等，倘若按照中国式广告，可称是“一马跑过，全城精华在握”。尤其是赛道包含十公里以上的桂川、贺茂川、鸭川等京都著名河川近岸路线，深得跑者欢心，在我跑得最艰难的时候，其中五公里左右富于弹性的河滩沙土道路，给了我僵硬的小腿很好的抚慰。此外，赛事组织上各种细节安排的周密、物质保障的充裕，也都令人有宾至如归，跑得放心、安心而且舒心之感。

最叫人惊讶的是，根据官方数据，本届京马参赛人数 16000 余人，后援人员总数竟然达到 50.02 万人！惊讶之余略做探索，了解到这是包含了整个赛会的前前后后所有出力人员在内的参与者总数，主要由三部分人员构成：一是设在京都市劝业馆的“おこしやす広場”马拉松博览会的服务人员；二是赛场上的加油助威演出团队；三是赛会官方服务人员，包括起终点、裁判、补给、医疗、交通、安保服务等。这些人员都是面向社会公开招募的，其中演出团队需遵照赛会指定的场地、时间及频次演出，不仅没有报酬，一切费用自负，而且约束条件苛刻："政治目的、宗教宣传、商业营销，及其他主办单位认为不合适的演出不被接受；使用烟火或被认为有其他风险也将不被接受。"在此前提下，本届赛会募集到51个以京都市各大学艺术团体为主的被称为"沿道盛り上げ隊"的演出团队，分布在沿途15个指定场所，各自进行了每次10—15分钟的多轮演出。跑过时匆匆一瞥，这些团队大多着装正式，演出敬业，远非一味喧闹鼓噪活跃气氛，而是大有可观的样子，使人恨不能停下来好好欣赏一番。

我不清楚50万的后援人员是否包含了沿途的"围观群众"？感觉上，这些"围观群众"应以"自发性"居多，比如，在道旁挥舞小旗的老妇、在窗边尽力大叫的小孩、在屋顶伟人般朝脚下人流挥手的男人等。相对于专业性演出团队，这些络绎不绝的"冈吧队"（がんばってください！加油啊！），虽然好像是所有大型马拉松赛事的标配，从来不缺，也从来无可无不可似的，这次却给了我特别的感受。也许是京都市的"围观群众"特别具备亲和力，也许是阴有阵雨的天气环境特别考验人，他们的全程、全情、全力投入，细致、周到、温暖的服务（比如，帮忙接收和处理垃圾），在令人感动的同时，也体现了别样的意义。我想，那意义就在于，这项活动对他们来说，不是事不关己的别人的热闹，而是有着非常切身的参与感，简言之，马拉松是跑者的，也是他们的。不仅仅从组织需求上说，他们的参与必不可无，从投身其中的热忱度来说，他们也分明是以自身的角色实际参加到马拉松运动中来，成为这项运动的一分子。尤其对那些自觉的义工、爱好者和运动员亲友来说，更是如此。春寒料峭，飙风冷雨之中，就算是穿戴齐整的单纯等待，数个小时挨下来，也很考验毅力吧！何况他们中的许多人并非无动于衷地消极等待，而是时时刻刻心有所牵、情为所动、事缘所急，内心以及外露的各种情感和体验，一点儿都不少于跑者。马拉松赛事活动本身很盛大，不管多少人同时参加，每个人都得自己跑，这是事情的一方面，体现了跑马的孤独性。但过于强调这一点，容易导致个人英雄主义的膨胀情绪。事实上另一方面，每一个逞英雄的孤独跑者背后，都有许多识与不识的关联者在为之牵挂；每一位关联者所投注的或大或小的付出，都在磨砺着孤独英雄的身体和意志，也都在增益着自身对人类能力和精神意志的理解和认识。就此而言，每一位马拉松跑者都不是一个人在战斗，每一位马拉松的“围观者”也都不是在做“毫无意义的看客”，大家合在一起，才共同成就了一场场马拉松赛事的精彩，增进了人类共同生活的品质。马拉松赛事活动总是充满了节日气氛，根本原因乃在于此吗？

这次京马的官方形象大使中，有多位社会各界名流，相关信息事先已经印上大会秩序册，临到比赛日，现场大屏幕上却多了一位关西地区的大名人：先后毕业于神户大学、大阪市立大学的京都大学“60 后”教授山中伸弥，2012 年诺贝尔生理学或医学奖得主。他的出援，令在神大客座的我也不免倍感鼓舞。后来在北山路松崎二十三公里前后的折返路段，我还看到道旁的山中伸弥后援团队拉着大横幅，气氛热烈地在做着各种后勤支援活动。我为他们的热情所感动，折返过来特意停留，隔着一条跑道用手机拍了好几张照片。由于手机后程断电，我到终点以后也没法留影，那差不多就是我此次京马留下的仅有的路拍照片了。幸亏有赛事关联商家提供有偿的照片购买服务，我按自己的比赛号码找到了好些，都是由沿途的专业摄影师拍摄的，棒极了。

更“刷三观”的是，事后我从京马网站[①]上了解到，山中伸弥教授不仅仅出任了这项赛事的“应援大使”，并且参加了当日的全程马拉松比赛，现场速记成绩为3小时57分31秒。他的每5公里分段成绩都在28分钟左右，显示了出色的控速能力和稳定的身体条件。这些都表明，他是一位训练有素、状态稳定的马拉松选手，跑得非常漂亮，比我强太多了！

总之，难忘的京马，有缘一定再跑！

2015年2月22日于神户大学

关西跑步，我知道什么？

（一）

关于关西跑步，我实在并不知道什么。来神户半年，去过一次

① http://www.kyotomarat-hon.com/.

市中心的 Asics 专卖店，那次是为了向他们打听将于明年 11 月举行的第四届神户马拉松还有没有可能报上名。答案当然是否定的。不过，店员很友善，又是请专人，又是上网，又是搬资料，详详细细地告诉我为什么已经没可能，让我觉得日本人真文明，语言不通生活在这里也是很有趣的事。事实上当然并不有趣，不过，那大多是别的事，与跑步倒没什么关系，有机会另外再说吧，这里略过不提。

神户是个建在山坡上的港口城市，海岸线被工业设施搞得很破碎，对于跑惯了平地的我来说，实在不是理想的跑步环境。没有办法，在懒得自己都感到厌弃的时候，也只有努力去街道和山林里摸索，强迫自己把环境适应下来。跑山地，多次探索下来，我的住处周边有两个较好的去处，一是大仓山公园，一是经诹访山入再度山森林公园。两处一衣带水，有水道宇治川串联。顺着山势，从我家出发，一处往上，一处往下。沿宇治川往下到大仓山公园约 1.5 公里，秋天河水清浅，夹岸秋叶斑斓，甚是怡人。大仓山公园建在一座小山头上，主体部分是一座野球场，也就是棒球场；棒球场旁边，有神户市属各地区献栽的树木组成的森林，每个区域各立纪念牌或碑。环绕这两处地方的山顶步道周长近 600 米，是周边居民散步、遛狗的好场所。我去跑过几次，可能因为是傍晚，不符合周边群众的跑步习惯，见到的跑者真不多，反而是衣冠楚楚的过客多一些。这是因为，大仓山一带是神户市的文化中心，神户市立图书馆就占了大仓山的一角，紧邻公园。公园的另一侧是神户大学医学部。从公园下山过马路往南，是神户文化馆，再过去是神户市立中央体育馆。

文化馆前一个喷泉广场，周边有许多与神户历史文化有关的雕塑，其中一座“神户之灯”，纪念的是1867年神户开港（初名兵库港，1872年设立海关后改名神户港）后，神户首次使用油灯。如今神户的灯展很有名，每年1月17日阪神大震灾纪念日前后开放，其间市中心的主要街道人潮拥堵，都是来看整条整条的街道凌空飞架的西洋镂花风格的灯饰的。随人潮走过长长的街道，来到灯展的核心区域，竟是一座由临时搭建的灯饰牌楼组成的璀璨城堡！五颜六色的迷彩光线在其中交汇成一片暖黄，照亮一张张笑脸，和一只只为将这笑脸收入镜头而高举的手臂。如今的文明之火，所使用的当然都是电力了，不期然在神户，还有一座不起眼的雕塑在纪念着百多年前近代文明之火的引入，就此来说，神户称得上是一座有情有义的城市。

没错，有记忆才有灵魂。神户从其前身作为日宋、日明贸易口岸的“兵库津”开始，到随明治维新成为日本“改革开放”的窗口（通商口岸），至今仍是全球贸易中最重要的货柜码头之一。码头是讲实效的粗笨工作场所，货物第一，人随物转，是匆匆过客靡聚的场所，容易滋生实用主义的文化。尤其神户，尽管号称远东第一大港，城市规模却并不算大，背山面海的地形严重制约了它的发展。神户市基本上是建在六甲山系的阳面山坡上，从山脚到大阪湾岸线，算得上是平地的市中心仅有2—3公里的宽度。在此情形下，物流上的“码头”想要发展成为文化上的“码头”，首先在“容量”上就比较缺乏条件吧。可是神户却并不是一座没有文化的城市，相反，神户一直是以开放和国际化而闻名的城市。如今在神户市中心，不仅有生意兴隆的中华街和（外国人的）旧居留地，还有作为观光胜地的“北野异人馆”，也就是市北外国人住宅区（高级别墅区）。城市生活的各方面，也因为八方杂处而发展出独具特色的洋气文化，比如，有名的神户西点、中华料理等。跑在神户的街道上，身为中国人最感亲切的莫过于跑着跑着，忽然发现了一座“关帝庙”，还有一所“中华同文学校”，还有“孙中山隐居处”，还有“梁启超到访处”……恍惚间会有时空错位的感觉。而当你在“神户之灯”雕塑前面一转身，与供奉在高高的基座上的孙中山先生胸像觌面相逢的时候，惊讶感动，非同小可。细细看去，这座孙先生的雕像由神户华侨总会建立于 1965 年孙先生诞辰纪念日，基座正面竖镌“孙文先生之像”六个大字，背面碑文记述了孙先生在神户做“大亚洲主义”演讲的盛况及主旨。在神户，“孙中山”称得上是重要的文化标记。孙先生革命四十年，流亡海外近二十年，侨居日本九年半，一生十八次到神户，包括 1924 年年底最后一次访问日本。正是那一次，孙先生发表了题为“大亚洲主义”的重要演说。演讲中说：“我们讲大亚洲主义，研究到结果究竟要解决什么问题呢？就是为亚洲受痛苦的民族要怎样才可以抵抗欧洲强盛民族的问题。简而言之，就是要为被压迫的民族来打抱不平的问题。你们日本民族既得到了欧洲的霸道文化，又有亚洲王道文化的本质，从今以后对于世界文化的前途，究竟是做西方霸道的鹰犬，或是做东方王道的干城，就在你们日本国民去详审慎择！”发表这次演说不久，孙先生逝世，日本军国主义分子也加紧了侵略中国的步伐。经历侵华和“第二次世界大战”失败的惨痛教训之后，日本有志之士记取了孙先生的忠告，为此举办了一系列的纪念活动。除上述塑像之外，在神户还建有日本唯一的孙中山纪念馆“移情阁”（孙文纪念馆），位于神户市垂水区东舞子町风景秀丽的海滨，那里也是神户马拉松的比赛路线经过的地方。因为离得较远，我还没有去过。不过，去年11月28日，“大亚洲主义”演说发表九十周年纪念日，神户大学和孙文纪念馆与（公财）孙中山纪念会、神户商工会议所联合举办了隆重的系列纪念活动，其中在神大举行的学术演讲会邀请了中、日、美三个国家和中国台湾地区的重要学者来阐发“大亚洲主义”的精髓，我躬逢其盛，深感大有收获。

所以，这就是我所认识的神户，有情义，也有头脑，知道应该留住怎样的城市记忆。当然，它所留住的城市记忆远不止这些，只是我的了解还很有限而已。

（二）

在大仓山公园绕圈跑步有点腻味的时候，我别无选择，唯有沿宇治川向上，往六甲山系的深处去，一路提升海拔高度，也提升自己的意志力。第一次做这样的尝试是在秋季的傍晚，一路往里，山色越暗，沿途人迹罕见，道旁偶尔出现的建筑，尽管悬有“茶屋”之类的招牌，看上去却破破烂烂，声息瞑然，与其说是为人服务的，还不如说是出来吓人的……如此胆战心惊，越跑越觉得脊背发凉地往山里摸了两三公里，尽管“转过前面一道弯看看有什么？”的念头始终具有蛊惑力，终究害怕跑到天黑绕不回来，没敢恋战，掉转马头，沿“大师道”的路标，朝山坡高处天空明亮的地方跑去了。跑出“大师道”，眼前豁然开朗，脚下是很有名的有马温泉去的柏油马路，前方是一览无余的六甲山麓濑户内海大阪湾的无敌海景。平时感觉小里小气的神户市街，这时才算露出了它的庐山真面。鳞次栉比的屋舍楼宇映衬天光，在向晚的山林海波间，有着比平时更为温润的亮色，令人目醉神迷，流连难舍。但是，山脊当风，晚来尤急，哪怕我在观景平台上不停地跳来跳去，之前在山沟里吓出的冷汗，这时也是真冷了，不得不浮光掠影，草草收兵。

第二次有了经验，出发更早，准备更充分，也跑得更远，从诹访山麓经大龙寺一直跑到了再度山深处的再度公园。那里有神户移民文化的另一处名胜，外国人墓地，更有弘法大师“修法的原”和“修法的池”，即修道场所和旁边的池塘。这一路的道路，就是所谓“大师道”。“大师道”是弘法大师走过的路，这我能想到，但大师究竟是哪一位，很长时间内我一直不得要领，也不求甚解地含糊过去。直到有一天念书，突然注意到日本历史上有名的高僧空海被称为弘法大师，才恍然大悟，这个名号原来是特指。空海太有名了，说是日本遣唐使中最有名的人物，一点儿也不为过。他从唐朝学成归来后在日本历史上干出的大事、留下的传说，随便一搜都是一箩筐一箩筐的。在关西，在四国，大师遗迹更是无处不在。神户的再度山、大师道、大龙寺等之所以和空海特别有关系，是说，他入唐求法前，曾来这里进香祈福，求海道航行安全、学业有成。由唐返国之后，为了还愿，乃再度登临修行。人以山鸣，山因人名，再度山和空海大师，究竟谁成就了谁，就成了后来人来来回回反复求解的一道谜吗？在大龙寺的参道入口处，立有“神户市有志者”的石碑，还有“每日登山一万回塔”，塔身刻满密密麻麻的人名，如今已是石色斑驳的样貌了。

尽管我数次经再度谷进山碰到的游人和跑步者都不算多，但因这些历史遗迹和由此而来的想象的风景，再也不会觉得自己是孤单上路的了。活跃在不同时段的各色各样的“有志者”们在同一空间里络绎于途，历史的身影和动静声色浮动——我听说我国有名的导演陈凯歌先生正在准备以“沙门空海”为题材拍摄电影，不知道他会不会来这里取景？

关于关西跑步，我所知道的实在还很有限。神户是日本关西地区以京（都）、（大）阪、神（户）为中心的都市群的核心城市之一，管窥蠡测，万不及一。好在来日方长，就请允许我以此作为我所知道的关西跑步的初期报告吧！

2015年3月28日于神户

◇ 作者简介 ◇

张业松，复旦大学中文系教授，著有《个人情境》《手迹与心迹》等。

住过淮海坊[1]

龚 静

初冬的时候，我路过淮海坊，发现 20 世纪末“小兴土木”搞的淮海坊弄堂新门面又恢复了原样，仿佛要引人注目的金光闪闪的“淮海坊小区”五个大字消失了。好在青砖门额上的“淮海坊”三个旧字并没有铲除，弄堂的门面经过一番曲折还是依了老样。

我是去南昌路剪头发的。那间理发店的门面其实是小学的围墙，住在淮海坊的时候，常常在下午三四点钟的时候听小学生吹小号，是迟迟疑疑的不熟练的声音，这个时候是接近放学了。理发店扩大了，那个叫阿东的理发师说福建口音的普通话，我对他说我以前就住隔壁。几乎月余我总去理发店一次。离开淮海坊之后我换过几个理发店（有的叫作“造型屋”），但我总是不满意，理由其实并不充分。

---

① 此文写于 2001 年年末，初刊于《上海文学》2002 年第 5 期。那么多年过去了，弄堂还是旧模样，人事是早已变了的。或许以后会再写“离开淮海坊之后”吧。

我知道我是习惯了南昌路。我为自己找一个经常来去的理由。

我们的屋子是淮海坊的最后一排，靠着南昌路。20 世纪 90 年代初，从茂名南路到襄阳南路的这一段南昌路是露天菜场，凌晨四点，南昌路就开始喧闹了——国营肉摊头开始斩猪头，个体鸡摊上的鸡叫个不停，大概看到卖鸡的开始烧水磨刀，挑着担子的菜农进了城，抢好自己的地盘。刚开始的时候，我还不习惯，早上的脑子里总是嗡嗡嘈杂声，渐渐地就当它是闹钟，醒一醒，接着睡。我总要到九点钟再去菜场买菜，路过三楼亭子间的时候，跟阿娘打个招呼，阿娘早饭吃好收拾舒齐，头茶泡好，先请供着相片的老祖宗吃，然后自己再喝早茶。

我不需要天天上班，所以我就做“买汏烧”，阿娘吃现成。吃饭的时候，就我们两个人，阿娘就说，老早这幢房子都是他们的，是用金条订下来的，用人要用三个，后来阿爷在交易所做的股票生意坏掉了，只好一间间放出去。交易所的生意顶顶做不得的，阿娘装假牙齿的嘴巴一撇一撇地说。阿娘不知道这个时候买股票认购证的人后来都成了“某百万”了。

站在晒台上，东面看得见花园饭店、老锦江和新锦江，望西是巴黎春天百货——曾经引领上海尖端时尚的商厦；转个身，越过红瓦屋顶，可见瑞金大厦的楼体，20 世纪 90 年代上海早期的商务楼之一；如果再向右转，南昌大楼 ART DECO 风格的立面风姿眼前；淮海坊屋顶上的小烟囱则如一只只鼻子，呼吸着淮海路的空气，当然屋子里的壁炉早已废弃。我喜欢在黄昏的时候到晒台上去活动活动腿脚，其实是为了看弄堂里的夕阳，这时的太阳就好像挂在烟囱上，如封膛的炉火将红砖墙的房子映得暖暖的。好几次，从喧嚣的马路走进弄堂，看到淮海坊的日落，一下子心里就涌出了安静的喜悦。

我对上海市民的认识和经验似乎是从淮海坊开始的。在这之前我住郊区城镇、高校宿舍，虽然也逛南京路、淮海路、徐家汇，但终究“隔”了一层。但隔的心理也有好处，住在淮海坊就好像是一种体验和观察融合的生活状态。

淮海坊处在茂名南路、南昌路、陕西南路和淮海中路这些上海滩颇有来历的马路包围中，它属于上海新式里弄建筑，比隔南昌路相望的陕南村低一档，比石库门又高一层。住在以前的“霞飞坊”当然算是“上只角”了。“老底子此地是法租界。”这是阿娘喜欢说的话，言谈间不要说市郊城镇，就是闸北杨浦南市也被她看成乡下的。淮海坊一个门牌号一幢楼，为三层。以前，住户通常是整楼租住的，现在已非昔时，一幢房子一般得住三家，有的还更多些。我们这一幢算是住的人比较少的，底楼是间公用厨房，但二楼前房间的王阿婆和我们都自己装了煤气，不过王阿婆不愿意就此放弃厨房使用权，她在厨房里拥有的煤气灶仍在老位置上，过年过节的时候她会下楼用上一用，当然大多数日子厨房只有底楼的阮家和二楼亭子间的苏州好婆使用，所以我们这里灶披间的纠纷还算不多。二楼有间卫生间，原则上是公用的，但底楼和我们三楼在早年就接上了抽水马桶，无形中只有二楼和二楼亭子间用了，这样一来，即使有矛盾也就集中在她们之间。我们住三楼前房间和亭子间，一道小门在三楼楼梯口一拦，就与下面没什么关系了。一开始走楼梯我常常要踏空的，虽然有盏八支光的楼梯灯可以开，我不明白怎么不见书上画着新式里弄宽大的楼梯间，原来这是我们这幢楼的历史问题，底楼阮伯伯结婚的时候，父母高堂，一家人一间约二十八平方米的房间实在是不够的，于是，经过全楼住户的签字画押，底楼楼梯间就变成阮家外间了。于是，上楼梯时刚碰到扶手，马上就触到了板壁。不过，后来我练出了摸黑走楼梯的本事，身体对一点点光都非常敏感，我的身体和淮海坊握手言欢。

淮海坊的两个弄堂口各有一间公用电话间，面积大概一平方米多点儿。靠南昌路的一间里最早是俩老太太守候，是收拾得干干净净的老太太，面色清爽，头发抿得整整齐齐，夏天穿真丝素淡小花的裙子，叫人电话时声音高低恰好，和红砖墙的风格感觉吻合。天天路过弄堂口都会跟她们点点头笑一笑。有一天，那个挺清秀的老太太中风了，多月以后见到她，拄了根拐杖，似乎老了些，但还是齐整清爽，即使冬天穿着臃肿的棉袄。在装电话要排队要出一千五百元初装费的时候，电话间是弄堂口最闹猛的地方，俩老太也前脚刚回来，后脚又去叫电话了，手里叠了好几张电话叫单，白色粗糙的纸油印的，一张单子，收一角钱。冬天天暗得快，暮色中电话间点起晕黄的灯，还未在茂名路转弯就能看到了。

这个时候，电话间旁边搭建出来的理发铺子是人气比较旺的时候。理发铺的老板是个年轻人，姓陈，是从扬州农村来到上海的，到淮海坊来开理发店的时候也不过二十五六岁的样子。一开始店堂也简单，三张椅子两个伙计就开了张，后来装修了，加了那种躺着的洗头软椅，镜子也漂亮许多。洗发小妹换了一茬又一茬，有一个女子虽说也帮客人洗头发，但显得与陈老板说话很随便，似乎还要数落他几下，我说“似乎”是因为他们说着速度很快的扬州家乡话，显然不希望我们听懂，但他们却是已经听得懂上海话的。凭语气瞎猜，我想他们已经是恋人了。果然，他们后来在莘庄买了房子，生了儿子。陈老板夫妻俩嘴巴挺热络的，淮海坊里的人当然比我要认识得多，好多淮海坊女人都来这里做头发。在理发店里还常能看见一个老男人，半秃，圆脸，眼神游移，冬天老穿一件磨皱了的黑皮夹克，一般下午出现，有时候他也帮着洗头，通常叼着香烟闲谈，仿佛落魄而又颇有来路的样子。看见他的次数多了，我才渐渐听出音头来，敢情这个老男人神神秘秘的，是个拉皮条的，怪不得白天一把把时间用不掉，磨在了弄堂口。

对着理发店，弄堂口还有一辆流动馄饨车。俩老太主政，她们就住在弄堂里。穿着白褂子，每天清早就出了摊。圆脸皮肤白净的老太负责包，尖下巴肤黑者年轻些，做搬运活，皮子、馅儿不够了，往旁边的小弄堂一拐回家拿。除了常年供应菜肉馄饨、小馄饨，秋添粽子，冬增豆浆，偶尔也摆着一把葱送你一根两根。冬天白皮肤老太戴一只绒线帽子，额头蜷曲着白头发。俩老太就做半天，十一点收摊。买豆浆当趁早，十点半过后去买大馄饨偶尔付阙。偷懒不想做饭的日子，就去馄饨车上买二两馄饨，运气好打上一杯豆浆，吃得热乎乎。

天色暗下来，从傍晚到深夜，弄堂口的四季都有一个老阿姨坐着，守着一只反扣的竹筐，竹筐上翻开一木盒香烟。冬天裹着大棉袄，夏天带一茶缸绿豆汤。白天也时常在弄堂口看见她，吃着饭与邻居闲话，声音很响亮。那个竹筐子不起眼地就抛在墙脚跟。弄堂进来第三家，底楼的门常半掩着，那个六十多岁的男人，总会在上午九十点钟的光景在门口摆张小桌子剥豆择菜，而下午四五点钟的时候就搬张竹躺椅出来看晚报。夏日的晌午见他歪在躺椅上打盹儿，嘴角丝连着口水。男人的腿似乎不太好使，行动迟缓，夏天露出斑驳红肿的小腿。有时男人在外面打盹儿，屋里会传出钢琴声，我悄悄透过半掩的门，见仅中间露出空地的小屋一张钢琴依东墙而立，男人的老婆琢琢磨磨地在练琴。

淮海坊是那种弄堂套着弄堂的，沿大弄堂，常年摆着些半成品的家具，是简单的柜子橱子之类，木匠就住旁边，像杆子一样的细个儿，眼睛在小小的脸上显得格外大，夏天刨木板的时候肩胛骨如小山峰似的耸动，每次看到这么瘦的人做粗重的木工活，不由得担心一次。不过，看起来一切都还不错，从20世纪90年代初到21世纪，木匠的家什还按部就班地放在弄堂里。木匠家天井里的琵琶树还是每年五月挂满金果。

等我下楼取邮件的时候，一般总是烧中饭辰光，底楼阮家的麦阿姨在厨房里忙活。我喜欢下楼看到麦阿姨。刚认识时，她大概五十多岁，才退休，原先在厂里做会计。她有着这个年龄少见的白净的皮肤，样子有些富态，说话轻且慢，伴着微笑。她用广东话称呼阮伯伯，我听了十年还是没听懂，好像南方日常的“阿某阿某”的叫法。阮伯伯个子不高，却精干，体态年轻，绝无啤酒肚，常见他穿着花呢西装，夹着皮包，有板有眼地走出家门。阮伯伯早年毕业于圣约翰大学，念法律，教过书，后来就做了律师，且领导着一个律师事务所，办案子还常常去外地出差，哪里像六十多岁的老人。麦阿姨和阮伯伯有个女儿，中专毕业进工厂后不久就随夫去了美国。阮家海外有不少亲戚，“文化大革命”时阮伯伯还为此被打成了“右”派。有一年，老夫妇俩从美国探亲回来，给我们看他女儿女婿的独立小楼照片，说他们还去了小 Town 玩。我去收水电费的时候会进他们房间坐坐，他们的房间也是一半卧室一半吃饭会客，西墙摆着阮伯伯的写字桌，墙壁上钉着搁板放书，东墙也有书橱，法律书、武侠书，也有几本古典名著。床头柜上还摊着一本《圣经》，麦阿姨说是她看的。原来，她每周日出去是去做礼拜的。看到我们去，他们总归要像待小孩子那样给我吃巧克力，问问“阿娘好吗？”之类。

广东人讲究吃，阮伯伯家也一样。每天麦阿姨都要弄出几样精致小菜，周末做春卷蟹肉馄饨，秋天他们是一定要请来亲朋吃大闸蟹的。若是女儿女婿回来，必定要去不远的美心酒家吃正宗广式早茶的。

在阮伯伯搬出淮海坊以前，他仿佛是我们这一楼的“老娘舅”，碰到信箱坏了，总归他先出来修。若外面化粪池溢了，分摊疏通费，他和我们一起出大头。二楼王阿姨和苏州好婆之间有啥纷争，也总请阮伯伯说说理。阮伯伯在苏州好婆口中是阮律师，麦阿姨则还是“新嫂嫂”，仿佛还是刚刚嫁过来的新嫁娘。

苏州好婆姓陆，她的名字我是从她的煤气单子上看来的，单子上的煤气用量总是很少，苏州好婆非常做人家的。前几年老房子共用一只大电表，我们家负责收付，先生算账时总少收她公用电费的部分，说：“苏州好婆巴巴结结，蛮作孽（沪语：可怜）的。”苏州好婆姑娘时从苏州乡下到上海来帮佣，帮到头发白，一生未婚。她的东家后来就剩了老姐妹俩，“文化大革命”中因为有海外关系，被抄了家，苏州好婆作为“破四旧”对象也被迫离开东家。她的东家就住在淮海坊前弄堂的汾晋坊里，我看她住在淮海坊也时不时地往汾晋坊跑的。和苏州好婆一起住在亭子间里的还有一个苏州阿婆，叫大妹。大妹也是帮佣的，东家和苏州好婆是同一家。区别在于苏州好婆类似管家，大妹做粗活。大妹比苏州好婆年龄小些，我几乎看不到她，清早我还在被窝里，大妹就出去了，晚上深更半夜才回来。我也几乎未听到过她讲话，夏天她们回来得早，黑着灯白话，从楼下隐约传来的也总是苏州好婆音色干乎乎中气倒蛮足的苏白。大妹简直像个隐形人，隐形在苏州好婆身后，隐形在淮海坊里。我只记得见过她两次，一次仿佛是四分之三正面，一次确乎就是背影了，褐灰色的老式对襟布衫，老实土气的齐耳短发，右边别着个黑发卡，下巴比较尖，她走路很快，低垂着眼，不大看人似的，我看到她的这两次犹如磁带快进，她的面影根本无法看清，一闪，大妹就从弄堂里消失了。

亭子间面积也就七八个平方米，面对面放两张双层铁床，下铺睡觉，上铺置物。她们在家的时候，亭子间门一般也不开的，顶多留条缝。我好奇，下楼时总情不自禁往里张望，似乎两个老太对床坐着有一搭没一搭地白话，大妹好像手里还在做点儿针线活的样子。有时候苏州好婆在床上梳辫子。苏州好婆头发是白了，辫子还留着，只是很稀疏了，她总是梳匀，在脑后盘个髻，露出半寸扎辫子的红线绳。暑热，亭子间里实在坐不住，苏州好婆就敞了门，坐在楼梯拐角，摇蒲扇，叹息过去以为积了四五千块铜钿好养老了，想不到钞票介不经用，到老了还要出去做活。我是听阮伯伯和王阿婆讲过苏州好婆把积蓄藏在苏州乡下某个山洞里的，王阿婆还神秘兮兮地凑过来说，你晓得老太过段辰光回苏州做啥，是去看看她的钞票！山洞？真有其事？想想似乎不可能，但传得厉害，使我觉得苏州好婆是个神龙见首不见尾的人物。

在苏州好婆叹息钞票不值钱的时候，大约淮海路正好半封闭，在造地铁 1 号线。上海开出了一些精品店，许多东西价钿虚火旺得不行，也难怪在上海待了几乎一辈子的苏州好婆看不懂了。

二楼大房间里的王阿婆似乎顶顶听不得苏州好婆的闲话的。她总是撇撇嘴："老太哭穷，啥人叫她要帮乡下侄子呀。"说来也是苏州好婆想不开，从姑娘到老太，独身一人，辛辛苦苦做得来的铜钿要寄给在乡下的兄弟，供侄子读书造房娶媳妇，只听得苏州好婆念叨乡下的兄弟侄子，说老了做不动了要到乡下去，与侄子一起过的。王阿婆倒是蛮想得开的，她大概比苏州好婆小七八岁。王阿婆看不得苏州好婆是有历史原因的，本来这间亭子间是她家的，在一个不许空余房间出租的年代，王阿婆自说自话借给朋友养病。世上可没有不透风的墙，房管所知道了，反而将房子收了回去，租给了苏州好婆和大妹。有这样的过节儿在，王阿婆看到苏州好婆总归不入眼，冲她几句话是常有的事。

王阿婆瓜子脸，六十多岁了两条眉毛修得弯而细，眉梢微微地上挑，像老上海月份牌美女的那种，描得黑黑的，头发过段日子总要到陈老板的理发店烫一烫染一染的，出门还要涂一点口红，使薄薄的嘴唇更显得薄了，年轻时应该颇有一点容貌，这一点王阿婆似乎自己也心知肚明的，出门走路总仿佛还要扭扭腰身的样子，可终究年岁不饶人，身材是苗条，背却驼起来，皱纹挡不住，肌肉绷不紧，总是老人的样子了。王阿婆白天在家，前几年还要服侍瘫在床上八十多岁的老头子。她和老先生是再婚的，老头有儿女在香港，所以"文化大革命"时也吃过苦头，罚他在弄堂里扫地。我住进淮海坊，老头就从没起过床。收水电费我们也就在门口解决，就依稀看见过房间中央一张床，床上被子鼓鼓的。老头的香港儿女还算不错，隔三岔五地寄些钱来，有时来封信和拜年卡，王阿婆总要找我们帮她念一念。这笔月规钱王阿婆是蛮看重的，如果我听得她在房门口那个单眼煤气灶上一边烧东西一边嘀嘀咕咕，就知道香港的钱有些日子不来了，王阿婆不开心了，是会骂床上的老头的。王阿婆自己也有两个女儿，大女儿高瘦，过两个礼拜来看看；小女儿是不大来的，来了似乎母女俩总归要吵一吵。说来说去是为了房子，小女儿想将户口迁进来，曾经在崇明插队的小女儿老早就回了城，所以户口一直吊在农村，想老娘这里老头一脚去了，不是可以占点儿便宜了吗？淮海坊地段好，房子也不错。小女儿如意算盘精。但王阿婆也是一个角色，小女儿对她不好，她就是铁了心不松口。这样的争吵在老头"走"了之后，经常从楼下传上来，让我常有机会走到楼梯口，隔着门听听里弄人家的"家事经"。倒是大女儿，不明讲要房子，时不时地来看看老娘，王阿婆弥留之际，成功将户口迁入，成了房子主人。

阮伯伯对王阿婆似乎是有点看法的。老头死后，王阿婆请我们帮她写信，哭诉自己生活无着，香港的钱于是还是时不时寄点过来的，王阿婆无事一身轻，白天在家里烧烧吃吃，晚上打扮舒齐下了楼，总归要到深更半夜才回来，她也不在总门上挂上纸牌。我们这里有个规矩，谁家晚归，留张牌子，总门就不销上。她不留，阮伯伯于是就将插销拉上了，到了深夜，就听得王阿婆砰砰敲门，嘴巴里还要骂骂咧咧，有时阮伯伯爬起来替她开门，有时我们听不过，穿衣下楼让她进来。王阿婆似乎也满不在乎，到下次又来了，不知道她是老了记性不好，还是明知故犯。我们说这个王阿婆“克腊”倒蛮“克腊”的，但不是那种书里写的上海滩“老克腊”，倒是老精怪的。有一次，我很偶尔地进了她的房间，那天我是穿了一套新衣服的，惹得王阿婆一口一个称赞，倒弄得我不好意思。“你们年轻，穿啥都好看。我现在老了，随便拖拖算了，老底子阿拉都穿旗袍咯，西装是披在外头的。”那天王阿婆好像要找个人倾诉似的，说她到公园里去，有老男人追求她。“他们说我看上去老年轻的，顶多五十岁，身材保持得介好，我才不睬他们呢。”王阿婆嘴巴一撇，很是不屑的样子，说着走到大衣橱的镜子前捋捋头发，拉一拉身上羊毛开衫的门襟，转过身，眼神还留了一波在镜子里。

王阿婆跟不上时髦也是没奈何，她不知道是她的孙辈分的我要想赶也赶不上呢。淮海坊外面变化起来也呈加速之势。

临淮海路的弄堂口，原先的两三排房子 20 世纪 90 年代中期拆掉了，先是造了一间变电站，后来就围了起来，说是还要造大楼。自然，弄堂口左面的玉华工艺品商店要搬家了。搬家的那几天，“玉华”是真正地大削价。我淘到一只日本进口的彩色玻璃工艺盘，老绿紫红的叶子攀满了盘子，光线在玻璃上游移时，叶子仿佛滴翠似的。“玉华”卖工艺品，景泰蓝、双面绣、红木帆船之类，还有手绣的真丝服装和饰品，平时进去的人并不很多，进去一般也是兜兜看看，领领世面，“玉华”里面的东西总是有点档次的。在“巴黎春天百货”

和对过“百盛购物中心”的大楼矗起来后，“玉华”就慢慢显出老态来了，年轻人对双面绣之类是不大感兴趣的，手绣真丝又不好打理，进去的人似乎更少些。大概那几天是“玉华”最热闹的光景，其实里面有不少好东西，平时大家觉得贵，又不实用，也就按捺了蠢蠢的心，现在看到三折、五折，买上一点儿，是一种小小的满足的意思，仿佛带着一点点日常里的奢华。2001 年某个冬日，阴雨。在瑞金路上偶然看到一家卖玻璃器皿的店，觉得有点眼熟，里面两位女营业员在吃盒饭，横向的狭长的店堂里弥漫着肉香，似乎像那种个体经营的店，可是她们不来招呼你，自己吃饭闲谈，我退出店，再往后退，仰头，仿佛看到“玉华”两个字。冬雨绵绵里，城市的天空如荫翳，或许是我看走了眼。在“玉华”买的玻璃盘子，就在新居里用着。

与“玉华”隔着弄堂口的就是哈尔滨食品厂，前店后工场式的老字号。在静安面包房的法式面包、马可波罗面包等还没有出现在上海滩的辰光，哈尔滨的奶油泡芙等西点是很有名的，门口有时还要排排队的。大姑妈最迷信“哈尔滨”，手里称了一斤点心来淮海坊看阿娘，总不忘加一句“哈尔滨的”。可是，我看着“哈尔滨”门口一点点冷清下来。可以选择的东西太多了。与“玉华”一起，哈尔滨食品厂的奶油香从淮海坊弄堂口消失了。“哈尔滨”隔壁是“红星皮鞋店”，再隔壁是第二百货商店，再走过去便是“老大昌”，也是老字号了，吃奶油蛋糕、冰激凌的著名场所。我第一次进“老大昌”还在读大学，和一个女友逛淮海路，穷学生那天也丌洋荤，一人点了一客惯奶油，就站在店堂里吃。是第一次吃惯奶油，入嘴即化的奶油舍不得一下送进胃里，好在奶香回味馥郁，但吃到最后，吃不消了，泡饭的肠胃哪能一下子饕餮这么多奶油呢，实在是吃不进又舍不得扔，左右为难。“老大昌”还是搬在淮海路上的，不过在电视里做浪漫广告的“哈根达斯”占去了一半店堂。

邻“哈尔滨”的“红星皮鞋店”搬了，邻“玉华”的“六一儿童用品商店”搬了，挨着的“公泰食品商店”自然也走了。往年秋风吹落叶，我喜欢下午四点钟的时候去“公泰”称一斤糖炒栗子，拎着温热的糯香在“玉华”兜一圈，再慢慢地走进弄堂。弄堂里，有人家的粪池溢了，矮个的老头拿着长长的竹子在掏。那个九十多岁的老妪又坐在门口望野眼了，上午保姆搀着她在弄堂里走走，我有一次跟她搭话，她还对我说“Thank You”。这种漫漫闲逛的对象过了几年就变成了“巴黎春天”，冬暖夏凉，时尚风情，最适合都市傍晚的无心闲逛了。

每个月必要的油盐酱醋是不必到淮海路去的，淮海坊一出弄堂右拐，在茂名南路南昌路口有一家油酱店，里面两女一男三个店员，男的负责拷油，一个女的还要兼管账。有一个女店员右脸上有块“胎记”，红红的，挤得她右眼略略相异于左眼。我常在她手里买东西，逢到取盐，是不需劳她驾的，我自己从旁边大缸里拎两袋请她过目一下就行。油酱店门口靠右的人行道上，有个修车摊，穿着油渍渍的灰卡其中山装的摊主姓杨，还有两个外地口音的小伙子，自行车摩托车，打气拆装修理，生意没有落寞过。头几年我去打气用的是气筒，后来杨师傅装了马达气泵，方便许多。打完气，就往一个去盖油漆筒里扔两毛钱，忙乎着的杨师傅是不看打气钱的。当临近淮海坊的茂名南路上原先的小门面布店、理发店、杂货店一家家渐渐被酒吧、时尚服装店、皮鞋店代替时，油酱店和修车摊似乎就是我曾经一段生活残存的见证了。不过，油酱店的女店员好像慢慢不再说笑，冬天顾客少，捂着“永”字牌热水袋在后门口和淮海坊卖香烟的老阿姨闲聊。新旧世纪交换的时候，一家洗衣连锁店和一间装潢材料铺共同换了油酱店的门庭。人行道宽了许多，杨师傅的修车摊不见了。南昌路晚上停满了轿车，马路总恨不得再多条车道。

有一天，我去逛淮海路，在瑞金路上看见一个女人，烫过的头发在脑后随意一扎，戴副老式的白边眼镜，她在我眼前一晃就过去了，我肯定我一定在哪里见过她，而且经常见。我回头看看女人的背影，往前走，继续搜索，我相信我对面影的记忆。走到南昌路过马路时，我突然就想起来了，那个女人就是淮海坊弄堂口油酱店的女营业员，负责记账的那个。她去哪里？去超市上班？

弄堂口现在干干净净。政府部门在弄堂里巴金、许广平、竺可桢等名人住过的房子门牌旁铭上了金底黑字的牌子。又砌了几个小花坛，添了健身器材。电话间和陈老板的理发店都拆掉了。叫电话的老太上午在淮海坊大弄堂里散步。陈老板的理发店围绕着淮海坊搬了两次，终于找不到了。算起来，他的儿子该四五岁了。

王阿婆生前最后一次做头发还是在陈老板那里。我看见她剪短了头发，烫过，染过，穿了件灰褐色毛葛罩衫，眉毛是淡的，嘴唇是暗的，脸色黄黄的，跟她打招呼，好像勉强地微笑了一下，真正是个老太婆的样子。此后，就见她一直躺在老头躺过的那张大床上，每天吃力地披着棉袄在门口弄点儿吃的，脸蜡黄枯瘦，说话有气无力，两条弯而佻的眉毛附在突出的眉骨上，像游丝。一天早上，我突然听到楼下传来很响的声音，像重物被摔倒在地，我叫上先生，去二楼推开门一看，王阿婆竟然从床上滚落在地，柴似的手臂撑着地板爬不起来，我们使劲将她扶上床，她朝苏州好婆翻白眼的眼睛此时空洞无光。后来，大女儿接了我们的电话来了，送她到医院，是肺气肿。过几天见着她大女儿回来，就戴上了黑纱，来整理二楼房间了。

亭子间苏州好婆没有看见王阿婆的老境，她和大妹的亭子间在1997年夏天突然就锁了门，两个苏州老太消失得无影无踪，楼下阮伯伯新嫂嫂，楼上的我们，没一个人知道。过了一个月，来了一个男人，是前面汾晋坊里的，说是苏州好婆回乡下，跟侄子一起过，不来上海了，房子给他们家住了。“苏州好婆真有法道。”阮伯伯到底是律师，他这么说了一句。那间亭子间也就开始了不断改换门庭的命运，那个男人和他的女人不来住了，租给卖皮鞋的做仓库，再后来，一堆堆皮鞋不见了，铺上了被褥，散乱着毛毯，像是做小工的休息的地方。原来是买了阮伯伯房子的房主给手下伙计睡觉的。阮伯伯在苏州好婆走后不久，也搬离了淮海坊，去了飞机场附近的公寓。厨房里没有了麦阿姨的身影，空气也冷了下来。底楼的房间很快就乒乒乓乓挖地三尺大兴土木，从日本打工回来的平头男人，开了一家茶坊，里面半圈弧形楼梯将房间分成两层，有两个小卫生间。原先阮伯伯家的小天井里还蹲着一条雕塑斑点狗，冷不丁吓人一大跳。之前，平头老板是来请我们和隔壁人家签字的，要我们同意。说是就喝喝茶，不做饭店，没有油烟污染的，他说他在周家渡做饭店亏本老早做怕了。底楼的厨房事实上成了茶坊的后院，圆脸和长面的男伙计将厨房弄得脏兮兮，我也干脆不进去了。

阮伯伯搬走，苏州好婆和大妹"蒸发"，王阿婆的嘀咕也永久隐遁了，我感觉住在三楼突然有些孤单，其实原本也不是非常热络的邻居，只是在日子里一点一点看熟了他们，但暌隔突然成了瞬间的事情。楼下的茶坊我从未进去过，它已经不是底楼的房间了。我干脆拆掉了门上的破信箱，反正我们也要离开了。门后背的纸牌先是被雨濡湿，后来就废了，不需要有人留门了。阮伯伯离开淮海坊送我的龟背倒是发了两次新芽，被我搬到了新居。

淮海坊淮海路弄堂口的工地露出真容，我拍了一张照片：一幢ART DECO风格影子的大楼巍峨于"玉华""红星"和"哈尔滨"的地方，楼下是音乐餐厅、咖啡厅、服装专卖店，楼上有上海菜餐厅，精致的内敛的上海繁华梦的意思。穿过大堂式的走廊，就是淮海坊，市井生活，我们的繁华梦的里子。

南昌路弄堂口的那家小布店在茂名路一爿爿时尚服装店中显得